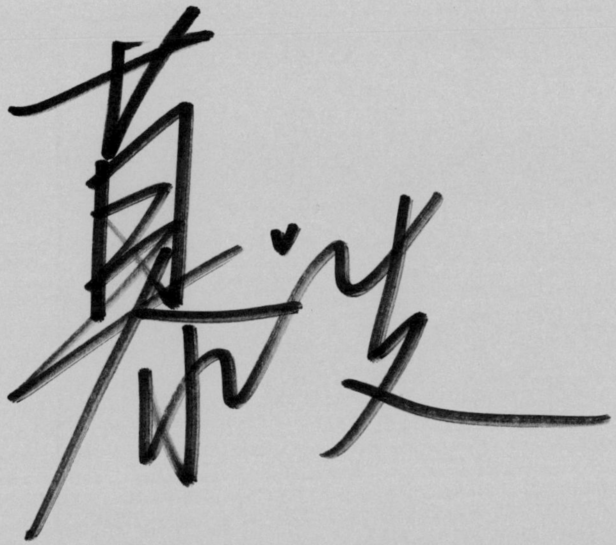

魅丽文化
心晴坊
女性新阅读

萝风轻吻你

慕吱 著

江苏凤凰文艺出版社
JIANGSU PHOENIX LITERATURE AND ART PUBLISHING, LTD

图书在版编目（CIP）数据

带风轻吻你 / 慕吱著．-- 南京：江苏凤凰文艺出版社，2019.10
ISBN 978-7-5594-2721-2

Ⅰ．①带… Ⅱ．①慕… Ⅲ．①长篇小说 - 中国 - 当代
Ⅳ．① I247.5

中国版本图书馆 CIP 数据核字 (2019) 第 158391 号

带风轻吻你

慕吱 著

出版人 张在健
责任编辑 张 倩 王 青
特约编辑 石 颖 李璐君
装帧设计 蘑 菇
出版发行 江苏凤凰文艺出版社
南京市中央路 165 号，邮编：210009
网 址 http://www.jswenyi.com
印 刷 湖南凌宇纸品有限公司
开 本 880mm×1230mm 1/32
印 张 10
字 数 237 千字
版 次 2019 年 10 月第 1 版，2019 年 10 月第 1 次印刷
书 号 ISBN 978-7-5594-2721-2
定 价 38.00 元

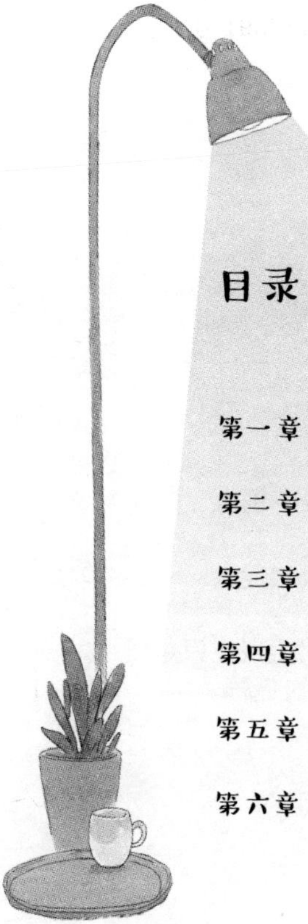

目录 C I N T E N T S

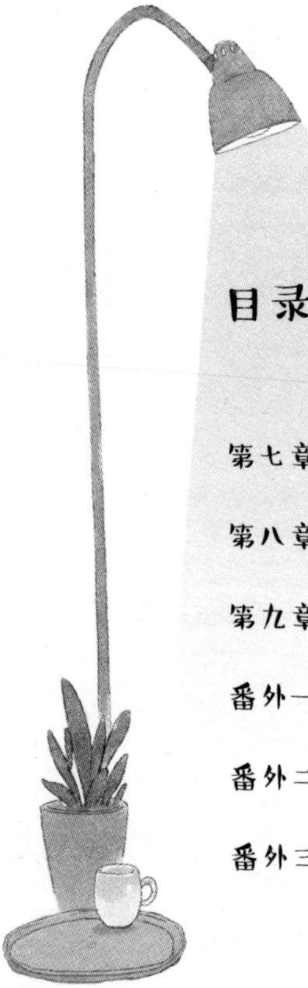

目录 CONTENTS

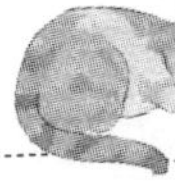

第一章
爱如捕风

暮秋清晨，窗外传来咿咿呀呀的开嗓声，和着悠扬绵延的丝竹管弦乐声，打碎地平线上的日光。

流光倾泻照人间。苏花朝翻了个身，扯过胸前的蚕丝被蒙住耳朵。

窗外的声音仍在继续。男女老少的开嗓声，混杂着丝竹管弦的器乐声。被白色蚕丝被包裹的身形姣好纤细，被子下的人翻了个身。

雕花木窗并未合拢，室外的寒气侵袭进来。唱曲儿人的唱词顺着清晨的冷风飘入房间，传进苏花朝的耳朵里。

她努力睁开眼，双眼放空。耳边的声音逐渐清晰，却又加入了一些其他的声音，稀稀疏疏的，感觉混乱却又有序。

昨儿半夜她开车回到苏园，一路上畅通无阻，马路两旁的路灯亮着暖色的灯光，倾泻一地，那是最有序的南城；而白天，车鸣声嘶吼，交警的口哨声此起彼伏，驾驶位上不断传来谩骂声与指责声，那是最混乱的南城。

这样的一座城市，在太阳从地平线升起的那刻开始，便陷入了嘈杂，一旦黑夜降临，就又恢复宁静。苏园与南城一般无二。

苏花朝掀开被子，起身下床，进洗手间洗漱。她刚走出来，便听到桌子上的手机嗡嗡作响，接起后却并未先开口。

电话那端，霍绥的声音裹挟着风声传入她耳里：“起了？”

苏花朝开了免提，将手机放在桌上：“起了。”她拿起桌子上的瓶罐，往脸上涂抹水乳，又问，“你现在在哪儿？”

“在你床上。”

“说什么浑话，你睡醒了吗？”她转头往身后的床看了一眼，嫌弃地说出这句话后，突然反应过来，“你跑到我房间去了？”

霍绥起身，赤着脚站在窗台前：“嗯。”

苏花朝：“你没事跑到我房里干什么？”

“最近睡得不太好。”

“这不是理由。”

“我以为这样会好一些，结果失眠了。”这一晚，他就没合过眼。

苏花朝语气淡淡地道：“是吗？”

“嗯。”

“那你还睡吗？”

霍绥语气肯定：“睡啊。”他顿了顿，说出后半句话，声音里带着清晨的凉意，低沉的嗓音里传来些许笑意，“你今天不是回来了吗？”

苏花朝先是滞了一秒，随即才反应过来他话里的意味，敢情不是睡床！

她翻了个白眼：“你脑子里就不能不总是想这些有的没的吗？”

“现在大概不行。”他转身面对房间。目光所及之处，是白色与粉色的混搭装饰，里面还有一股淡淡的香味。

难以言说那是什么具体的味道，只不过霍绥用嗅觉清晰地感知到那是苏花朝身上的味道。

从她二十岁那晚开始，往后的岁月里，那味道在他跟前便从未消散。窗户敞开，冷瑟的秋风卷席了这房间不知几遍，也只是令他鼻间的气味减淡了一点。只是一点而已，剩下的无数气息依旧包裹着他。霍绥在躺下的第一秒便明白他无法安然入睡。

苏花朝翻了个白眼："你大早上给我打电话，就为了说这些吗？"

"不是。"霍绥问她，"晚上回来吗？"

"嗯，五点下班，到时候你来接我？"

霍绥："嗯。"

苏花朝想了想，叮嘱道："车别停在公司楼下。"那边没回，她解释，"你那车太显眼，我不想引起不必要的麻烦。"

"嗯。"他语气淡淡的，听不出什么情绪。

苏花朝的语气也淡极了："我们公司的地下停车场，我有个车位，你停那里去。"

霍绥没说好，也没说不好，直接把电话挂了。苏花朝看了眼显示通话结束的手机，无所谓地耸了耸肩，起身往门外走。

大概五十平方米左右的庭院里，最中央摆了个水缸，除此之外，空空荡荡。七八个人穿着练功服立在庭院里的各个角落，练习着基本功。

苏花朝坐在门槛上，双手撑着下巴，仔细听着他们唱。

苏花朝其实不太爱听这些，但她的生母陈清月是一位越剧艺术家，从小在母亲的熏陶下，她自然而然对此多了一分喜欢。

一分喜欢，便是闲来无事，可当欣赏。

她眯着眼，听着歌声，又昏昏欲睡之时，突然听到有人叫她的名字。

苏花朝："哎。"

"陈老师说，你要是醒了，就去餐厅吃饭。"

"好。"她向传话的人道谢后，起身回房收拾东西。

苏花朝每年只在苏园住一周，除此之外的所有时间都住在霍宅。她与生母的关系并不算融洽，年幼时便分开了，等陈清月接她回南城的时候，她便被告知陈清月与苏启正已经离婚，而她的抚养权给了陈清月。

苏花朝那时年幼懵懂，以为父母离异之后，自己便是跟着母亲一起生活。却没想到一个月之后，陈清月嫁给了霍孟勉。

那年，十岁的苏花朝遇到了十三岁的霍绥。后来陈清月与霍孟勉离婚，再一次改嫁，可苏花朝却在霍宅，一待便是十五年。

她放在苏园的东西并不多，一个行李箱便装下了所有。收拾好了之后，她起身往餐厅走去。

吃早餐的时候，陈清月突然问她："这周末有时间吗？"

苏花朝："怎么了？"

"你傅叔叔那儿有几个学生，我瞅着还不错，想让你去看看。"

"我没学过看面相。"她伸手把面前的盘子一推，陶瓷盘与大理石桌面摩擦，发出沉闷的声响，她懒洋洋地靠在椅背上，平静地看着陈清月。

陈清月与她对视："你年纪也不小了，花朝。"

"所以呢？"

"所以谈个恋爱是很正常的事啊。"

听到这句话，苏花朝笑了一下，她的眼神落在陈清月的后方，突然开口说道："您是给我介绍朋友呢，还是相亲？"

"唔，都有吧。"陈清月见这事有戏，忙说，"也不一定说真的要谈恋爱，但可以交个朋友啊，我看你身边也没几个男性朋友。"

苏花朝却突然叫了一声："霍绥。"

陈清月噤声，顺着苏花朝的 视线往后看去。那人站在大门处，逆着光看不清神情，但他西装革履，身姿挺拔，朝这边缓缓走来。陈清月眯眼，那不正是霍绥吗！

她连忙同他打招呼："这么早就来接花朝啊。"

霍绥说："是啊，怕她忘了今天回去，所以早点来接。"

苏花朝白了他一眼，起身往洗手间走去。听到身后陈清月和霍绥说："我知道她不听我的话，你们俩关系那么好，霍绥，你帮我劝劝她，她这个年纪也不小了，该谈个朋友了。”

苏花朝竖着耳朵，想听霍绥的回答。

她打开洗手间的门走进去，合上门之前看了他一眼，只见霍绥的嘴唇一张一合的，不知道在说什么，苏花朝没听清。

她打开水龙头低头洗手，洗得差不多了，准备关上水龙头的时候，突然从右边伸过来一只手，动作利索地把水龙头关上了，紧接着是清脆的关门声。

她知道来人是谁，于是慢条斯理地扯了张纸巾擦手，一边擦手，一边抬头看他。

洗手间的镜子里倒映出两张面孔，男的眉眼俊逸，轮廓分明；女的眉目如画，一双桃花眼弯着的时候，妩媚迷人。

她转身，腰抵在洗手台上，有点不太高兴地望着他：“你和我妈说了什么？”

霍绥的双手放在她的身侧，他倾身上前，带来一股无形的压力：“你希望我和她说什么？”

苏花朝说：“我希望你说什么，你就会说什么吗？”

“不会。”

“那不就好了。”

霍绥闻言，笑了一下，伸手抬起她的下颌：“苏花朝。”见苏花朝笑着看他，霍绥的嘴角微往上勾，带了几分轻佻与匪气，“你猜我和你妈说了什么？”

洗手间里没有开灯，阳光从外面照射进来，打在他的脸上，轮廓分明。苏花朝看着他的脸，一半陷于幽暗，一半处于光明，突然伸手搂住他的脖颈，轻轻一勾，将他拉向自己。她往他的耳蜗处轻轻吹气，亲昵而又暧昧地说：“总不可能说你要娶我吧？”

“呵。”一声轻笑落在她的耳边，下一秒，耳边那声音带了些许的讥诮与轻蔑，“苏花朝，差不多得了。”他说完，伸手便把她的手扯掉，往后退了一步，低头看她。

光从窗户外射入，正好将他们二人所站的地方劈分成了楚河汉界，黑与白的光影里，泾渭分明。他站在光晕里，慢条斯理地整理衣服。她立于黑暗里，抬眸云淡风轻地直望着他。

他们二人的关系，如同此般光影，势均力敌，静静对峙。

半晌，苏花朝笑了一下，伸手推开他，打开门先他一步走了出去。

“哦。”走了几步之后，她突然停下脚步，转过身来笑盈盈地看着霍绥，说，“霍绥，我说那句话，不过是为了提醒你。你可千万别喜欢上我，我可是很难缠的。”她眨了眨眼，“像我这种坏女人啊，要是发现你喜欢上我，那你以后无论如何都甩不掉我了。”

霍绥看着她转身走出餐厅，等她的身影消失在他的视野之内，他才拔腿往外走去。转身的一瞬间，他看到了洗手间镜子里的自己，嘴角上扬，隐有笑意。

甩不掉就甩不掉吧，一世纠缠，如她所愿。

苏园大门正对着巷子，小巷深又长，两侧是经过时间洗涤的青墙，墙内树木枝繁叶茂，从墙头上探出枝叶。

葱郁的树叶遮挡住大片的阳光，恰好又是周末早晨，安静到只听到树叶摇曳的声音，以及轻微的车轮轧过地面的声音。

大门外停着辆黑色轿车，霍绥坐在车内后座，黑漆漆的双眼直勾勾地看着从房子里走出来的苏花朝。她穿着件米色风衣，高腰牛仔裤裹着她那修长笔直的双腿，脚下踩着白色的板鞋，头发随意地束在脑后，整个人惬意又放松。

坐在副驾驶的助理小张解开安全带，下车帮苏花朝拿东西。

霍绥坐在车里望着她，突然想起那年第一次见到她。

苏花朝从被接回陈清月身边，到见到霍绥，不过隔了一个星期的时间。在她还没有完全消化好自己的亲生父母已经离婚，生母已选好下一任丈夫的事实的时候，她便匆忙来到了霍宅。

霍家是大户人家，别墅外用人并排而立，见到她与陈清月之后齐声问好。苏花朝双手抱着一只布偶，环视着四周。

从前院走到客厅是一段不短的距离，她跟在陈清月身后，踩着青石板往前走，眼前是两米左右高的假山，耳边有汩汩的流水声，鼻间还有阵阵桂花香。她新奇地看向这一切，走了几步之后似乎察觉到什么，她倏地抬起了头，正好对上了二楼窗台处的霍绥。

霍家大少爷斜倚在墙边，黑漆漆的眼睛看着苏花朝，倏地，从鼻腔里发出一声轻蔑的笑声。他满脸不屑地望着苏花朝。

却没想到那小姑娘只是看着他，不发一言。最后她云淡风轻地收回视线，同陈清月说道："我就来。"

霍绥看到她小跑离开，白色裙摆处的金色勾线在空中飞舞。他收回目光，转身下楼。

楼下客厅里，他的父亲霍孟勉满脸笑意地看着陈清月母女。霍绥面无表情地走了过去，左右望了一眼，最终坐在了苏花朝的对面。

苏花朝双腿并膝而坐，脚上踩着双黑色的布洛克小皮鞋，往上看去，白色的连衣裙掐出她纤细的腰身，再往上看，是她的唇、鼻与双眼，放松、惬意，丝毫不见紧张之感。

苏花朝说："你叫什么名字？"见霍绥不答，她又说，"我叫苏花朝。"

霍绥将视线从她身上移开，仍旧沉默未语。

苏花朝："我知道你叫霍绥。"

陈清月听到了他们的对话，立马纠正道："花朝，你应该叫他哥哥。"

霍绥扯了个笑。苏花朝听了之后，双眼直勾勾地看着霍绥。突然，她双手在椅子上用力一撑，从椅子上跳下来，走到霍绥面前，逼着霍绥将目光聚焦在自己的身上。

她莞尔一笑："哥哥？"霍绥掀了下眼皮，嗤笑一声，苏花朝歪了下头，"霍绥哥哥？"

霍绥终于正眼看她，但眼神充满了讥诮与嘲讽，甚至带了几分嫌弃。末了，他转身，头也不回地扬长离去。

身后，霍孟勉说："霍绥的性格就那样，不爱说话，你们别往心里去。"

陈清月说："不会。"

苏花朝："不会的，我会和哥哥好好相处的，霍叔叔。"

好好相处？大概只要她待在霍家一天，那他便无视她一天，遑论好好相处一说？那时的霍绥这么以为。

霍绥伸手揉了揉太阳穴，从口腔中吐出一口浊气。怕是谁也没有想到，哪怕笃定如霍绥，都未曾预料到，到后来，将苏花朝宠得嚣张跋扈、目中无人的人，竟是他自己。

车门被人拉开的一瞬间，带来一股凉意。座椅微动，霍绥转眸看她："东西都拿好了？"

"嗯。"

"那开车吧。"他嘱咐道。

小张："好的，老板。"

因为早上的事情，二人一路无话，只有衣角摩擦，发出窸窣的声音。

苏花朝偏头看向窗外，低声哼着歌。霍绥半合着眼，不知道在想些什么。

到了地方，苏花朝打开车门，眼神没落在霍绥身上半分，却是热情地和小张说："小张，我五点下班，到时候你在停车场等我。"

小张："好的，大小姐。"

霍绥偏头看她，却见她直到进了公司，都没看自己一眼，于是收回目光，吩咐："去银行。"

苏花朝在苏园待了七天，便是老老实实地待在那里七天，当真没有离开过苏园一步。她与陈清月的关系不算亲近，记事之时母亲就不在身边，因此对"母亲"这个词的意义没什么概念，也没有太大的印象。

等后来同住，陈清月对苏花朝也没有分外关心，甚至在很长的一段时间里，苏花朝清楚地明白她是陈清月的累赘，是她拖累了陈清月。所以她从陈清月的第三任丈夫家里离开，在人山人海的街头漫无边际地走，最后却走到了霍宅。

霍孟勉收留了她，没有任何芥蒂地把她抱在怀里，疼她宠她，仿佛她还是他的继女，或者说是将她当成亲生女儿。自那之后，苏花朝便一直待在霍宅。

至于一年与陈清月见一次，这也是霍孟勉提议的："花朝，她毕竟是你的亲生母亲，你身上流着她的血。"

苏花朝乖巧地道："霍叔，那我每年陪她一次好了。"

苏花朝说了陪陈清月，便是心无旁骛地陪着她。不为血肉亲情，不为抚养恩情，只为她答应过霍孟勉，她便会做到。

从霍孟勉在她无家可归之时将她揽入怀中的时候，她便暗自下定决心，将他视为亲生父亲，尊敬他、顺从他、倚仗他。

苏花朝在苏园这七天，把所有的工作事宜一并交给助理小左和小右处理。

她推开门，听到小左说："老大，前几天有一家戏院想找我们合作，让我们给他们戏院做一个视频推广。"顿了顿，补充，"开价五万元。"

苏花朝："不做。"

小左疑惑："为什么呀？这价格不低了。"

苏花朝坐在椅子上，单手撑着下巴，看着小左："做过了的东西，不会再做第二次。"

小左："我们有做过吗？"

苏花朝瞥了她一眼，指了指小右："你和她说。"

小右："老大做的第一个视频就是戏院的，很有名的苏园。"

苏花朝在一家网络科技有限公司上班，手上有一个拥有五百多万粉丝的微博号——朝九视频。

朝九视频，每周周日晚上九点发一条微博视频，内容主要是介绍各地文化、风情。比如说第一期，也就是打开朝九的知名度的视频，便是介绍百年戏院——苏园的视频。

苏花朝从去年进入公司开始，一直在独立做一个微博号，现在账号已从公司独立出来，包括微博的运营和合作。她手底下带着十二名组员，分别负责朝九的内容采集、拍摄采访、视频制作、后期宣传等各个内容。

朝九视频每天都会接到各种合作，金额大多在三万元到十万元之间，价格稍低一点的，如果调研简单，主题贴切，也会接。价格稍高一点的，没有太大的问题，便直接拍板确定。

但朝九也并非是全盈利性的，当苏花朝对某种东西感兴趣的时候，她会耗费几万元甚至是十几万元为那样东西做宣传，甚至是联合认识的微博大V，一起宣传。

当然，这一切都是看这位祖宗的心情。她不喜欢的东西，出价再高也不做，要真喜欢，倒贴钱她也乐意。

小左恍然大悟："那我马上回绝他们。"

"嗯。"

小左小右又说了些合作的事，有几样苏花朝直接拍板了，有几样她兴致缺缺，让小左回绝。

公事汇报完毕，小左小右出门离开。苏花朝打开电脑，开始一天的工作。

等到黄昏来临，夕阳的余晖照映在电脑屏幕上，反射出一束金色光芒的时候，她看了眼表，快到下班时间了。她起身收拾东西，出门和组员说："下班。"

组内一片欢呼，大家利索地收拾东西。

苏花朝率先乘电梯下楼，心里隐隐有种不好的预感，在电梯到一层时走了出来。她走了几步，就看见大门外停着一辆黑色轿车。

她叹了口气："祖宗！"却还是拔腿往那儿走。

苏花朝到了车子旁，伸手敲了敲副驾驶窗，在车窗缓缓降下的时候，她不耐的话脱口而出："我不是说了在地下停车场等我吗？"

"我有答应过你？"

苏花朝一愣，她低头望向车内，本应坐在驾驶座上的小张此刻不见踪迹，开车的司机被人替换，替换小张的正是霍绥。

苏花朝问："怎么是你？小张呢？"

"不能是我吗？"

"你怎么开车了？"

"想开就开了。"霍绥敲了下方向盘，示意，"上车。"

苏花朝利落上车，问他："你在这儿等我多久了？"

"没多久。"

苏花朝见他心情一般，耸了耸肩，不再多话。

这个时间点恰好是下班高峰期，CBD 附近堵得厉害。苏花朝收了手机，窝在座椅上昏昏欲睡，临了还交代了句："到家了叫我。"霍绥轻哼一声当作答复。

等她再次醒来的时候，听到周边有声响，她转过头看他："到家了？"

霍绥："没有。"

苏花朝抬头："这是哪儿？"

"超市，我买点东西。"

苏花朝"哦"了一声，等霍绥开门出去的时候，提高音量叫他："帮我拿瓶水，我渴了。"

霍绥点了下头，随后关上了车门。

苏花朝坐在车内无所事事，从包里翻出手机查收邮件，刚准备回复小左，右边的窗玻璃被人敲了几下，她抬头，正对上西装革履的霍绥。她伸手降下车窗，降到一半的时候，从车外扔进两盒东西，落在她的大腿上。她还来不及看，一瓶水就被塞进了她的掌心。

苏花朝拿着水，边拧瓶盖边看落在自己大腿上的两盒东西，等看清楚了，驾驶座上的人已经坐了回来，正在慢条斯理地系安全带，苏花朝捏着其中一盒，问他："你买这个干什么？"

"买它当然是用了。"

苏花朝："你特意停下车，就是为了买两盒这玩意？"见霍绥挑了下眉，不置可否地看了她一眼，苏花朝满脸通红，"你脑子里成天在想些什么东西？"

"七天。"霍绥说道。

"什么？"

"苏花朝，我失眠了七天。"霍绥偏头看她，"你总得好好补偿我。"

苏花朝伸手就想把那两盒给扔出去，但霍绥的一句话，就让她愤恨收手。他说："扔了，今晚还是照做。"

苏花朝改了动作，把手上的东西砸向霍绥的脸。霍绥微一偏头，躲开了。紧接着，车子一个急刹车。

苏花朝被安全带勒得肋骨一紧，重重地砸回椅背。下一秒，下颌被人捏住，身前阴影一片。

"花朝，乖一点，要不然……今天的初体验就在这儿。"

此时已近夜晚，地平线上最后一道橙色微光渐渐消失，苏花朝眼帘微动，将今日最后的一束光尽收眼底。她抬头，与霍绥的目光相接触。

他瞳孔漆黑，眼眸深邃，远处路灯有微弱光亮落在他的眼角眉梢。苏花朝看着他，如同看到了地狱中的撒旦。她知道他的话不会有假，却还是伸手挑衅他。

天翻地覆之后，苏花朝浑身无力。车子缓缓启动，苏花朝瘫倒在椅子上。

霍绥扭头看了她一眼："马上就到家，别睡着了。"

苏花朝："知道了。"

但等霍绥停车熄火，扭头看她的时候，却发现她已沉沉睡去。

霍绥叹了口气，松开安全带，下车，从车头绕过来，动作缓慢地打开车门。因她靠着车门睡，他不敢有太大的动作，生怕吵醒她。

霍绥打横抱起她，走出车库，往里院走去。

经过客厅的时候，余光扫到餐厅处亮着灯，霍绥停下脚步，往餐厅看，见餐桌上放了几碟菜，厨房里两位阿姨在忙活着。

霍绥："陈姨，您把饭菜给收了吧。"

陈姨忙跑出来，见他怀里抱着苏花朝，放低了声音："少爷，你们吃了吗？"

霍绥："没，您过一小时煮两碗面。"

陈姨："好。"

霍绥向她点了点头，转身朝楼上走去。

上到半层楼的时候，怀里的苏花朝动了一下，伸手拍了下霍绥的胸膛。霍绥停在原地不动，垂下头，注视着怀里的苏花朝。

她张了张嘴，脑袋在他怀里动了动，寻了个好位置，又沉沉睡去。

霍绥望着她，等了几分钟，确定她是真的睡着了之后，才抬腿往楼上走。

第二天清晨，苏花朝被浴室内淅淅沥沥的淋浴声吵醒。她伸手，一把将被子拉过头顶，整个人埋在被窝里。

外界的声音被隔绝了大半，她又沉沉睡去，没想到被子被人一把掀起，有冷水滴落在脖子上，沁凉湿冷。苏花朝整个人一哆嗦："你走开。"

霍绥置若罔闻，未擦干的手沿着她耳根处下滑。

那弧度分明的脊背、纤细的腰身……他沾了水的手，轻轻抚上她的后背，令她如沐春雨。

苏花朝嘤咛一声："大早上的，你烦什么？"

"我待会要去公司一趟，"霍绥把她连人带被搂在怀里，"我爸十点到家，你记得早点起。"

苏花朝迷迷糊糊地点了下头。

霍绥拧了下眉头，伸手捏着她的下巴：“听到没？”

大清早的被吵醒，苏花朝已然不耐，现下他又是拿湿漉漉的手碰她，又是在她耳边唠叨，她的起床气一下子就上来了，从被窝里抽出双手，伸手就想把他的手给拍下。

霍绥此刻却又收回了手，低着头准备将她放回床上，突然眼前一黑，一个措手不及，脸上就挨了一巴掌。

那声音清脆响亮，直接把苏花朝的瞌睡给打跑了。她倏地睁开眼，捏了把汗：“打到你哪儿了？”

霍绥指着自己的左脸颊：“这儿。”顿了顿，他又扯了个笑，“力气还挺大的。”

苏花朝此刻心虚地不敢说话，那一巴掌，她确实用了挺大的力气。她往他脸上看去，左边脸颊很明显比另外一侧红许多。

这可是霍绥，她竟给了霍绥一巴掌。她心虚而乖巧地撇过头，掀开被子下床。

霍绥见她一反常态，莫名地觉得好笑。他们在一起的时候，她会在不开心的时候在他后背留下无数个指甲印，会在他欺负她的时候不甘示弱地将长指甲抠进他的手臂，会像今天这样莫名其妙给他一巴掌……

这些年，霍绥从她身上讨到的甜头，都会被她用这样那样的方式讨回来。

霍绥看着苏花朝撇过头，她微抿着唇，脸侧碎发滑落的样子，更显得可怜百倍。

他勾着唇，觉得她这般样子实属难见，眼神一转，突然瞳孔一缩，大步走向苏花朝，靠近她的时候，长臂一伸将她整个人腾空抱起。

苏花朝怔了一下：“干什么？”

霍绥：“怎么没穿鞋？”

“忘了，不想穿。”

“会冷，以后记得穿。”霍绥把她放在床头附近的化妆台上，然后低下头找她的拖鞋。

苏花朝双腿在空中晃啊晃，眼神空洞地看向某处，不知道在想些什么。等霍绥给她穿好拖鞋后，苏花朝收了思绪，看向他。

霍绥把她抱了下来，然后用手揉了揉她的头发，说：“我先下楼吃早饭，让阿姨也给你准备一份？”

苏花朝咬着皮筋，双手鼓捣着头发：“嗯。”

他站在她身后，对着镜子看到她咬着皮筋，蹙了蹙眉，将她嘴里的皮筋取了出来，放在洗手台上。

他的双手沿着她的发根，以指为梳帮她打理头发，左手握牢，右手拿过皮筋扎紧，动作熟练。扎好之后，他拍了下她的肩：“我先去吃饭了。”

苏花朝：“嗯。”

苏花朝看着镜子里霍绥的身影，等他的身影彻底消失之后，伸手戳了戳他刚扎好的马尾。

很好笑吧，平日连开车都不愿亲自动手的人，甘愿为她弯腰穿鞋、为她洗手和束发。

很多年前，在苏花朝还年少懵懂憧憬爱情的时候，以为这就是爱，只是现在，苏花朝却能理智地告诫自己：他不爱你，他不过是想找个伴，仅此而已。但那又如何，她就是要纠缠他一辈子，她要的不只是他的人，还有他的心。

早餐还是老三样：油条、包子、豆腐脑。

苏花朝的饮食习惯还是偏向南方，说到底，她就是个南方人。她在豆腐脑里加了勺酱油，把油条扯成一小块一小块的，扔进去，边吃包子边喝豆腐脑。油条只泡一半，剩下一半还是脆的，一口咬下去，又软又脆。

她伸手拿榨菜碟，衣袖处的绑带被带了出来。霍绥见状放下筷子，伸手把她的衣袖捋了上去。

苏花朝咬着油条，不满地道：“真丑。”

霍绥叹了口气，又把她的衣袖放下，帮她把绑带绑成蝴蝶结状，问她："这样？"

苏花朝看了看："凑合着吧。"

霍绥捏着绑带不动："就这样？"

苏花朝向他眨了眨眼："要我夸你？"

他嗤笑一声，甩手扔下。

苏花朝张望了一圈，见没人注意到他们这边，倾身上前，在他侧脸处印下一个吻："这样可以吧？"

霍绥伸手摸了摸她唇落下的地方，说："什么意思？打一巴掌，给个甜枣？"

苏花朝愣了一下。哦对，她给了他一巴掌，于是吻了他。霍绥知道她那个吻的意思，如果仅仅是为了一条绑带，她也太小题大做了。

苏花朝吻霍绥是因为心怀愧疚，她给了他一巴掌，便想着要如何弥补。

她眼神飘忽："那这枣够甜吗？"

霍绥勾唇笑："够。"

二人吃得差不多了，霍绥低头看了下时间，起身道："我去上班了，你在家好好待着？"

苏花朝摇头："我待会儿得出去一趟。"

"出去？"

"嗯，"她皱了皱眉，"下一期的视频，我还没想好做什么，想出去找找灵感。"

"没想好？"

"对啊。"她突然抬头看他，粲然一笑，"怎么了，霍大哥有什么想法吗？"

苏花朝笑靥如花地看着霍绥，一双桃花眼衬得她更加娇媚，世上难再遇。霍绥却有些头疼："我不过是问问而已。"

“哦？”

“没必要做出这么防备的样子。”霍绥嗤笑了一声，“我对你的工作真的不感兴趣。”

“你对我的工作不感兴趣……你有感兴趣的东西吗？”

在苏花朝眼里，霍绥有教养，生活、吃饭、学习、工作、健身等一切行为都建立在良好的自控之中。他似乎是面面俱到、百分之百优秀的人，但事实上，他对一切都不敢兴趣。

因为他是霍家大公子，所以待人接物方面极为优雅从容。他教养良好、处事得当，工作上从未出过一丝差错。虽然身在高处，但他从不以此为傲，待人接物尽显君子之气。每日早起跑步，周末健身，苏花朝从未见过比他还擅长自我管理的人。

然而这一切都是因为必须要做，所以才做，苏花朝认识他这么多年，从来没听他提过“喜欢”“想”“想要”这样的字眼。

在她眼里，霍绥是自出生便携带光环的人，凡是想要的东西都唾手可得，但也因此对一切东西都失了兴趣。

霍绥说：“或许有。”

苏花朝：“什么？”

他站在玄关处，西装革履，身材颀长，那漆黑的瞳孔深深地凝视着她，仿佛要把她看穿。苏花朝的心吊在半空中，在这个瞬间，她竟然在期盼、渴望他的回答与她有关。但霍绥终究什么也没说，就转身离开了。

苏花朝怔怔地看着他的背影消失在自己的视线中，才低下头看着碗里泡开的油条，用勺子愤愤地戳了几下，舀了一口塞进嘴里之后，把勺子扔进碗里，喊道：“阿姨，把碗给收了。”

她起身往车库走，脚步匆忙，生怕赶不上他。

到了车库，她看见霍绥一手扶着车门，另一只手上搭着件外套，于是叫住他：“霍绥！”

霍绥不解回望。她疾步上前，合上车门，紧接着手肘抵在他肋骨处，用力一压，将他整个人压制车身处。

霍绥蹙眉："大早上的发什么疯？"

苏花朝说："你试过别人吗？"

见霍绥的眉皱得更紧，苏花朝以为他不明白她的意思，说："这些年，除了我，你还试过和别的女人在一起吗？"

霍绥一把推开她，伸手理了理衣袖，将褶子抹平："没有。"

"为什么不试试呢？"

霍绥突然被问住。是啊，为什么不试试别的女人呢？长相比她好的也有，性格比她好的更多，但为什么不试试别人呢？

苏花朝靠上雪白的墙壁，像是世上最纯洁的仙女，对他露出千百年来最妖媚的笑："喂，你该不会是爱上我了吧？之前的兴趣，该不会就是我吧？"说完，她仔细观察霍绥的神情。

恰好此时，有车鸣声近在耳侧。霍绥偏头往外看，苏花朝也随他一同往外面看去，是霍孟勉的车。

苏花朝连忙低头整理了下衣服，后背微一用力，离开墙边，往车库门走去。

黑色奔驰缓缓驶来，在靠近她时倏然停下，车门被人从里打开，里面的人声音洪亮地道："花朝。"

"霍叔。"苏花朝笑着叫他。

霍孟勉笑着点头，示意司机把车开进车库。

大老远就看到霍绥与苏花朝二人相对而立，霍孟勉疑惑："你们两个人怎么在这儿傻站着？回家说话多好。"

苏花朝笑得温柔："没呢，霍大哥把手机落在沙发上了，正好我看到，给他送过来。"

霍孟勉看向霍绥，霍绥点头扯瞎话："幸好花朝给我送过来，要不然还得让人回来拿。"

霍孟勉摇头："你啊，什么破记性！"

霍绥含笑道："家里有人记得就好。"

“嗯，我们花朝的记性好，给你记着。”

霍绥笑得别有深意，看向苏花朝。她迎上他的目光，丝毫不惧，笑容里有几分挑衅与得意。

霍孟勉没发现二人的你来我往，说：“但花朝总不可能一直陪在你身边吧，她可是要嫁人的。”

对视的两个人眼神同时一滞，半空中，视线交错的地方陡然断节。

霍绥看向霍孟勉：“您说这话，怎么，给她找了好人家？”

霍孟勉乐着道：“前几天，我和老刘一起喝茶的时候聊到这事，刚巧他儿子的年纪和花朝差不多，想想花朝年纪也不小了，我就寻思着让花朝见见去。”他看向苏花朝，“我待会儿就和老刘约时间，到时候你见见那小伙子去。”

苏花朝局促地摇头：“不了吧，叔叔……”

霍绥讥诮地道：“别乱给她介绍，她可不是什么人都配得上的。”

霍孟勉不乐意了：“人可是清华毕业的，自己开了家公司，今年都上市了。我看了照片，人长得也不赖。”他顿了顿，强调，“长得是真不错。”

霍绥冷哼一声。苏花朝瞪了他一眼，示意他注意点。

霍孟勉摇头，低斥：“你啊，总见不得人好。要知道人外有人，比你好的人海了去了。”

霍绥瞅着苏花朝，气定神闲地道：“也得她瞧得上眼啊。”

霍孟勉拿出手机：“我还存了张小刘的照片，花朝，你来看看合不合你的心意。”

苏花朝看热闹不嫌事大地凑过去，仔细端详着照片：“长得挺不错的啊。叔叔，您眼光挺好的。”

像是突然被人给了一巴掌似的，霍绥脸色铁青。这女人生下来，大概就是为了气他的！

苏花朝眼睛一转，瞥了霍绥一眼：“霍大哥，你要来看看吗？

这人长得还不赖！”

霍绥见她笑得一脸得意，突然换了心思，伸手道：“给我看看。”

苏花朝一愣，还没反应过来，手里的手机已被人夺走。

霍孟勉：“怎么样，人长得俊吧？”

霍绥说：“就这长相？”

“就这长相？怎么了，这长得多好看啊！”

“是啊，眼睛是眼睛，嘴巴是嘴巴，鼻子是鼻子，可真好看。”

霍孟勉先是笑眯眯地点头，继而才反应过来，斥他：“你说的都是些什么浑话！”

霍绥：“实话。”

父子二人霎时僵持住，苏花朝连忙劝道：“叔叔，霍大哥说笑呢，这小赵长得挺帅的！”

霍绥勾了下唇：“小刘。”

“啊？”

“人叫小刘。”

苏花朝一时僵住，然后一把夺回手机，戳了戳屏幕，脸上笑意温柔，如傍晚秋色：“叔叔，您要是安排好了就和我说，我会抽出时间去见一面的。”

霍孟勉乐得双眉飞起：“还是我们花朝懂事。”

霍绥也笑：“是啊，可真懂事。”

苏花朝当作没听到他话里的嘲讽与讥诮，伸手扶着霍孟勉往屋子里走。她没走几步，便听到身后一声巨响，之后便是车轮与水泥地面摩擦的刺耳声音，她笑了下，抬头，恰好看到天上的太阳，温暖、刺眼。

霍孟勉注意到她突然的笑，好奇：“想到什么开心事了吗，笑得这么高兴？”

苏花朝：“没什么。”

霍孟勉点了点头，转而问道：“阿绥看上去是不是不太开心？

刚刚看他板着个脸。”

“他心情挺好的。”醋味都沾了她一身，她的心情好得不得了。

“真的吗？”

“真的啊。”假的。

“你刚刚说的去见见小刘，不是骗我的吧？”

“不是。”就是。

“那就好，花朝最听话了。”

苏花朝笑不出来了，跟在他身后，不咸不淡地回答他的所有问题。

回到里屋，霍孟勉身体不大好，便进了房间。苏花朝收拾了自己的东西，便出门找灵感去了。

苏花朝晚上回到家，已经将近十点了。她开车驶向家门口，远远地便看到霍宅的院子里漆黑一片，零星几点灯光大概是霍绥房间与书房的光亮。

霍孟勉身体不好，晚上九点便上床休息。霍绥因此吩咐所有用人在晚上九点之前处理好所有事情，提早下班。

苏花朝下了车，轻手轻脚地上楼回房。

房门打开，有人伸手拉着她，把她抵在门边，恶狠狠地道：“只有我，苏花朝，只有我！”这世上能与你相配的，只有我。

夜色深暗，她分不清这一刻到底是梦境还是现实。

第二章
我也曾为你动了情

意外地，苏花朝醒来的时候，霍绥还躺在她身边睡觉。

她低头，将他禁锢着自己腰身的手移开，小心翼翼地掀开被子下床，路过化妆台的时候恰好看到自己的脸，惨白、憔悴，蓬头垢面。

真丑。苏花朝低头，两只手将头发束起，一手抓着，另一只手翻找着首饰盒拿出一根皮筋。她扎好之后，意外发现桌子上多了个灰色的文件夹。

她向来不把工作带回家里，那么这东西就是霍绥的。

她伸手拨了拨，手刚移开，就听到身后有声音响动，窸窸窣窣的，紧接着，便是他说话的声音：“打开来看看。”

“没兴趣。”她作势要走。

霍绥掀被下床：“你还没看过，先看看再说有没有兴趣吧。”

苏花朝顿住：“什么东西？”

霍绥伸出手，拿起文件夹，走到苏花朝面前，将它扔至苏花朝怀里：“你们公司的。”

既然是他亲自送过来的，苏花朝也没有拒绝的必要。若真是什么商业机密，他也不会如此大方。于是她翻开文件夹，第一张首行的几个大字映入眼底。

苏花朝的睫毛颤动了下，她合上文件夹，抬头看他：“你知道我们公司的胃口有多大吗？”

霍绥：“知道。”说完，便往洗手间走去。

苏花朝跟在他身后：“这还只是A轮融资，你们银行确定要提供给我们……七千万吗？这可不是小数目。”

文件夹里的内容，苏花朝知道得清清楚楚。上个星期她参与了公司的高层会议，公司准备往多方面发展，大家也都想做网络视频，但碍于目前资金短缺，无法实行计划，因此，融资成了他们的首选。

但苏花朝没想到的是，他们找的竟然是霍绥。霍绥所在的瑞尔银行是国内最大的外资银行之一，资金雄厚，再加上国外总部的支持，其实力更是不容小觑。

见他不说话，苏花朝抬腿往他小腿上踢了踢：“你真的要签那份合同吗？”

霍绥：“我不会签。”

苏花朝霎时眉开眼笑：“真的？”

他瞥了她一眼，见她笑容灿烂，眼角微挑，轻哼：“有必要这么开心？”

苏花朝点头：“挺有必要的。”

“融资没了也开心？”

“南城又不是只有你们瑞尔一家银行，而且除了银行，还有别的地方能找。况且朝阳这块肥肉，总有人想来分一杯羹。”

霍绥背靠着墙，双手环在胸前，好整以暇地看着她：“宁愿别人捞你们的钱，也不愿意我捞？”

苏花朝神色如常：“是宁愿与别人共事，也不愿意在上班期间与你相对。”

她伸手将文件夹扔进垃圾桶里，打开水龙头，水流声淅沥：“霍绥，你答应过我的，不能忘。”

“好。我不会忘。”

他头也不回地出了洗手间，苏花朝借着面前的镜子，看到他拿了手机便离开房间。以往他都是在这儿换了衣服才走的，今天大概有点不舒坦吧。

不舒坦什么呢？苏花朝不解。

早在她工作伊始，苏花朝就已经告诉过他，以后她的工作，他不能插手，霍家也不能插手。他那时不也同意了吗？现在不开心了，大早上的发什么疯！

临下班的时候，朝阳科技的总经理来找了苏花朝。

朝阳科技的总经理叫冯攀，是苏花朝的大学同学，大学之时便开始了创业之旅，临近毕业时创办了朝阳科技。在散伙饭的时候，他便向苏花朝抛出了橄榄枝。

苏花朝那时被霍绥保护得太好，照顾得太好，但凡她向一家公司投了简历，第二天那家公司就回复她：“恭喜你，你被录取了。”苏花朝还以为是靠着自己的真本事，她好歹大学四年都是系里的第一名。可等她到了公司上班，才知道不是的。

她被人恭敬地叫苏小姐，有自己单独的办公室，午餐会有人送菜上来，被伺候得面面俱到。她在公司里没有表露出太多情绪，等回了霍宅，打开电脑直接给人事发邮件辞职，也不管那边作何回复。

后来第二家公司、第三家公司均是如此，苏花朝直截了当，干脆不投了，就在家待着。所以当冯攀向她伸手时，苏花朝没有一丝犹豫就答应了他。

霍绥当然很不开心，那是他们第一次吵架。

苏花朝不觉得理亏，霍绥脾气又硬，两个人整整一个月没有理对方。后来苏花朝去了苏园，一去七天。七天之后回来，她示软求他，霍绥才同意她自己去工作。

苏花朝抬头，看向冯攀：“怎么到我这儿来了？”

冯攀脸色颓靡，从口袋里掏出包烟，问她：“介意吗？”

苏花朝摇头：“不介意，但是……抽烟对身体不好，少抽点。”

冯攀咬着烟，笑了。他拿出打火机点烟，烟雾腾起，说：“我记得你以前也抽烟，后来怎么戒了？”

“我抽烟？”苏花朝难以置信地看着他。

冯攀咬着烟低声笑：“大一班级聚会的时候，我去了趟洗手间，回来的时候看到你在走廊尽头抽烟。”

被他这么一说，苏花朝倒是记起来了。那时霍绥管她管得紧，或许是苏花朝的叛逆期来得晚，或许是成心想和他对着干，所以试着抽了根烟，恰好被霍绥的朋友看到，转头就告诉了霍绥。

霍绥好言劝她，苏花朝反击：“你自己都抽呢，还好意思管我？”

他的脸色青一阵白一阵，苏花朝以为他生气了，却看见他把口袋里的烟和打火机统统掏了出来，扔到了垃圾桶里，继而看着她说：“我戒了。”

苏花朝无言地看着他，一时之间竟说不出什么话来。

霍绥向她走近，带了些许莫名的压抑。苏花朝盯着他的胸膛，未动半分。

霍绥：“听到了吗？”

苏花朝：“知道了。”她抬头，“为了我？”

他低头：“为了你。”

那或许是第一次，他们两个人离得那样近，近到仿佛只要她说一句“我爱你”，就能听到他的回应——我也爱你。

思及此，她嘴角不自觉上扬：“家里人不喜欢，就戒了。”

冯攀笑：“就这理由？这么简单？”

苏花朝：“就这么简单。”然后拿笔敲了下桌面，“说正事吧，冯总无事不登三宝殿，今儿个过来到底什么事？”

寒暄过后，冯攀也觉得差不多该说正事了，掐了烟头，问苏花朝：“今晚一起吃个饭，哎，先别拒绝。”

苏花朝话还没说出口，就被他这样阻绝，失笑：“你说，你说。”

"我今晚约了几个人一起吃饭，是关于融资的事，我也不放心让手下的人去谈，想来想去，也只好找你了。"

"我不擅长这些。"

"我也没让你去谈啊，到时候你就坐我边上，主要介绍一下朝九的发展前景和现实发展状况，也别整什么虚的，直截了当地说数据就成！"

苏花朝还想推辞："我们组的小右挺合适的，我把她给你叫来。"

"你好歹是公司的股东之一。"

苏花朝愣了一下："你不说我都快忘了，我还是股东。"想了想，她也不再推辞，直说，"行吧，我跟你去，不就一顿饭嘛。"

得到她的答复，冯攀心满意足，喜笑颜开地往门外走去。他拉开门，又转过大半个身子，叮嘱道："下班之后在停车场等我，不许半途跑路！"

"知道了，啰唆。"

他走后没多久，苏花朝就下班了。她补了个妆，乘电梯去停车场等冯攀，两个人开着车，一前一后。

到了酒店，二人一同乘电梯上楼。苏花朝和冯攀跟在侍应生身后，到了包厢门外。

苏花朝突然想起一个问题，问他："我们要见的人是谁啊？"

冯攀伸手开了门，她的声音晚于他的动作，大门敞开的瞬间，苏花朝的声音落下，她看向灯火通明的屋里，圆桌最中央坐了个人，神情慵懒随意，嘴角那抹漫不经心的笑意在灯光下晃了晃。

苏花朝面上不动声色，露出个温温婉婉的笑，心里却是数不尽的脏话。她竟然也有求宣志译的一天。

苏花朝和宣志译从来都彼此不待见，苏花朝瞧不起他纨绔子弟的样子，宣志译也瞧不起她表面温婉大气、实则九曲心肠的模样。

不止宣志译，霍绥的很多朋友都不喜欢苏花朝。不必说其他人，霍绥在他们初遇的时候，也不喜欢她。但后来怎么就变了呢？霍绥不晓得，宣志译也不晓得，没有一个人晓得。

霍绥变了，但宣志译没变，他依然不喜欢苏花朝，不是讨厌她的某个点、某个方面，而是因为她是苏花朝，因为曾经的厌恶在他心里根深蒂固。

苏花朝不明白，宣志译明明知道朝阳科技是她上班的地方，却在收到融资请求时，没有第一时间拒绝，反倒还给冯攀一丝希望，赴了这趟饭局。

隔着大半张圆桌，她一言不发地坐在位置上。

正对面，宣志译单手撑着下巴，嘴角挂着一抹笑，几分骄傲与不羁，身上带着倜傥与优越感。

苏花朝的视线从宣志译身上掠过，一一扫向包厢内的其他人。他们彼此交谈，碰到她的目光时对她投以一笑，笑得真挚，却又疏离。

成年人之间总是心照不宣，她含笑着和众人点头示意。

宣志译笑着问冯攀："这位是？"

冯攀："这是朝九视频的负责人，苏花朝。"

苏花朝看向宣志译，伸手："我是苏花朝，你好。"

宣志译懒洋洋的："握手就不必了。"接着挑眉道，"我是宣志译，你好。"

身后大门被人打开，服务员陆续上菜。他们这次的事情谈得出乎意料的顺利。

宣志译说临时有事，便早早离席，包厢里的人同他一起出去。出门前，他顿了下脚步，转头往苏花朝这儿看了一眼。

饭席早早结束，散席之时，冯攀拉住苏花朝："待会喝一杯，庆祝一下。"

苏花朝拨开他的手，婉拒："我还有点事，得先走一步。"

冯攀："大晚上还有什么事？"

苏花朝言简意赅："家里有事。"

冯攀担忧地看着她："家里出事了？"

“嗯。”苏花朝抬头，直勾勾地看着他，“出大事了。”

“啊？”

“家暴。”然后，她扔下目瞪口呆的冯攀，拿包走出了包厢。

酒店里设了两处电梯，一处在楼层中间，另一处在楼层最右边。苏花朝一手挽着衣服，一手拿着手机，边拨电话边往楼层最右处走。

电话那头始终是单调的声音，无人接听。苏花朝把手机从耳边移至眼前，打开通讯录往下滑，指尖在“宣志译”这三个字上拨来拨去，最终，她按灭了手机。

苏花朝抬头，看到走廊尽头，电梯外，有人站在那儿，指尖一点亮光在暗处闪烁。苏花朝穿上外套，双手插兜，在他面前停下。

宣志译见她来了，将烟摁灭在垃圾桶上。他动作很慢，嘴角挂着抹漫不经心的笑。他总是这样笑，以一抹随性雅痞的笑蒙蔽住苏花朝的双眼，让她以为这人真的只是一个单纯少年。

苏花朝看着他：“霍绥在几楼？”

宣志译笑了下：“你就这么确定他在这儿？”她不答，只是静静地看着他，一双眼睛睁得大大的，浅茶色的瞳孔如琉璃般闪烁，宣志译吐了句脏话，“你别这样看我，我不吃你这一套。”

苏花朝：“他在几楼？”

“十八楼。”

苏花朝得到答案，伸手按了电梯。

电梯很快就到，她先一步进去按了楼层，宣志译紧跟着她。静谧无声的封闭环境中，连彼此的呼吸都听得一清二楚。

电梯运转，苏花朝和宣志译并排站着。“叮”的一声响起，电梯门打开，苏花朝正准备出去的时候，左手手腕被人拉住，微一用力就把她拉了回来。此时无人经过，电梯门合上，暂停在十八楼。苏花朝扭头看他：“你想干什么？”

宣志译：“你知道为什么今晚我会出现在这儿吗？”

“因为霍绥。”她语气笃定。

这倒使宣志译有些哑然："你知道？"说完，他有点恼火，"你既然知道我是因为霍大哥才出现在这里的，就应该明白，如果不是因为他，我不会和你们公司坐在一块儿谈融资案。"

"所以呢？"

"所以呢？"宣志译重复了一遍她的话，"如果不是因为他，我们公司是不可能给你们提供资金的。"

"别说得霍绥多厉害似的。"苏花朝往边上走了几步，放松地靠在电梯边，神情悠然地道，"如果只是因为他的一句话，就促进了我们两家公司的融资，那你们公司的高层未免也太没有主见了。霍绥不过是一句提议，剩下的不都是你们自己做的决策吗？你非得把这顶帽子戴在他头上，"苏花朝叹了口气，"宣志译，你这样真的没意思。"

被戳破心思的人脸色铁青。苏花朝脚尖点了下地："怎么不说话了？"

"是挺没意思的。"见苏花朝扭头看他，宣志译又道，"他欠你的吗？"他伸手松了松领带，脸上露出一个狂妄的笑，"你平白无故地住在他家，又跟在他身边那么多年。你工作了，他一句话就让我们几个人都着手讨论融资案是否合理可行。"他倏地抬头看她，"苏花朝，霍绥欠你的吗？"

苏花朝："这与你有关吗？"

"怎么和我没关系？"

"你知道些什么？"苏花朝觉得有些好笑，原来一直以来，她在霍绥的朋友们心中的形象是这样的。

这些人只看到霍绥为她的付出，看到他对她无条件的纵容和宠溺，却没看到她对霍绥的包容、喜爱与付出。也是，感情是他们二人之间的博弈，除此之外，再无人知。

苏花朝觉得谈话无法进行下去，伸手按了开门键，抬腿走出电梯。身后没有一丝响动，她双手插兜径直往前走，大概半分钟后，身后传来不规律的脚步声。

"苏花朝！"宣志译见苏花朝停住脚步，转身看向他，嘴角咧出一个微笑，笑里有着几分不怀好意，他朝她抬了抬下巴，"有种吗，打个赌？"

苏花朝看着他："赌什么？"

酒店走廊的廊灯明亮，堪比夏日正午时分的太阳。他们二人相对而立，剑拔弩张。苏花朝一打开包厢门，里面热闹至极，喧嚣入耳，她看到灯影幢幢，以及璀璨的灯光下众星拱月般的霍绥。

她径直而入，包厢里的人都不意外她的出现，毕竟大部分人，在半小时前都已见过。

她微笑着和他们打招呼，一改之前的反应，人群里有人亲密地喊她"花朝姐"，有人调侃道"苏大小姐来咯"。所有人都是极具天赋的演员。

苏花朝掠过他们，走到霍绥身边。他右首的位置空着，单手搭在椅背上，目光闲散，抬头看她，装出一副毫不知情的样子："怎么过来了？"

苏花朝在他身边坐下，脊背挺直，扭头看他："出门遇到了宣志译，他说你在这儿，我想了想这个点回家也无聊，倒不如过来陪你。"他跟她装傻，那她便当作不知。其实仔细想想，她也应当装作一无所知。

朝阳科技的融资案迫在眉睫，如果不是霍绥，恐怕没有那么快就能拍案敲定。她与宣志译虽一直不太对付，但宣志译做事确实靠谱，而且他也不会做亏本买卖。

霍绥的作用不过是搭桥牵线，告诉钱多到没处花的宣志译："喏，我这儿有条发财路，但就看你前期敢不敢投资。"而宣志译也不傻，多加考虑之下，才决定融资。她不应当生气，也不应当心怀芥蒂。霍绥这样做，不过是为了她。

霍绥伸手摸着她颈侧的碎发，慵懒松懈："晚上吃了什么？"

“还没吃。”刚刚那顿饭，她只在一旁喝水，连筷子都没碰一下。

霍绥闻言，收回手，拿起筷子给她夹菜。苏花朝低眉顺眼地吃着他给她夹的菜。

室内喧嚣声起，菜香四溢，身旁是她深爱多年的人。她略一抬头，恰好看到他为她夹菜。霍绥见她看着自己，另一只手揉了揉她的头发，说：“乖，多吃点。”

这一生，哪怕有再多的颠沛流离与不知所措，可都会有那么一瞬充斥着人间难得的温情。她笑着看他，笑容温柔缱绻。

霍绥接到那个电话时已经是散席之后了。他和苏花朝站在酒店大堂，等着小张开车过来。

晚上七八点，酒店热闹至极。苏花朝站在霍绥身边，和他说着今天发生的各种琐事。霍绥眼中带笑地看着她，时不时应一声。蓦地，他手机响了起来。

苏花朝不经意地往他手机上瞥了一眼，不易察觉地往后退了半步。

霍绥接起电话，听到电话那头的人说：“霍先生，您的母亲说要见您。”他蹙眉。

电话那端的人继续说：“她的心情似乎不大好，今天的晚饭也没有吃，您看……”

霍绥听着电话那端的人说话，边听边往苏花朝那边看去。

恰好这个时候苏花朝的手机响了，她连忙接起电话，只听对方的声音顺着电流而来，惊喜而激动：“苏小姐，有人说要买我们的画！”

“什么？”

“十幅！”

苏花朝愣了一瞬。霍孟勉是位画家，手头有一家画廊，旗下的作品大多是名家名作。只是他身体不太好，而霍绥对这种事不感兴趣，因此画廊里的事大部分都是苏花朝负责的。而一口气买十幅……

这么多年，苏花朝还是第一次见。

她说：“我就在市中心，赶过来大概十五分钟，你给那人沏一壶茶，我马上过来。”

那边回道：“好的，苏小姐。”

苏花朝挂了电话。同一时间，霍绥也挂了电话。

霍绥：“我要去北山的疗养院。”

苏花朝心里“咯噔”一下：“你妈她……”

“出了点事。”他不耐烦地揉了下太阳穴，再睁开眼的时候，眼中有浓浓的疲惫和倦意，“我得过去一趟。”

苏花朝把手机放回口袋，双手插兜，抬头看着他：“我要去画廊一趟。”

霍绥不说话，只是目光沉沉地看着她。

秒针嘀嗒，时间流逝。凉风从二人中间穿过，他伸手搂着她的腰，往外走：“我先送你过去，然后再去北山。”

苏花朝：“我开车来的。总不可能把车放在这儿，对吧？”

霍绥想了想，点头：“那边的事处理好之后，马上回家。”

“嗯。”

“我也会早点回去。”

小张的车就停在酒店大门处，见他们来了，立马下车给他们开门。

苏花朝：“你走吧。”

霍绥突然叫她：“花朝。”

“嗯，怎么了？”晚风吹起她脸侧碎发，她伸手将头发挽至耳后，笑靥如花地看着霍绥。

霍绥伸手摸着她的脸，大拇指指腹揉着她脸颊嫩肉，认真地看着她，语锋一转，问：“你都知道了是不是？”

苏花朝眨了眨眼，没有丝毫犹豫地点点头。

霍绥：“生气了？”

“有点。”夜色如水，她沉浸在晚风中，诚实面对自己。苏花朝继续道，“分明早上你就答应我不会插手我的工作，可是一转眼，宣志译就说要给我们资金，霍绥，我不应该生气吗？”

“应该的。”见苏花朝有些愕然，霍绥收回手，站在她对面，语气平缓，“能听我解释吗？”

“你说。”

“你们公司早在一个月前就已经给了我那份融资计划，我原本是想答应的，可想了想，你要是知道，或许得和我置气，于是把那份计划书给了宣志译。他那儿讨论了一个月，最后才决定和你们公司合作的。”霍绥将前因后果交代得清晰明白。

苏花朝讶异于他的坦白，却又有点束手无措。他竟考虑了这么多，又为她拨云散雾。她从口袋中抽出手，却又有点无措，最后还是紧捏住他的衣角：“阿绥……”

霍绥瞳孔一缩，除了床笫之间她偶尔的示弱，他何曾听到她这般叫他。他胸腔震动，手移至她的后颈，微一用力，将她整个人揽入怀中。

“花朝。”霍绥邪魅地笑着，“再叫一声？”

苏花朝无语：“得寸进尺？”

霍绥笑着看她。她窝在他怀里，鼻尖沾染上他胸膛处灼热的温度，左脸颊处贴着他的心口，扑通扑通的声音，她听得乱了心绪。好半晌，她道：“谢谢。”

晚风吹得她头脑清醒，霍绥或许会因为那一声的“阿绥”而有半分的动容，或许会有些恍惚，但她苏花朝理智尚存。

寂静之后，头顶有叹气声。好一会儿，霍绥松手，说：“你走吧，我看着你走。”

苏花朝从他怀里出来，仰头看他，他精致的下巴正入眼帘。她合了合眸，毫无征兆地踮脚，在他的下巴处留下一个牙印。

霍绥低头，对她的举动有些惊讶。苏花朝伸手拍了拍他的下巴：

“谢礼。”

她的车被侍应生开到酒店门前，她从侍应生手里接过钥匙，转身走向自己的车。

启动车子之后，她看到后视镜里，霍绥笔挺地站在车旁，一身黑色西装融于月色，神色放松。她踩下油门，缓缓往前驶去。

霍绥也坐进车里。两辆车背道而驰，相继离开，一辆驶入最繁华的街道，一辆往寂寥无人的北山驶去。

那晚南城星光璀璨，堪比星城。深郊寂静，如漆黑青山。

一定有这样的一个夜晚，泊岸之船再次扬帆。所有人，都静默无声地启航。

画廊位于市中心最繁华的地段，街道处各类网红美食店、服装店，两幢大商场隔着一道马路彼此傲视，晚上八九点，恰好是夜生活刚开始的时间。

苏花朝一打开画廊大门，便有人迎了过来：“苏小姐，莫先生在会客厅等你。”

“他是一个人还是带了别人过来的？”苏花朝长驱直入。

“一个人。”

她点了点头，不再多问。

会客厅内，莫绍棠气定神闲地坐在椅子上，右手拿着茶杯，茶叶的香气沁入鼻尖，他不急不缓地喝了一口，再把茶杯放下，举手投足之间自带一股矜贵之气。他神情悠闲，仿佛不是在等一个人，而是在品一杯茶。

突然，从画廊外传来一阵骚动，警铃骤响，画廊处的保安从里屋跑了出来，手里握着根警棍。

莫绍棠放下茶杯，莫名其妙地看向周围。杂乱的脚步声中，他听到有人喊道：“苏小姐小心——啊！”

莫绍棠连忙起身，顺着人流疾步出去。只见画廊大门处挤满了人，马路旁的行人都凑热闹地往这边看了过来。人群中发出惨烈的声音，还有女生的尖叫："住手啊！"

莫绍棠的心突地一跳，他拨开人群，脚步慌乱地挤了进去，进去一看，就见苏花朝和一个穿着黑色短袖的人纠缠在一起，二人倒在地上，苏花朝的脚压制着他，双手却被那人束缚住，不得动弹。

画廊助理在一旁尖叫："刀，他衣服里有刀！"

保安们手持警棍不敢上前，苏花朝余光瞥到他衣服内里锃亮的刀片，也不敢再多动弹。莫绍棠深吸了口寒气，从保安手里夺走警棍，趁那人不注意的时候，狠狠往他后脑勺一砸。苏花朝见状立马挣脱出来，在水泥地上翻滚了几圈之后，停下。

莫绍棠见她起身，立马扔下警棍，想要看看她有没有事。苏花朝起身，抬头的一瞬间，看到了一道寒光闪过。她伸手一拉，把莫绍棠拉到自己的怀里，右脚一抬踢上那人的腹部。

莫绍棠反应极快，转身想要夺走那人手里的水果刀。那人因为持刀，动手丝毫没有犹豫，而莫绍棠却有些束手束脚。不经意间，那人刀锋一转，刀片狠狠地划过莫绍棠的小臂。他蹙着眉，再没有一丝犹豫，将那人狠狠地踢倒在地。

水果刀应声掉落，保安们集体上前把那人制服。此时，警笛声由远及近传来，警察穿过人群到来，询问事情发生的前因后果。

苏花朝看向莫绍棠，他小臂处划开了一道不小的口子，红色的血液一滴又一滴地流下来。他咬着牙，脸色苍白。

她向警察交代完事情的前因后果，便让助理处理这里的事情。她走到莫绍棠面前，问："你还好吗？"

莫绍棠："你觉得呢？"

"这里离医院只有五分钟的车程，"苏花朝看着他，"我送你过去。"

莫绍棠："麻烦了。"

医生给莫绍棠包扎伤口的时候，苏花朝一直待在急诊室外面，抬头对着白炽灯发呆。

她有多少年没有来医院了呢？很多年了，大概有十年了吧。那时的场景和现在很像，真的很像。

学校里很多人说她被母亲抛弃，说她恬不知耻地赖在霍家，说她真不要脸啊，这样身份的人，还在学校里趾高气扬，苏花朝对此并没有多大的看法，因为她在自己眼里也是这样的人。

可某天下午的自习课上到一半，她突然听到教室外有人喊："霍绥打架了！"

她连思考的时间都没有便跑了出去。教学楼下，霍绥正用脚压制着一人，他正一拳又一拳狠狠地砸向那个人。苏花朝惊愕。

后来二人扭打在一起，到最后，霍绥被打得鼻青脸肿，而那个人被霍绥打到手骨折，送进医院了。

在医院里，霍孟勉的助理在病房里和人道歉，苏花朝和霍绥站在外面，她低着头，轻声问："你为什么和他打架？"

霍绥站在她身边问她："如果有天我被人说成贱货，你会……"

"把他杀了。"

苏花朝话音未落，便听到了一声轻笑。霍绥语气轻快："我也是啊。"

她瞪大双眼看着他。霍绥脸上挂着痞痞的笑，眉峰处、鬓角处有尘泥沾染，苏花朝伸手，把那些污渍抹掉。

后来他们有那么多交颈相拥、裸裎相见的夜晚，她被他或温柔或深情地拥吻，在夜色中他们彼此相对，眼眸里只有彼此。苏花朝知道，自己对他动了情、乱了心。

那时，你问我何时对你动过情，我不知，但我知道，那一刻，我对你动了真心。

第三章
情话十二分

莫绍棠走出急诊室的时候没有看到苏花朝，向四周看了看，还是没找到人。他忙跑到护士站去，结果护士递给他一个信封，指了指苏花朝坐过的位置，说是之前坐在那儿笑了很久的姑娘给的。

莫绍棠接过信封，信封上写了三个字“谢谢你”，打开来看，里面是一沓钱，让莫绍棠好气又好笑。他盯着苏花朝坐过的位置好久，最后把那信封放入上衣口袋里：“这人还挺有意思的。”

融资案很快就启动，公司上下一阵繁忙。好几次晚上苏花朝加班，霍绥去接她的时候，都看到办公楼十楼灯火通明。

从九月底开始一直到十一月初，朝阳科技都在忙着融资。

已经临近下班时间了，苏花朝看到公司的微信群里，一片恭喜祝贺声——朝阳科技 A 轮融资宣告完成。她作为公司的元老，礼貌性地说了句祝福，又发了几个红包，就关了微信。

办公室一侧是偌大的窗户，临近下班，窗外的晚霞散发着细碎的橙光，余霞渲染了一大片蓝色天空，暖光从鳞次栉比的高楼中穿过，可谓云蒸霞蔚。

苏花朝收拾了东西准备下班的时候，小左敲门来了："冯总在微信群里说了，周五晚上开庆功宴，老大，你可不能缺席呀。"

苏花朝惊讶，连忙翻出手机查看，果然……

她几不可察地蹙了下眉："必须得去？"

小左点头："后天下班，大家一起过去。"

苏花朝问："公司所有人都去？"

"是的呀。"

苏花朝伸手揉了下眉心："好，我知道了。"

苏花朝很少参与公司活动，她并非是个远离人群的人，相反，长袖善舞，但这并不代表她喜好热闹。她年少的时候常往人堆里挤，带着霍绥去日本参加过烟火大会，拉着霍绥在春节的时候跑到三亚看海，在下饺子一般满是人的浅海处，她穿着比基尼在里面游来游去……

可这一切的热闹，必须得是霍绥在场。霍绥在，她连微笑都多了三分自信；他不在，哪怕她做得再好，也觉得少了点什么。后来她终于知道，是少了点安全感。

苏花朝的手机"叮咚"一响，她打开一看，是霍孟勉给她发了条短信，说是给她安排了场相亲，让她早点过去，时间、地点都一并发了过来。

前几天霍孟勉再一次和苏花朝提了这事，苏花朝向来不会违背霍孟勉的意愿。霍绥在的话，她倒还会模棱两可地说几句，或许还能推了这事。但那天正好霍绥不在，于是苏花朝垂着眸，乖巧地答应了。

相亲其实很糟糕。苏花朝从头到尾都不知道面前这人到底叫"小李"、"小张"还是"小王"。两个人在西餐厅里相对而坐，都安静地专注着面前的事物。

刀叉碰撞陶瓷盘发出清脆的声音，她吃了口牛排，只觉得这牛排不太合她的心意。

其实这人长得真不赖，清秀俊逸的白嫩小生，鼻梁上架着副黑框眼镜，看上去挺好的，但两个人实在没有什么共同话题。

后来分开的时候，两个人留了微信。苏花朝回到霍宅的时候，这人的好友申请来了，验证消息上附带了他的名字。苏花朝这才恍然大悟，原来这人姓刘。

苏花朝上楼，走在楼上走廊的时候，意外地发现霍绥的卧室没有开灯。隔壁的书房开着灯，门半掩着，她推开门，只见正对着门的书桌处，霍绥拿着毛笔书写。房间里，墨水味萦绕鼻尖。

苏花朝疑惑："大晚上的你在干什么？"她走了进去，弯腰捡起落在地上的宣纸。

霍绥低头一笔一画地写着字，他穿着简单的白衬衣，衬衣袖口挽至手肘处，颈下领带随意地松了松，手上捏着毛笔，在古色古香的书房里挥毫，像是穿越千年而来的贵公子。

苏花朝走到他身边，低眉看他书写。他的字迹行云流水，遒劲有力。

苏花朝听到外面传来阿姨的声音："花朝回来了？"

苏花朝往后退了半步，与霍绥保持着安全的距离，才应道："哎，刚回来。"

霍孟勉的声音从他的房间里传来："你给我监督着霍绥，家规家训抄二十遍，给我仔仔细细盯着。"

苏花朝诧异，惊讶地看着霍绥："你惹他生气了？"

霍绥俯身写字，听到她的问话，扯了下嘴角，轻笑出声："算是吧。"

"什么叫算是？"

"你今晚去相亲了？"他不答反问，见苏花朝愣了一下，坦然点头，霍绥又道，"如果我是你，我不会去。"

苏花朝疑惑："为什么？"

霍绥写好这一份，将纸放在苏花朝刚收拾好的那一沓上。他扭头看向她，嘴角扯出一个笑来，放下手中的笔，伸手捏住她的下巴，吐字清晰："惹我生气的后果，你不应该不知道。"

苏花朝眯眼看他："你生气了？"

霍绥收紧手指："你说呢？"

"哦，生气了。"她感觉到下颌处他的手指越发收紧，心里却得意极了。

霍绥看出她眼里的雀跃："我生气，你有必要这么开心？"

他松开手，接着伏案写，想了想，拿着笔的手一挥，把她搂在自己的怀里。

苏花朝一声惊呼，指了指书房门："门没关！"

霍绥不以为然，呵斥一声，让她别动，左手整理了下纸张的位置，接着便压住她的小腹，一用力，把她禁锢在自己的怀里："别动。"

他的下巴搁在苏花朝的肩膀上，温热的鼻息喷洒在她细嫩白皙的脖颈处，但也仅此而已。他目光端正，眼神清澈，按在她小腹处的手规矩地放在那儿，都没往别处挪动过分毫。

苏花朝双手撑在桌子上，看着他挥毫研墨，有些昏昏然。

其实他以前不是这样的。他不喜欢搭理她，连看她一眼都不乐意。苏花朝和他独处一室的时候，甚至有种自己快要窒息身亡的错觉。

刚到霍宅的那几年，霍绥是真不待见她。好几次霍绥被罚抄家训家规，霍孟勉都叮嘱苏花朝在一旁监督他，苏花朝当然是照做。可等到书房里只有他们两个人的时候，霍绥冷下脸："出去。"

苏花朝说："叔叔让我来监督你。"

霍绥冷言："我答应了吗？"他扬着下巴，眼里满是不屑，"我答应他了吗？"

"没……没有。"苏花朝浑身一哆嗦。

霍绥把砚台狠狠一敲："你给我出去！"

苏花朝怕死了他的眼神，更怕他对自己动手，撒腿就跑了出去。

可是啊，一报还一报，他当初有多不喜欢和她待在一起，现在就有多喜欢缠着她，恨不得一整天趴在她身上。

最后一遍家训家规已经书写完毕，霍绥把笔一扔，伸手就抱住了苏花朝，将她腾空抱起，在怀里把她转了个方向，二人面对面。

霍绥刚准备说话，门外传来了脚步声，二人对视了一眼，立马回到原先的位置上，恰好门外响起了敲门声："大小姐，大少爷。"

霍绥已经坐在了位置上，一副不想搭理人的模样，苏花朝见状撇了撇嘴，出门。

阿姨站在门外，搓了搓手："大小姐，我明天想请个假，家里的孩子身体不好，我想陪他去医院看看。"

苏花朝："可以，一天够吗？多几天也没有关系的。"

阿姨忙摆手："够了够了。"

苏花朝低着头，想了想说："没事的，谁家里没点事呢？这样，你休息三天吧，工资照常，我不会少你的。"

阿姨受宠若惊："这样……不好吧。"

苏花朝莞尔一笑："没事的。"

阿姨说了好几声谢，转身要走的时候，苏花朝突然叫住她："霍大哥他……和叔叔吵架了吗？"

阿姨点点头："是啊。"

"为什么？"

"我听到老爷说，今年的相亲，大少爷一次都没去，气得老爷手都在抖。"

苏花朝愣住。霍绥的年纪比苏花朝还大了三岁，刚毕业的时候还能以闯荡事业为借口推掉这些，但今年开始，霍孟勉便频频给他找女孩相亲，从城东到城西，霍孟勉都仔仔细细地筛选了一遍。有时，苏花朝还陪在霍孟勉边上陪他挑选。

霍绥每个月都有那么几次相亲宴，每次他去的时候，苏花朝都挑衅他："人长得好看吗？"

“你挑的啊，你不知道？”

“那是你喜欢的类型吗？我可是按照你喜欢的类型选的哦，霍大哥——”

“呵。”

“不喜欢吗，你怎么对我这么冷淡呢？可真讨厌！”见他不说话，她继续挑衅道，“霍大哥，你怎么不说话了呢？我想和你说话呢。”

“苏花朝，你皮痒了是不是？”

她试图用这种方式让霍绥将注意力转移到她的身上，他心里越不是滋味，她说得越多。殊不知在她吃醋嫉妒的时候，他在做的，只是安安静静地坐在办公室里，对着电脑屏幕想她。

“大小姐，大小姐？”阿姨叫住苏花朝。

苏花朝回神，笑了笑，再回到书房里的时候，霍绥闭着眼，像是入睡了的样子。

苏花朝轻手轻脚地走了过去，轻声叫他：“霍绥。”

霍绥的睫毛如刷子般又密又长，在灯光下投射出一片阴影。他睫毛微动，睁开眼，看到了蹲在椅子边、抬头看着自己的苏花朝。苏花朝的眼眸一贯清冷，此刻却带了微微的暖意，不知是为了什么。

她揪着他的领带，好声好气地道：“我以后不去了。”见霍绥不说话，只静静地看着她，

她讨好道，“什么狗屁相亲啊，我以后都不会去了。”

霍绥嘴角一勾，露出一个轻蔑的笑，显然他不信：“你多听我爸的话啊，他要是让你去，你……”

“我不会再去了。”苏花朝神色认真，顿了顿，补充道，“为了你。”

灯光下，她眼含笑意，笑得专注又好看，这让霍绥想起了那句话：百花生日是良辰，未到花朝一半春。

苏花朝，确实是浑身上下，都美到让他无法拒绝的人啊。

公司聚餐一般都会划分区域，按照公司高层、部门以及新入职

员工，逐一划分开来。

苏花朝作为公司的股东，再加上自己独立做视频，当然是坐在公司的高层席中的。这一桌大半是苏花朝他们系的学生，有的负责人事，有的负责管理，有的负责财务，反正这公司是他们几个年轻人打拼出来的。一转眼，他们从白手起家到有如今的成绩，都已经三年了。

苏花朝坐在角落处，拿着个茶杯有一口没一口地喝着茶。边上的人都在高谈阔论，她却兴致缺缺。突然，有个话题吸引了她："最近有个微博博主叫怀舒，你们看过吗？"

冯攀："怀舒？"

"对，微博名就叫这个。"老马顿了顿，解释，"做的视频质量还不错，单条微博转发量都快破千了。"

他还没说完，周围一阵嗤笑："这叫不错？哪门子的不错哟。"

"破千？老马，你在开我玩笑吧！"

老马翻了翻白眼："人做的是非物质文化遗产——非遗，你们懂吗？"

苏花朝蹙了下眉，拿出手机，在微博里搜"怀舒"二字。此博主的微博简介：微博知名原创视频博主。置顶微博是：不接任何广告，微博仅宣传非遗，谢谢。

饭桌上，老马仍旧侃侃而谈："所有的微博都是宣传非遗的，而且那视频的制作手法，还有那宣传、策划，都老到得很。"

苏花朝往下翻了几条，最后视线又回到最上面的微博名字上去。此人微博名字叫怀舒，再联系这些微博独特的宣传内容，她要是还不知道这背后的人到底是谁，那她算是白混了。

等她收起手机的时候，边上的冯攀倏地站了起来。她抬头，眯眼看他："怎么了？"

应是喝了酒的缘故，冯攀的脸有些许红，说话时口中带了酒气："我去隔壁屋看看，听说怀舒的几位负责人在那儿吃饭来着。"

苏花朝不动声色地道：“你一个人去吗？”见冯攀点头，她倏然笑了起来，“要不我和你一起去吧。”

冯攀不知道是因为喝的酒度数太浓，还是酒店灯光太过晃眼，他竟然从苏花朝的笑里，读出了几分凛冽的意味。冯攀晃了晃脑袋，以为是自己看错了。不过她主动要求参与这种场面上的应酬，冯攀是再乐意不过的了，于是也没多想，带着苏花朝走了出去。

怀舒工作室打着非遗的招牌，在各网红视频中杀出一条血路。其主要负责人宋舒怀毕业于哥伦比亚大学，学的是新闻专业，他的专业技能、对市场的把握、宣传管理等各方面都极为出色。

今晚，怀舒工作室的主要负责人在这里吃饭，主要的目的是想谈融资计划。他们工作室的财政目前处于赤字状态，入不敷出的现状让他们有些举步维艰。而今天吃饭的对象是瑞尔银行的首席执行官——霍绥。

宋舒怀当然不是随便选的银行，她出身名门，认识不少官宦财阀，按理说，她是可以选择一些老朋友，接受他们的投资入股。但是她在第一次收到融资计划的时候，脑海里只有一个念头——靠近他、再靠近他。

这么多年，她远赴重洋，再次漂洋过海地归来，做了那么多，目的只有一个——离他再近一些。像那年一样，近得能看清他耳根后的那颗痣。

宋舒怀坐的位置正对着包厢门，门被推开，她拂散眼前的袅袅雾气，看到站在助理身后的霍绥。他脸色漠然，进里屋与他们打招呼的时候，才微微添了少许笑意。

他眼神犀利，五官精致，穿着黑色的定制西装，衬衣纽扣一丝不苟地扣至脖颈处。他的肤色是亚洲人最有特色的小麦色，微微滚动的喉结下是深蓝色的领带。他越发成熟稳重，与记忆中的少年相似，又不像。

他就是这样的一个人，给人一种疏离的距离感，却又恰到好处地让你以为这只是幻觉。宋舒怀恍惚地想。突然，有人叫了她的名字，她回神，脸上露出完美无瑕的微笑：“嗯？”

老王说：“这是瑞尔银行的霍总，霍绥。”转身又向霍绥介绍，“这是我们工作室的老板，宋舒怀宋小姐。”

宋舒怀抿唇微笑，对霍绥点头示意：“霍绥，好久不见了。”

她以为这句话出口，他会冷漠地回问她“你是谁”，或者是热络地说“好久不见了，宋舒怀”。但他没有，他用着公事公办的口吻说：“宋小姐，你好。”仿佛她刚才说的那句话是故意搭讪似的。

宋舒怀咬了咬牙，笑着看他：“这么多年没见，你好像没什么变化？”

霍绥低头想了下，答：“你变得更好看了。”

这样的话于他而言不过是一句常用的客套话语，但于她来说，是无意之中的撩人于怀。

宋舒怀：“你怎么去银行了呢？”

她的口吻太过熟络，霍绥心里不满，简单答道：“一时起意。”

“你家里人应该不同意的吧？霍叔叔总是想让你继承他的事业。哦，对了，霍叔叔的身体还好吧？”

室内众人诧异：“舒怀，你和霍总是老相识了呀？”那暧昧的语气，像是说“你和霍总是老相好”一样。

霍绥嘴角的笑意渐渐收起，他不是开不得玩笑的人，但是这种玩笑，他很不喜欢。他语气淡淡：“高中同学。”转眸看向宋舒怀，“我父亲身体还好。”

宋舒怀听出了他话语里的淡漠，心微微下坠。

气氛一时变得十分尴尬，幸好老王是个话痨，立马换了话题。正好，服务员送了酒过来，从主位开始一一倒酒，轮到霍绥那儿的时候，他轻抬了手，阻止道：“我不喝酒。”

宋舒怀：“这是 Chateau Latour Pauillac 1990（1990 年的

拉图波雅克干红葡萄酒），我记得你以前很喜欢喝这款酒的。”

霍绥说：“我待会儿开车。”

“我可以送你回去的。”她一时口快，竟就这样说了出来。

霍绥闻言，嘴角不着痕迹地露出一个讥讽的笑来，开口准备说话的时候，门突然被人从外打开。

“你们好，我是朝阳科技的冯攀。”冯攀手里拿着瓶红酒，身旁是穿着酒红色针织上衣和黑色长裙的苏花朝，她嘴角噙着笑，看了一眼室内的布景，最后目光落在霍绥的身上。

都是一个圈子的，虽说怀舒工作室是刚接触视频制作传播的，但也听过朝阳科技，毕竟朝九视频可是业内巨头。

老王这人吧擅长交际，会看人眼色，立马站了起来，笑呵呵地迎上去：“这不是冯总吗？久仰大名，久仰大名。”

冯攀笑着说：“不敢当，不敢当。”

两人握了下手，松开。

老王招呼着服务员：“这儿再加两副碗筷。”

冯攀谦虚摆手：“我们公司在隔壁聚餐呢，听说你们也在这儿吃饭，就过来打声招呼，吃饭就不必了。”

老王拉着他，不让他走：“哎，冯总，别走别走。您这话说的，应该是我们主动过去和您打招呼才是。”

两个人你来我往地说了几句，最后冯攀和苏花朝还是坐了下来。老王笑眯眯地给宋舒怀和冯攀做介绍：“这是我们工作室的老板，怀舒视频的主要负责人，宋舒怀，宋小姐。”

宋舒怀脸上挂着礼貌得当的笑：“冯总，你好。”

冯攀：“宋小姐，你好。”

老王眼尖，看到了苏花朝，疑惑道：“这位是？”

苏花朝笑吟吟地看着他，却一句话都没有说。冯攀说：“这是我们朝九视频的主要负责人，苏总。”他虽是主动跑到这边来的，但是架势总得摆好。

意思就是我们朝阳是业界老大，你们不过是个小工作室，你们管负责人叫宋小姐，可我们这就是大名鼎鼎的苏总了。

老王直勾勾地盯着苏花朝：“想不到竟然是朝九的负责人，真是意外。”

苏花朝抚摸着茶杯，闻言问道：“哦？意外什么？”

“我之前以为会是戴着眼镜、穿着简单死板工作服的小姑娘，没想到是才貌双全的 office lady（白领女性）。”

他话一出口，席上多了些笑声，有人斥道：“苏总何止是才貌双全！”

苏花朝的目光落在手心的茶杯中，噙着淡淡笑意，不说话。

欢声笑语中，有人的声音低低的，有几分温柔：“这瓶酒是我从国外带回来的，你真的不喝一点吗？”

苏花朝转着茶杯的动作停下，却听男人的声音醇厚，带着几分磁性：“抱歉，我不喝酒。”

“能给一个理由吗？”

“理由。”他淡淡重复这两个字，最后，放下手中握着的白色瓷杯，桌布将瓷器撞击桌面的声音化为沉闷的一声。

莫名的，室内陡然安静了下来。寂静的瞬间，霍绥双手交握在胸前，好整以暇地看着圆桌对面的苏花朝。他一字一句，不急不缓地道：“要送女朋友回家，算不算理由？”

苏花朝手心一松，瓷杯翻滚，顺着桌面落到地面，“咣当”一声脆响，她心悸半秒。

半秒后，她听到那人说：“还坐在那儿干吗？过来。”

死寂，突如其来的一阵死寂。苏花朝抬起头，目光落在霍绥的脸上，只见他神色认真，在亮色灯光下，眉眼清晰，他的黑色瞳孔深深地、深深地锁定在她的身上，嘴角微微上扬。

在方才那一刻，之于苏花朝而言，那已是她听到的最好听的情话。这人变坏了啊，情话都会说十二分了。啧，这前女友就在旁边呢，说这样的话多不好啊。

苏花朝笑了一下："我坐这儿就好。"

霍绥不满，他以为自己刚才表现得已是不错。在苏花朝进来的那一刻，她便看到了自己和宋舒怀并肩而坐，眉头几不可察地蹙了一下，接着便用笑意掩饰。

他太清楚她的想法了，一准是不开心了。可不开心什么呢？他和宋舒怀自始至终都没有什么，除了年少时的一段情。

有的人天生便得到老天爷的馈赠与偏爱，霍绥便是其中之一。他成绩优异、相貌出众、为人温和有礼……那时苏花朝每天都能听到关于他的各种消息。

"霍绥这次成绩又是第一。"

"霍绥今天穿得超级帅。"

"在运动会上，一千米，霍绥跑了第一。"

"霍绥恋爱了。"

霍绥恋爱了，苏花朝不是第一个知道的人。她以为这只是传言，毕竟他那样的人，谁知道他的真实面目后还会喜欢他呢？只有她。除了她，没有人会喜欢上真正的霍绥。

后来她在霍宅楼上，就站在霍绥那时站的位置，低头看到楼下庭院里，霍绥和他的朋友们在楼下说笑谈天，他的边上坐着一个女生。

苏花朝听到他们问："阿绥，你以后准备去哪儿啊？"

"出国。"

"啊？那小舒怎么办？"

坐在霍绥边上的人红着脸说："阿绥去哪儿，我就去哪儿。"

人群中发出一阵哄笑，苏花朝看到霍绥也笑了。他嘴角挑起，眼里的情愫不明，笑容似真似假。苏花朝瞬间读懂，原来他不喜欢那个人，她心里的石头落地了。

可后来霍绥没有出国，他和宋舒怀在一起三年。

三年后，远在国外的宋舒怀表示接受不了异国恋，提出了分手。苏花朝听到手机那端的人哭着说："我受不了你了，你对我就不能好一点吗？只要好一点就够了。"

霍绥冷淡地说："分手吧。"说完便挂了电话，继续面无表情地给苏花朝讲题。

苏花朝心里乐开了花，整颗心都轻飘飘地浮在半空中。

"听题！"他伸手，用笔头敲了她一下，"讲完题目，我要去公司了。"那个时候，霍绥已经在他舅舅的公司实习上班了，每天除去上班、学习，剩下的所有空暇时间，都给了苏花朝。

"我在听呢。"她的口吻漫不经心。

霍绥："好好听，再过几天就要考试了，认真点，知道吗？"

"啵"一声脆响，霍绥扭头看她，苏花朝笑嘻嘻地看着他，眼里调笑意味十足："知道了。"

脸颊上被吻过的地方好似有火在灼烧着他的皮肤，霍绥面无表情地道："哦。"

苏花朝："我一定会考上的，争取当你的学妹。"

"哦。"

……

多少年的事了，以前他就不喜欢宋舒怀，更遑论现在。尝过最好的爱情，当年的白月光也不过是指尖沙。

老王小心翼翼地问道："苏总和霍总是？"

霍绥身边的特助说："苏总是我们霍总的女朋友，谈好些年了。"

苏花朝听得心里直发酸。她和霍绥的关系，是不能简单用男女朋友来概括的。

她曾多次试探地问他"除了我，你还试过别人吗"，但她不敢问他"你到底爱不爱我"这样的话。爱这个词，本身就包含了很多责任。

当然，霍绥的答案从来没有变过："没有试过。"没有试过别人，任何人都没有。因为除了你，也只有你……

苏花朝叹了口气，起身道：“对啊，在一起很多年了。”她走到霍绥身边，特助小张在苏花朝进门的时候便站起来换了座位。那个位置空了出来，她坐下。

霍绥伸手，搭在她的椅背处。

老王很会察言观色，看出来宋舒怀的表情不对，乐呵呵地祝福了几句，周围的工作人员也跟着祝福了几句，便立马转移了话题。

冯攀只不过是过来聊几句，聊完就走，临走前看了苏花朝一眼。苏花朝对冯攀说：“我和霍总一起走，就不过去了，你让小左把我的包放在我车上。”她原本就讨厌酒桌应酬，哪怕是和冯攀那些人也接受不了。

霍绥在这儿也没待多久，这种场面上的应酬他也是不喜欢的，随意找了个借口，便拉着苏花朝走了。

回去的路上，霍绥眯着眼，不知道在想些什么。

苏花朝伸手降下车窗，凉风从窗外吹来，吹得他身上的酒气、烟味都满车乱跑。

霍绥不满：“窗开小点。”

苏花朝伸手直接把车窗开成最大。秋末的风已是携带寒意，从霍绥的衣领往里灌。

他伸手揉了揉眉心：“停车。”

苏花朝立马说：“继续开。”

“我说停车。”

苏花朝伸腿，踹了他一脚，高定的西装裤上留下一个明显的鞋印。她趾高气扬地命令小张：“接着开。”

霍绥冷眼，伸手把扒在前座椅背上的苏花朝狠狠拽下，毫不怜惜地把她扯进自己怀里：“闹腾够了？”

“没有！”她折腾着起身。

霍绥双手环在她的胸前，禁锢着她。

苏花朝憋了一晚的火气顷刻间爆炸：“你到底想干什么？霍绥，你到底想干什么？”

她声嘶力竭地喊着，车厢内回荡着她的声音，夹着晚秋夜色，夹着她情绪里少许难过，尖锐刺耳。

霍绥抱她坐在自己的腿上，吻了吻她的头发，低声道：“我们回去说好不好？”

“就在这儿说。”她控制了下自己的情绪，看着天窗，漫天繁星向后掠过，她怔怔地道，“说个清楚吧，我也累了，这么多年，我累了。”

霍绥伸手，把她放下。二人并肩而坐，他说：“我想干什么，我也不知道。”

苏花朝闭了闭眼，她就知道他会这样回答——不知道、不清楚、不明白，就像他们的关系一样。

苏花朝问他：“你以后会结婚吗？”

“不会。”

她陡然一怔，挺直身板，转头看他：“你在说什么？”

夜色下，他坚毅的侧颜清晰地映在她的眼里，霍绥神色认真：“不会结婚。”

苏花朝不相信，再次问他：“你说的是真的？”

霍绥说：“我不会结婚的。”

她张口大笑，笑完之后，拎着包：“停车。”

小张通过后视镜看霍绥，霍绥竟然点头了：“停车吧。”

快速行驶的车子在路边停下，苏花朝伸手打开车门，毫不犹豫地离开。车门被关上的瞬间，带来一股凉意。坐在驾驶座上的小张，莫名地浑身一颤。

霍绥说：“走吧。”

“可大小姐她……”

“走吧。”他的语气里带了深深的哀愁。

他不会结婚是真的，因为他不能娶苏花朝，他答应过的。所以，如果结婚的对象不是苏花朝，那么婚姻于他而言，没有任何的意义。

苏花朝下车后，头也不回地拦了辆出租车。她钻进车里，“嘭”地一下甩上门，告知司机目的地之后，从包里拿了副墨镜出来带上。她抿着唇，降下车窗，没多久，脸上传来湿意，她咬着牙，潸然泪下。

虽然她明知道他们不会有好的结局，可在直面答案的时候，第一次感受到心痛的滋味。不该这样的，明明不该这样的。如果她缄默再三，一如往常，便可继续自欺欺人地过下去，可她偏偏纠缠追问。

一直到出租车停在楼下，她才停止流泪，付钱下车。她往楼上走，忽略电梯，一层一层地爬楼梯上去，爬了十八楼之后，在自己家门前看到一大箱东西，走上前，看到上面写的寄件人的名字，眼泪再次决堤。

苏花朝拿出手机，泪眼蒙眬中，按下通话键，接通后还没等对方开口，便放声说：“茜茜，你过来好不好？你陪陪我好不好？我好像要死了，真的，好像要死了一样。”她说着，蹲下了身子，双手抱膝，难以抑制地哭了起来。

苏花朝的哭声在空荡的楼道里回旋，嘶哑、悲愤、难过。

莫绍棠拿着手机，愣了半晌，挂断电话，简单地发了条短信给助理说明天再谈公事。挂了电话后，他也没动，就站在楼梯接口处，靠着墙，听着她宣泄。

她所站的地方没有人经过，她目光所及之处只有远处的城市灯火，那灯火遥远微弱，照不进她的心里。

莫绍棠靠着墙，脸上的表情有些晦涩难懂，眼神幽幽，与夜色相融合。他听到隔了半层楼的苏花朝哽咽着说：“我要死了，真的，要死了，你来陪陪我好不好？茜茜，你来陪陪我好不好？”

突然，她的哭声戛然而止，紧接着便是一声巨响。莫绍棠听到物体坠落翻滚的声音，半晌，一部手机落在他的脚边，屏幕在微弱的光线下反射着光。

楼上的哭声已然停止，他脚尖点了点地，伸了个大大的懒腰，弯腰捡起那部手机，顺楼梯而上。

楼道里的声控灯随着他的响动而亮，一盏、两盏、三盏，接连亮起的灯使得苏花朝浑身一颤，莫绍棠看到她脊背僵住，站在原地一动不动。

他勾了下唇，走到她身后："你的手机。"

苏花朝对着大门龇牙咧嘴，最后咬牙，转过身来，微笑着接过手机的时候，看到来人的面貌，一愣："怎么是你？"

"这话应该我问你吧。"莫绍棠慢条斯理地道，"你怎么在这里？"

苏花朝："我住这儿五六年了，没见过你啊。"

莫绍棠理直气壮："我在这儿住了五六天了，也没见到过你。"

苏花朝伸手接过手机，漠然道："谢了。"

莫绍棠双手插兜，笑着道："只是一句谢谢吗？"

苏花朝输指纹，开门，闻言一愣："嗯？"

"不只是手机，"莫绍棠说，"这箱东西也是我帮你拿的。"

苏花朝转过来微笑着道："谢谢，谢谢，谢谢！"一口气说了三声谢谢，末了问他，"够了？"

莫绍棠露出大白牙："要不再给点钱？"见苏花朝眨了眨眼，又说，"一千二？"

苏花朝终于反应过来，他讨的不是句"谢谢"，而是那天她把他一个人留在医院，却用钱的方式"侮辱"他，让他心生不快了。

她事后想了想，也觉得不妥。现在再一看他住的地方，也不是一般白领住得起的地方，大概人家本身就不差钱。

想到这里，她脸色变得好多了，朝他笑了下，笑容真挚地道："对不起啊，那天我临时有事，先走了。"

"嗯。"莫绍棠很好商量地点了下头，指了指自己身后的大门，

“那钱我还放在信封里，待会儿拿给你。”

苏花朝想了想，点头，接着道：“我哪天请你吃顿饭吧。”

莫绍棠已经转过身开门了，钥匙在门锁里转动，闻言，他停了一下，含笑道：“会有那一天的。”

她不解。莫绍棠已经进了屋，把放在玄关处的信封拿出来递给苏花朝：“原封不动。”

她伸手接过，问他：“你刚刚那句话是什么意思？”

“你以后就会知道了。”紧接着，他便关上了他家的门。

苏花朝拿着信封，听得一头雾水。她抬腿往家里走，走到一半的时候，又想起姜锦茜寄给她的一箱东西还在外面，又小跑了回去，把纸箱搬回了家里，重重地合上了大门。

对面房间里，莫绍棠透过猫眼看到她走进去，半路又转身回来，脸上还挂着泪痕，因为哭过，双颊红通通的，两只眼睛像猫的眼睛一样漂亮。她连哭泣都很好看，果然如那个人说的一样，是个美到极致的小姑娘啊。

他勾唇，转身往卧室走，边走边想，让她难过的应该是霍绥吧……

同一时刻的霍宅，被挂断电话的霍绥对着手机，陷入深深的沉默之中。

卧室里没有开灯，他就坐在她常坐的小沙发上，周围是她身上熟悉的香水味，带了点茉莉花的味道，很好闻。但此刻，他的喉咙像是被人扼住了一般，让他呼吸困难，甚至血液仿佛都停止了流动，全身上下没有一处是好的。

因为她说“我要死了，真的，我好像真的要死了”，那一刻，他的呼吸骤停，心悬浮半空，痛不欲生，生不如死。

他抬头看着天花板，许久后拿出手机发短信：我明天下午过来，我们谈谈吧。

收件人：隋女士。

晚秋正午时分，北山上的桂花开得正盛，浓郁的花香四溢，微风裹挟着花香拂来，沁人心脾。

霍绥开着车，沿着盘山公路缓缓上行。此时的天碧蓝如洗，万里无云，阳光温和，空气中有着好闻的桂花香，树木茂盛，郁郁葱葱的，不像晚秋。

北山疗养院里的老人并不多，因为这里价格昂贵，使人望而生畏。霍绥的母亲就住在这儿，至今已有十五年。

他停好车，往隋佳蓉的房间走去。半途的时候他遇到负责照顾隋佳蓉的阿姨，她笑着说："霍先生，隋夫人在楼下花园的院子里。"

霍绥："好，谢谢。"说完，转身往楼下花园走。

他甫一出门，就看到了坐在花园里葡萄架下的隋佳蓉，她裹着条羊绒坎肩，是苏花朝在过年时买的。

霍绥勾了下唇，离得近些的时候，听到那里传来笑声。他疑惑，隋佳蓉的脾气并不好，如此开怀大笑的时候，霍绥从小到现在，都没有见过几次。

他走近，等看到隋佳蓉对面坐着的人时，脸色一下子沉了下来。

宋舒怀倒是笑着和他招手："霍绥。"

霍绥缓了下神色，在外人面前，他素来伪装得当。他舒展了眉头，神色淡然地走过去："妈。"继而才对宋舒怀点了下头。

隋佳蓉拢了拢身上的坎肩，笑着拍了拍霍绥搭在自己肩上的手，说道："来了啊。今天真巧，你和舒怀一起来看我。"

霍绥扯了下嘴角，漠然地道："是吗？"

宋舒怀不好意思地说："真是不好意思啊伯母，我回国好一阵子了，现在才来看你。"

隋佳蓉："哎，别这么说，我这老太婆，有人惦记就算不错了，平日里都只有我一个人在这儿待着，你今天过来，让我开心了不少。"

霍绥坐在一旁，闻言，掀了掀眼皮。

宋舒怀的眼睛不停地往霍绥身上瞟，隋佳蓉注意到，装作不经意地提道：“我记得舒怀以前和我们阿绥谈过一段时间的，是吗？”

宋舒怀脸红：“谈了三年，后来分手了。”

“三年呀。”隋佳蓉感慨道，“这些年都没听过阿绥谈恋爱的事，难不成是因为……”

“妈，”霍绥打断，“我待会儿还有事，我们能谈谈吗？”

被打断的隋佳蓉心里不满：“这大周末的能有什么重要事？”

霍绥说：“有点事。”他抬手看了下表，“十分钟，给我十分钟的时间。”

宋舒怀见状立马起身，拎着包想要离开：“那伯母，我就先走了，等我下次有时间再来看您好吗？”

隋佳蓉说：“怎么就走呢？你又不是什么外人，我和阿绥谈事，你也可以听的。”

宋舒怀看到霍绥的脸色已然不太好看了，笑了笑，走到隋佳蓉身旁，蹲下身子帮她整理了下膝盖处的毛毯，温声道：“工作室还有点事没有处理呢，我得过去看看。伯母，您放心好了，我一有时间，马上就来看你。”

隋佳蓉想要挽留她，可看她是真的要走了，于是说了句：“路上小心。”

霍绥等宋舒怀的身影消失在视线范围之内，才直起身，低头看着坐在轮椅上的隋佳蓉，说道：“我想结婚。”

隋佳蓉闻言点头：“这个年纪，是该结婚了。”

霍绥说：“我要娶苏花朝。”

隋佳蓉正整理着盖在腿上的毛毯，闻言一愣。

半小时后，霍绥离开北山。他疲惫地揉了揉眉头，转动方向盘，往霍宅驶去。到了霍宅大门的时候，意外发现大门处是一堆垃圾。

他把车停在外面，下车，问站在门外把垃圾分类的阿姨：“这是干什么？”

阿姨脸色纠结，绞着手指道："大小姐在清东西呢。"

"嗯？"

"她说要把碍眼的东西，统统扔掉。"

霍绥皱了下眉，没有太多的反应，抬腿往里走的时候又被阿姨拦住，他转头，见她一副欲言又止的样子，耐着性子问："还有什么事吗？"

"大小姐还……还说了……"

"什么？"

"她说，见到您的时候，别让您进来，她现在觉着您最碍眼了。"

霍绥整张脸都黑了。他眼眸晦涩，好几次站在他对面的阿姨都以为他要生气发怒的时候，他只是转过身，按了下眉心。

生气？他哪儿敢生气啊！昨天夜里，他说的那些话惹得里屋那人伤心得要死，现在那人复苏了，用各种方法宣泄不满了，他也只能默默接受，连说个"不"字的权利都没有。

承认吧，霍绥，承认栽在她身上吧。他不知从何而起，只知这辈子，就她了。

他抬手揉了揉眉心。算了，就站在这儿等一会儿吧。

苏花朝昨晚一夜未眠。每次他稍稍流露真心，表明他对她有那么点好感的时候，总会用另一种方式告诉她：是你多想了，苏花朝，是你想太多了。

所以这么多年，苏花朝都会陷入一种矛盾中。最锋利的矛，是他偶尔的深情，最坚固的盾，是他素来的冷漠。她也想过重新开始一段感情，可她连离开他都做不到。

苏花朝咬牙切齿，既然他不会结婚，那也好办，她就死命和他耗着，过一天快乐一天。谁还不会骑驴找马呢？等找到一匹上等的马驹，她迟早得把这匹破马给甩了，一定！这样想着，她弯腰继续收拾着房间里的东西。

霍绥的助理小张在一旁左右为难："花朝姐，您就让霍大哥进来吧，他一个人站在门外吹风……不像话的。”小张跟了霍绥三四年了，明面上叫霍绥一口一个“老板”，私底下叫“霍大哥”顺口极了。

苏花朝闻言，直起腰，把手里的衣服砸向他，微笑道：“我没不让他进来。”

那衬衣兜头抛来，小张伸手接住，定睛一看：“这衣服……也要扔了吗？”

“扔了。”她漫不经心道。

小张哭丧着脸：“这是您送霍大哥的礼物，去年的生日礼物。”

“哦。”苏花朝应道。小张以为有转机，脸上一喜，下一秒就听到她说，“扔了。”

小张偷偷摸摸地摸索到墙边，自作主张地把手里的衣服扔到了衣柜里，做完这一系列动作之后，又手脚麻利地跑回原位。

背对着他的苏花朝，对此一无所知。

小张伸手，心有余悸地拍了拍胸膛。谁知他一口气还没喘顺，就听到那祖宗说：“对了，这张床霍绥也睡过，我也得换了。”

小张一口气没提上来，接连咳嗽了好几声。他涨红着脸问：“花朝姐，您这架势，怎么像是要和霍大哥分床睡了？”

苏花朝闻言起身，转过身来，背靠在窗台处，身后的日光正盛，窗外的银杏树枝繁叶茂，亮黄色的树叶衬得窗外天空金灿灿的，她就站在金色璀璨的背景之中，勾了下唇，那是难得的失落之色：“或许吧。总有一天，他身边睡的那个人，不再是我。”

突然之间，小张不知道该说些什么。

小张是乡下来的，读了职高就跑到南城，运气好跟了霍绥，一跟就是这么多年。这么多年，他眼里的苏花朝是意气风发、神采飞扬的，霍孟勉把她当亲生女儿宠，霍绥虽明面上表现一般，但小张知道，霍绥是喜欢她的。可他不知道，到底是什么原因，让他们两个人白白浪费了这么多年都没有在一起。

走走停停也好，磕磕绊绊也罢，凡事总有始有终有尽头。可霍绥和苏花朝，这些年，连情人之间的“喜欢”都未曾说过半句。小张捉摸不透，他们老家的男女都不是这样的，喜欢就是喜欢，不喜欢就是不喜欢，直爽得很。

小张走上前去，想安慰苏花朝：“花朝姐，你别这样想。”

苏花朝叹了口气，看看凌乱的四周，莞尔：“我和你说这些干什么呀，你还是个小孩子，不懂这些的。”

小张听了却摇摇头，执拗地道：“我怎么不懂了？”

“哟，那你懂什么呢，和姐说说。”苏花朝笑着看他。

小张：“喜欢一个人就和他说呗，心里再喜欢他，嘴上却不说，那还不如不喜欢！”

苏花朝戏谑的笑容一时间僵在脸上，随即那隐约可见的酒窝消失不见。

她抬腿向前，靠近小张，伸手揉了揉他的头发，温声说道：“你还小，等以后你就知道了。”

真的，等以后你就知道了——她和霍绥，不是简单的一句“喜欢”就可以解决所有，他们之间有太多错综复杂的事了，三言两语说不清楚。

苏花朝站在她房间的窗边，这个位置，恰好能看到斜倚在楼下大门处的霍绥。

今天的温度不低，他穿了件针织外套，似乎是觉得热了，便将外套脱下搭在手上，身上衬衣解了两颗扣子，从她这个角度看去，能隐约看到他胸膛处紧实的肌肉。

正好霍绥四处张望，突地抬头，视线落在了苏花朝的身上。

他笔挺得像棵白杨树般，单手插兜，抬头桀骜地望着她。苏花朝的脸上也没有丝毫表情，只是漠然回望。

爱情是场豪赌，时时刻刻都是一场博弈。二人遥遥对视，眼里火花四射，没有一丝一毫退让。末了，霍绥嘴唇微启，用口型道：“下来。”见苏花朝一动不动，霍绥继续道，“让我抱抱你，我很累。”

她脸上的淡漠终于出现了一丝裂痕，她低头垂眸，嘴唇紧抿，一时之间，情绪晦涩难辨。她感觉脑海里有一团毛线，找不到源头，不知道该如何梳理。正好这个时候电话响了，她看了眼霍绥，退后半步，把窗合上，往楼下走。

苏花朝边接电话边下楼，耳边，小左的声音急促慌张：“老大，我在网上看到有博主的视频和我们的视频有百分之八十的雷同！”

她停下脚步：“说清楚点。”

小左磕磕巴巴地解释：“我今天看到网上有个博主出了一个视频，里面的视频背景、解说词和我们明晚要发的最新一期特别像！”

苏花朝脸色凝重：“博主的名字叫什么？”

“怀舒。”

苏花朝脚步一滞，停在那里许久未动。电话那头的小左得不到回复，困惑地叫她：“老大，老大？”

苏花朝回神，道：“把组里的人都叫到公司来，紧急会议。”

“好。”

她挂了电话，小跑下楼，跑到玄关处，拿了自己的车钥匙便往外走。

车子从大门开过的时候，正好运沙发的小货车堵在车门。大门左右留了一些缝，但空间太小，苏花朝的车开不出去。

搬运沙发的工人正往这边赶来，苏花朝看见他们便降下车窗，喊住他们：“师傅，您能把车挪个位置吗？”

沙发后，有人探出头来，轻飘飘地道：“好啊。”话说的人正是霍绥，他穿着纤尘不染的白色衬衣，眉眼柔和，背对着夕阳对她笑。

苏花朝一时愣住。货车被发动，移到另一侧，货车司机小跑过来，连喊了好几声“谢谢。”

霍绥笑着说：“没事。”

他转过身背对着搬货工人，脸上的笑意消失殆尽。他缓缓地走到苏花朝的车旁，打开副驾驶座的门，长腿一伸坐了进来，伸手便把座椅往后调，双手抱胸，闭上眼：“走吧。”

苏花朝看到他行云流水的动作，有些微滞：“我要去公司。”

霍绥：“我陪你。”

“我去谈正事。”

“我在车上等你。”

苏花朝竟有些无语，看到他眉眼间的疲惫，又有些心软：“你要是想休息，回家里休息吧。”

“两个房间都被你轮番扫荡了一圈，我上哪儿休息？”

苏花朝：“你可以去客房。”

“不习惯。”霍绥倏地睁开眼，转过头来。他的瞳孔是如同黑曜石般的颜色，摄人的黑。他直勾勾地盯着你的时候，像是要把你吸进他的宇宙一般。

霍绥：“我就在你车上休息，不上你公司。”

苏花朝：“可我要处理事情，可能需要很久。”

霍绥说：“没事，等多久都是应该的。”苏花朝闻言，情绪翻涌，他又说，“花朝，你再等等，等我……一切都会好的。”他欲言又止的内容是难以言说的东西，很多事，再等等就会好的。

他转回身，看到挡风玻璃外的天，云朵大片，橙光从云丛中穿过，直射地面，那金灿灿的阳光，明亮而又温暖人心。

苏花朝闷闷地应他：“好。”再等等吧，再等等，就会好的。

到了公司楼下的停车场，苏花朝停下车，叫醒霍绥。霍绥眯着眼，看到是她，嘴角上扬，露出一个放松惬意的笑：“怎么了？”

苏花朝也忍不住软下声说：“我到公司了，你在楼下的咖啡馆坐一会儿好吗？”

霍绥说：“不了，我在这儿躺会儿。”

苏花朝见他坚持，便也作罢，松开安全带的时候叮嘱他：“打开车窗，保持空气流通。唉，你真烦，好好在家待着不好吗，非得跟过来，啊——”

她一声尖叫，却是霍绥长手一伸，把她揽至自己怀里，压在左胸膛处，她甚至能清晰地听到他的心跳声。他的声音从头上传来，震得她心尖颤动：“啰唆，离你近点，不开心吗？”

闻言，她双睫微颤，如同蝴蝶振翅。

情话说三分便足够动人，但他学坏了，知道说十二分的情话，仿佛说着说着，便能成真似的。说的人当真了，听的人也当真了，但苏花朝敛了敛情绪说：“有点开心。”

“哦，够了。”你拥有一点开心，对我来说，便已足够。

因为是周六，组里的人都放假了，临时把大家找回来又花费了大半的时间。等到人都齐了，苏花朝吩咐大家到会议室集合。

会议室两旁的百叶窗都合上，将外界的光都隔绝开来。打开投影仪，放映，幕布上开始播放视频。

视频播放流畅，音乐声缓缓流淌。苏花朝伸手打开百叶窗，一时间，窗外阳光乍泄进来，暖色的光晕平铺在地面上，她的高跟鞋踩着光晕，嗒嗒响。

底下的组员低声对话，发出窸窣声响，对着视频交头接耳、指指点点。

苏花朝敲着桌面，发出清脆而又严肃的响声：“说吧，有什么看法？”

小右说：“这和我们明天晚上要发的视频很像。处理手法、拍摄方法、文字处理，甚至连背景音都一模一样！”

苏花朝笑着点了下头，她双手环胸，坐在最上方的位置上，眼神由远及近，一一扫过。

这里一共十二个人，全都是一毕业就跑来跟着她干的，一个个从象牙塔离开便扎根在朝九，苏花朝和他们一起加过班、熬过夜，每个月有三天的调休，她也时常带他们吃饭，在很大的程度上，她是把他们当弟弟妹妹看的，她也不忍心啊。

苏花朝说：“其他人还有什么看法吗？”

有人提问：“是我们这里有人泄露了吗？”

众人纷纷点头，面色凝重。苏花朝见他们如临大敌的样子，忍不住笑：“明天的视频先用备用视频代替，这期的视频就作废了。”

“啊？”小左瞪大了眼睛，“我们可做了小半个月呢！”

苏花朝：“那又如何呢？”

是啊，那又如何呢？宋舒怀那边已经发了这个视频，他们这儿再发，到时候微博上就会掀起一片风浪。看朝九不爽的人多了去了，到时候肯定会有人雇一大堆水军把这件事炒上热搜，那以后朝九的名声还要不要了？

小右：“就这样不了了之？老大，我气不过。”

“是啊是啊，我为这个视频可熬夜加班了好久，女朋友都快和我分手了。”

“我脸上长了好几颗痘，‘前男友面膜’敷得我肉疼！”

“我还跑了好几个地方呢，累得要死要活的。老大，你就这样轻易放手？我不服！”

这些人你一句我一句的，都很不忿。苏花朝双手平放在桌面上，拿起笔敲了敲桌面，示意他们安静下来。

待大家伙安静之后，苏花朝迎着他们的眼神慢悠悠地说道：“我凭什么不了了之呀？在你们眼里，我是那种息事宁人的善茬吗？”

众人摇头，大喊：“不是！”

“那不就成了。”苏花朝脸上带着笑意，说话的瞬间又让人颇生寒意，“我不是什么好欺负的人，谁惹了我，我当然不会让这人好过。怀舒是吧，咱们走着瞧啊。”

小左和小右对视了一眼，笑了。

小左：“老大，我去准备明晚要发的视频！”

小右：“老大，我去收集我们采集视频的资料与备案时间，到时候理直气壮地找人理论去！”

几个人把事情分配得井井有条，分配好之后，立马出了会议室，回到自己的办公桌前，打开电脑开始工作。

苏花朝靠在椅子上，脚尖一点，椅子往右转去。

窗外天空蔚蓝，云卷云舒。太阳匿在云后，不着踪迹。第一战是吗？可真遗憾，手法拙劣似孩童。宋舒怀，这么多年，你还真是没有一点进步。

朝九的最新一期视频发出，有惊无险地度过了这一周。

苏花朝扫了眼朝九的微博，接着打开怀舒的微博，只见对方最新一期的视频转发量都到两千了。啧，恭喜恭喜。

她截图保存，发给小左，并发消息问：“材料都收集好了没有？”

不到一分钟，小左回复：“放心吧老大，我都收集整理好了。”

“找到是谁泄露的了吗？”

“这个……老大……那什么……”

苏花朝敲了敲屏幕，说道：“不急，等着吧，今天所有的视频备份你和小右留着，别给其他任何人了。”

“好的，老大。”

苏花朝发完短信，把手机放进自己的包里，下了楼，开车和霍绥回家了。

她回家后，也没有洗漱，直接倒在床上，双眼放松，盯着天花板上的吊灯，灯光柔和温柔。

借着柔和灯光和静谧夜色，苏花朝昏昏欲睡。

她再醒来是被霍绥说话的声音吵醒的。他就站在房间里的小阳台上，门留着一点缝，清晨寒风裹挟着他的声音，并不清晰，但苏花朝却捉摸到了几个重点词：晚上、射箭和宣志译。

宣志译鲜少会去射箭俱乐部，他常去的地方是酒吧、会所、赌场。

苏花朝还记得有一年她关注了宣志译的脸书，大概是三月吧，那一整个月，她都能在宣志译的脸书上看到他喝酒、打牌、蹦迪的照片，三十一天，出现的女孩都不尽相同。那个时候的宣志译，是名副其实的花蝴蝶。

霍绥挂了电话，拉开门走了进来，动作小心翼翼的，生怕吵醒了苏花朝。

她背对着他，睁着眼想：宣志译又想搞什么？是他邀请霍绥，还是说是宋舒怀邀请霍绥？

霍绥不知苏花朝已醒，连人带被地轻搂住她，脸埋在她的颈部，深吸了几口气。他的身上还带着秋末寒意，许是在外面站了一会儿，头发上沾了些露水，微凉。

苏花朝缩了下脖子："冷。"

霍绥动了动，伸手把她整个人翻了过来："这么早醒了？"

"你打电话的声音太响了。"她恹恹地道。

霍绥低头吻了吻她："宣志译那儿估计通宵了，那边一群人鬼哭狼嚎的，我这儿声音小点，他就听不清。"

苏花朝明知故问："他找你干吗？"

霍绥的手沿着被缝伸进去，贴着她的睡衣摩擦："射箭。"

他在她腰侧轻点，苏花朝颤声道："和谁呀？"她笑着说，"总不可能就你们俩吧，两个大老爷们多没劲。"

霍绥的手顿了一下："我没答应。"

苏花朝伸手解开他的衣服，脸上挂着明媚张扬的笑。

结束之后，霍绥在床上躺了一会儿就去洗漱了。苏花朝由于在周末让工作室的人加了班，索性周一周二给他们放了个假。等霍绥上班了，苏花朝在床上躺了一会儿就起了。她化好妆，拿了车钥匙便出门。

她今天开的是霍绥的车，Mercedes（奔驰）G-Class，她穿着卡其色风衣，高腰牛仔裤掐出她的腰线，脚上踩着双靴子，帅气得不行。

油门一踩，越野车良好的性能发挥到了极致，车轮在路面滚动，后视镜里只见尘土飞扬，树叶翻滚。

等她到了射箭俱乐部，便有人迎了上来：“苏花朝，今儿个怎么有空过来了？”

俱乐部的老板吴关是霍绥的朋友，霍绥来的次数并不多，但次次都带着苏花朝一起来。苏花朝摘了墨镜，说：“今天没什么事做，想过来玩玩。”

吴关说：“我让人带你去更衣室吧，待会儿让人把你的弓给送过去。”

苏花朝说：“好，谢了。”

“没事。”

苏花朝换好衣服之后，弓就被送了过来。她叫住送来弓箭的人，说她忘了室内射箭场所在哪儿了，让这个人带自己过去，边走边问：“你们这儿最近生意怎么样啊？”

“就那样吧，每天来的都是老板的朋友，今儿个都来了好几个呢！”

苏花朝状似不经意地问：“是吗？”

“是啊，就在室内射箭场，您隔壁。”

苏花朝点了下头，那人送到了之后便走了。她低头看了看手里的弓，转身打开旁边的房门。室内并无人在，估摸着是换衣服耽误了时间。

她大方自在地阔步进去，单手拉弓，一手落弦。放手的一瞬间，有风声从耳边刮过，她抬眸，看到有一支箭正中箭靶中心。

有说笑声从外面传来，她勾了下唇，快速地拿出箭，搭在弓上，转身正对着大门。

门开的一瞬间，苏花朝拉紧弦，然后眯着眼，看到了面色紧绷的宋舒怀与站在她身旁的宣志译。苏花朝抿着唇，眼里似有笑意。

第四章

我只有你了

宣志译单手拉过宋舒怀，指着苏花朝破口大骂：“苏花朝，你有病是吧？”

宋舒怀被宣志译搂在怀里，神色渐渐平缓下来。

大门敞开，风吹进来，宋舒怀的长发飘在空中，额间碎发拂过她的脸庞。她的双眼直勾勾地盯着苏花朝，眼里的不甘示弱与挑衅毫不掩饰地展露出来。她不认为苏花朝会真的朝她射这支箭，得意地勾了下唇。

苏花朝眯着眼，看清了宋舒怀嘴角讽刺的笑意。

她紧抿着唇，右手指尖微动，指套互相摩擦，发出粗粝的声音。她舔了舔后槽牙，左肩推右肩拉，弓张得极大，弦紧绷，然后松手，弦音颤颤。

“啊——”宋舒怀捂头大喊，宣志译反应极快地抱住了宋舒怀，以后背对着苏花朝。随之而来的是一声闷响，那支箭悄然落地，落在苏花朝的脚下。

本该射来的箭并未落到二人身边，宣志译和宋舒怀这才意识到他们两个人被苏花朝耍了。

宣志译放开宋舒怀，怒气冲冲地走过来，捡起那支箭，拿着箭头指着苏花朝："你有病吧！搞这些好玩吗？有意思吗？"

苏花朝怡然自得。她松了松指套："那得问问她，好玩吗？有意思吗？"

宣志译闻言一愣："你什么意思？"

苏花朝拨了拨弦，弦微微颤，她越过宣志译，看向宋舒怀："有意思吗？"

宋舒怀靠在墙边，许是还没从震惊中回过神来，满脸苍白。听到苏花朝的话，她倔强地抬头，字字用力地道："我不知道你在说些什么。"

苏花朝拨弦的动作停下："是吗？"

宋舒怀："这是我们第二次见面吧，我不知道我哪里惹了你，让你这么针对我。"她已经从方才的害怕中缓过来，脸色恢复，缓缓地走了过来。

苏花朝说："你似乎不记得我了。"

宋舒怀脚步一滞："我们以前见过？"

"当然见过啦。"苏花朝温婉一笑，她眯着眼，神情温和，"一直忘了介绍我自己了，我就是你当初很想见但霍绥一直不让你见的他的妹妹。"苏花朝说完，就看到宋舒怀满脸震惊，然后她脸上的笑更柔。

"她说的是真的？"宋舒怀咬牙问。很明显，她问话粉对象是宣志译。

宣志译看着苏花朝，不屑地回道："她就是当初那女人带过来的孩子。"然后话锋一转，对苏花朝说道，"你妈和霍绥他爸离婚都几年了，你还没皮没脸地赖在霍家，你要脸吗苏花朝？"

他这么一说，宋舒怀的脸又白了一分。那天晚上，霍绥说的话还清晰地响彻在她的脑海里——

"送女朋友回家，算不算得上借口？"

“还坐在那儿干吗，过来。”

他说话的对象是苏花朝，是宣志译嘴里赖在霍家的女人，也是在公开场合被霍绥深情凝视的女人。宋舒怀当初和霍绥在一起的时候，都不曾想象过他会有那样的眼神和语气。那时候，她只希望他能多看她一眼。

她当初奢求的一眼，他给了别人，如此深情。宋舒怀死死地盯着苏花朝：“之前觉得没意思，现在觉得有意思极了。”

苏花朝语气淡淡的：“是吗？”

宋舒怀：“是啊。”

苏花朝笑了，转头看向宣志译：“你之前和我打的赌，还记得吗？”

宣志译挑了挑眉：“怎么，之前不是说不做这种无聊的事吗？现在反悔了？”

“是啊，反悔了。”苏花朝气定神闲地看着他，“我赌。”

她拿着弓，接过宣志译手里的箭，走向门外，经过宋舒怀的时候，停了一下：“你大概刚回国，不懂南城的规矩。不过没关系，规矩是人教的，我不介意花一点时间教你怎么好好做人。”她说完，温柔地将宋舒怀脸上的碎发别至耳后，微微一笑，然后转身离开。

风依旧在吹，吹得她衣角翩翩。

宋舒怀问宣志译：“你们打了什么赌？”

宣志译转身看她：“我赌霍绥根本不爱苏花朝。”

宋舒怀：“你就这么笃定吗？”

宣志译点头嗤笑。他当然很笃定，因为他知道霍绥的一个秘密。霍绥在二十岁的时候买了枚戒指，就放在银行的保险柜里，如果他爱苏花朝，这么多年，他就应该送出去了。可是他没有。所以宣志译笃定，霍绥不爱苏花朝。

离开俱乐部之后，苏花朝开车去霍孟勉的画廊。

工作日的时候，画廊总是稍显冷清。今天却有些不同，员工们来来往往，手上搬着画，小心翼翼地从苏花朝身边走过，问好：“苏小姐来啦。”

苏花朝笑着点头回应。她走到会客厅的时候，听到里面传来谈话声，伴着霍孟勉爽朗的笑声和一个很熟悉的声音。

苏花朝收回脚步，左右看看，最后靠上走廊尽头的窗户。

不到十分钟，屋里的两个人走了出来。霍孟勉一眼就看到了苏花朝，连忙喊她：“花朝！”

苏花朝像是才知道会客室里有人一样，故作诧异地转过身来：“叔叔。”

霍孟勉朝她招手：“花朝，过来。”转头看向身旁的年轻人，笑着说，“这是我女儿，花朝。花朝啊，这位是莫先生。”

苏花朝朝莫绍棠点了下头：“莫先生，你好。”

莫绍棠顺着霍孟勉的话说：“霍小姐，你好。”

霍孟勉立马解释：“花朝姓苏，不姓霍。”

莫绍棠诧异地看了他们一眼，见霍孟勉的脸上没有丝毫尴尬，而是笑着看向苏花朝：“以后画廊的事，莫先生都可以找花朝，反正我这画廊迟早也是要交给她的。”如此，莫绍棠知道苏花朝在霍孟勉心里的分量了。

莫绍棠到底是生意人，神情转换自如：“好的，以后有事，我一定会找苏小姐的。”

苏花朝始终在一旁浅浅地笑着，乖巧得不像话。

二人送走了莫绍棠，苏花朝扶着霍孟勉去后院，边走边问：“我今天来的时候看到工人搬了很多画出去，最近卖了很多吗？”

霍孟勉说：“卖了十幅画，都是刚刚那位莫先生买的。”

十幅画……苏花朝蹙了蹙眉，那天晚上的买家，原来是他。

苏花朝疑惑：“我怎么从来没听说过这个人呢？”

霍孟勉说：“他刚从旧金山回来，说是总公司准备来中国发展，他先过来探探路。”

苏花朝点了点头，扶着霍孟勉坐在凉亭下。

那天恰好没有风，秋日悬挂高空，阳光温暖，空气中都是桂花的香味。苏花朝给霍孟勉倒了杯水:“叔叔，我改姓霍，您看怎么样？”

霍孟勉说：“不需要的，花朝。”

“可……”

霍孟勉将杯中茶一饮而尽神情平和:“从你进霍家的第一天起，我便把你当作我亲生女儿。”

“我知道，可我想……”报答你。

霍孟勉摇了摇头：“花朝，你叫我一声‘叔叔’，我就已经心满意足了。而且，改了姓之后就不好听了。”霍孟勉笑着。霍绥与霍孟勉有六分相似，但霍绥的脸上，从来没有过这样的温情，“我们花朝无论哪里都是最美的，连名字也是，所以不用改。你是我的女儿，不需要姓氏证明。”

苏花朝双眼红红的：“好的叔叔，我不改。”

当天晚上，苏花朝背靠着霍绥，背后传来他均匀而又平缓的呼吸声。夜色寂静中，她突然开口，说:“我今天和叔叔说了改姓的事。”

“改姓？”霍绥蹙眉，“胡闹什么？”

苏花朝眨着眼：“我是他女儿。”

“狗屁！”生平第一次，霍绥爆了粗口。

“要不……我们算了吧。”苏花朝拨开他搭在自己腰间的手，想要从他身边逃离，却没想到她越是想逃，霍绥越是不让她逃。

他紧紧地搂住她，像是禁锢着她般：“苏花朝。”

“嗯。”

他听到了她嗓音里的些许哭腔，说道：“别胡闹，我不可能放了你的，这辈子都不可能。”

苏花朝没说话。霍绥把头埋在她颈间，深吸了一口气，说：“这辈子，我除了你，不会再有别人。”

苏花朝对着无限漆黑的夜色，眼眸闪烁。

霍绥虽怪脾气一堆，但他有一点好，那便是从不骗她，他永远都是最冷静的那个人。

至此，苏花朝的目的达到。这场赌局，她手握的筹码渐渐多了起来。

等到怀里的人渐渐放松安静下来，呼吸声平稳规律，霍绥才小心翼翼地收回搭在她腰间的手，掀被下床，拿起放在床头柜上的手机，走到书房去。

他赤裸着上半身，下半身穿着条休闲裤，书房内燃气一点火光。霍绥按了按太阳穴，没有犹豫地拨通号码。

已是半夜，突然被吵醒的宣志译脾气大得很："谁啊，大半夜吵死了！"

"是我。"霍绥沉声说。

宣志译一个激灵，推开怀里的人，坐了起来："霍大哥。"

霍绥说："你最近找她了？"

宣志译"啧"了一声，抓了抓头，烦躁地道："苏花朝怎么什么事都和你说，她是小学生吗，就知道告状！"

"我有没有和你说过，别找她麻烦。"霍绥的声音克制又隐忍，带着微微的怒意，"是不是在你眼里，我真的是没有脾气、很好商量的人？"

宣志译突然噤声，他跟在霍绥身边这么多年，见惯了他随意、慵懒、漫不经心、不以为意的样子，忘了霍绥本是个脾气差到极致的人。宣志译沉默半晌，不知道该说什么。

霍绥自知对宣志译语气太重了，他一直都是把宣志译当弟弟疼的，今天却因为苏花朝的事对宣志译发了脾气、动了怒。

霍绥敛了敛情绪，说："我最后再和你说一次吧，小志，你离她远一点，别招惹她，别靠近她，别对她有任何不怀好意。我当你是弟弟，最后说一次。"

宣志译静了会儿，问："如果我……"

“这么多年的兄弟情分，你别怪我狠心。”

听到他的回答，宣志译冷笑连连：“我就知道苏花朝这个人会把你变成这样。你知道吗？你现在特别像是商纣王，她……就是彻头彻尾的苏妲己！”

霍绥对此很无奈，似乎在宣志译眼里，他已经被苏花朝迷得五迷三道了，他说再多、解释再多都无济于事。于是他“呵”了一声：“这是我和她的事，你别多问，也别多管。”

还有一句话他没有说，这辈子，他就两种可能：不结婚，和苏花朝耗着，如果她不愿意，他或许会放她走，但概率不大；结婚，但结婚的对象只能是她。

那晚，霍绥和宣志译最后还是谈崩了，但霍绥已经放下话，如果宣志译再不听，他也没有办法，只能采取手段了。

朝阳科技每周一会召开例会，苏花朝作为朝九的总监和股东，是要参加会议的。

会议结束，众人解散，苏花朝收拾会议记录本的时候，桌上突然多了一片阴影。她抬头，看到冯攀一脸严肃地看着自己。苏花朝：“找我有事？”

冯攀绷着脸：“到我办公室来。”

苏花朝跟在冯攀身后进了他的办公室，然后合上了门。

等门一合上，冯攀便问她：“你和宋舒怀是不是认识？”

苏花朝：“很久以前的事了。”

冯攀蹙着眉：“你们俩之前有过节？”

苏花朝疑惑他竟然问自己的私事，想了想，问他：“你是不是知道，怀舒最新一期的视频和朝九的视频一模一样？”

朝九虽然是独立策划的，但毕竟隶属于朝阳科技，每周确定主题视频之后，小左便会把视频发给冯攀。苏花朝想了想，能让他问出这个问题，大概是因为看到了怀舒最新的那期视频了吧。

冯攀点头：“我没有办法相信，两个不同公司做出来的视频，会是一模一样的。”

苏花朝低头扣了扣会议本上的扣子，漫不经心地道：“这很简单，要么是我抄她，要么就是她抄我。”

“所以我才问你，你和她是不是有过节。”

苏花朝觉得冯攀问得很有意思，想了一会儿，说道：“听你这话……怎么，你觉得是她抄我啊？”

“要不然呢？苏花朝，我还是个明事理的人。”

苏花朝乐了：“谢谢啊。”

“你和她有过过节？”

“有啊，我抢了她男朋友。”见冯攀不说话，苏花朝继续道，“怎么了，我长得这么好看，是个男的都应该喜欢我而不是她，不是吗？”

“那我大概不是男的。”

苏花朝：“没法聊下去了，拜拜了您哪！”

冯攀笑着拦住了她：“我不是那个意思，你比她好看我承认，承认。”

苏花朝“哦”了一声：“然后呢？”

“你真抢了她男朋友？”

“差不多吧。”

“那天那个……好像是瑞尔银行的霍绥，他是你的……男朋友？”

苏花朝无奈地看着他：“我怎么就没发现你这人这么八卦呢？”

“这是上司的关心！”

苏花朝撇了下嘴，她对冯攀还是与对别人不一样的。她和冯攀本科四年，再加上在一起工作三年，这七年的时间里，她是把他当朋友的，所以在面对他的时候，苏花朝整个人都会放松很多。

她琢磨了下，说：“你还记得吗，当年我被拍到从豪车上下来，车里面坐着一个人。”

冯攀回忆了下，老实回答：“不记得了。”

苏花朝瞪了他一眼："好好想想。"

冯攀转着眼珠子又猛一阵回想，突然一个激灵："霍孟勉？"

"嗯。"

"你不是说他是你爸吗？"

苏花朝说："是啊，霍孟勉是我爸，霍绥是他儿子。"

冯攀惊得下巴快要掉了："你……你……"

苏花朝翻了个白眼："我和他们没血缘关系，你别多想。"

"哦。"他松了一口气，"说话就不能说全吗？"

苏花朝笑了下，说道："所以啊，我也不知道我到底是不是抢了她的男朋友。"

因为她不清楚，如果换个场合换个地方，周围的人换成其他任何人，霍绥还会不会说出那句话。如果他真的能说出那句话，说她是他的女朋友，苏花朝想，她就真的什么也不管了。

二十岁时，她心里只有一腔孤勇，如果他说了那句话，苏花朝会拾起那一腔孤勇，与命运斗争到底。

接下来的几天，苏花朝拿起了摄影机走街串巷，南城的胡同多，长长的胡同巷道里藏了繁多的陈年老店。道路两旁银杏叶泛黄，枝丫茂盛，秋天的南城是带着金色膜片的。

有设计师开的服装店，设计特立独行而又前卫；咖啡馆的醇香，隔着半条街就能闻到；花店外摆的花快挡了半条人行道，但那香味令人无法埋怨；隔壁不远处就是酒吧，日头正盛的正午门可罗雀，等到了夜晚又开始酣畅淋漓地狂欢。

到了夜晚，苏花朝也拒绝不了那酒吧的音乐，像是着了魔一般，手里的摄影机还处于工作状态，但她脚步未停，直直地进了酒吧。

却没想到，她脚刚迈进去，第一眼看到的人竟是宣志译。几天没见，花蝴蝶依然不改本色，头发染成奶奶灰色，配上他那张痞帅的脸，竟是格外好看。他虚搂着一人，另一只手拨开人群，迷乱的灯光下，苏花朝看清了他怀里那人的脸——宋舒怀。

音乐近在耳畔，镭射灯灯光四射，苏花朝不做停留，关上相机，拨开人群，紧随其后。

穿过舞池，宋舒怀和宣志译在一间包厢外停下脚步，推门而入。

门打开的瞬间，屋内漆黑一片，液晶屏上播放着 MV，只余微弱的光。隔着一条过道，舞池上人头攒动，男女扭动腰肢，肆意舞动。包厢内只有歌声回荡，灯光都不开一盏，像是静谧漆黑的深夜。

越是这样，苏花朝越想步入探寻，她想知道霍绥到底在不在那里。她在原地思忖半晌，最终抬腿走过去。

直到今天，她才不得不承认，哪怕明知道霍绥对宋舒怀没有什么感情，但宋舒怀的存在，始终是苏花朝心上的一根刺。她信霍绥始终立场坚定，但她不信世上除了霍绥的任何一人。

没有一丝犹豫，她伸手推开门，像是一个奔赴战场的勇士一般，为寻爱人不顾一切。

屋内的人大多数不认识苏花朝，以为她是醉酒找错包厢的人。这里的人大多爱玩，手段多了去了，一人嘴贫了几句："哟，长得挺不错的，找错地方了吧？没事，爷带你过去。"说着，手就搭上了苏花朝的腰，借着屋内昏暗的环境，借机掐了掐她的腰身，调笑意味颇重地在她耳边吹气，"真软啊……"

苏花朝笑盈盈地看着他，不说话。

室内，突然响起一声玻璃落地的声音，玻璃碴子溅了一地，周围女生惊恐的尖叫声骤起，始作俑者却面无表情地站了起来，满脸愠色："松手。"

背景音乐缓缓响起，苏花朝却清晰地捕捉到霍绥的声音，沙哑、有磁性。他最近感冒了，说话的声音带了些沙哑："我再说一遍，松手。"

包厢内所有人的目光都顺着霍绥的视线汇聚到搂着苏花朝那人的身上。

霍绥冷冷地笑："真当我是好惹的吗？我的人，也是你们可以碰的？”霍绥的话掷地有声，落在苏花朝的耳里，如同碎玉叮当响。

包厢内的人面面相觑，搂着苏花朝腰的人在旁人再三提醒下终于反应过来，把僵直的手给收了回来，带着酒气对苏花朝说：“那什么，认错人了。”

苏花朝不计较地对他笑了一下：“下次可别认错了。”

霍绥冷着脸，踩着碎玻璃，一步一步朝苏花朝走了过来，他身披寒意，眨眼的瞬间，寒风裹着冰霜扑来。这次可以说是霍绥真正意义上的一次动怒。

他走到苏花朝身边，长手一伸，把她搂在自己的怀里，当着众人的面脸色不耐，但仍旧耐着性子字字铿锵地道：“下次可别认错人了，这是你们嫂子。”

众人倒吸了一口冷气。

今天来的这些人都是宋舒怀的朋友，都知道今儿的主要目的便是撮合宋舒怀和霍绥，可现在霍绥却搂着另外一个人，在他们面前宣示主权。

霍绥说：“没什么事的话，我带你们嫂子先走了。”

苏花朝不嫌事大地道：“难得出来一趟，你不再玩会儿？”

霍绥凉凉地看了她一眼：“累了。”

见包厢内众人没有多少反应，霍绥直接伸手打开身后的门，阔步而出。刚迈出一步的时候，便听到身后传来的声音：“嫂子？她到底是你女朋友，还是你妹妹？”

霍绥明显感觉到怀里的人身子一颤，从他这个角度望去，恰好看到她颤抖的双睫。

“妹妹”这个词，着实会令她为之一颤吧，仿佛在提醒着她：苏花朝，你现在每天的枕边人，都是你曾经亲密地叫“霍大哥”的人。

可霍绥却不以为意。他们两个在一起的时候，就已经不是兄妹关系了。更何况，他从来就没有把苏花朝当成妹妹。

最初，苏花朝是他父亲的二婚妻子带过来的女儿，后来，苏花朝是他的怀中人、枕边人。他转身想说些什么，衣角处却被人拉了拉。他低头，看到了苏花朝上扬的嘴角，她说："真有意思。"

霍绥不解："嗯？"

苏花朝转过身，嗤笑："我和霍绥在一起，又怎么了呢？"

宣志译不敢置信地看着她："你很得意吗？"

"有那么一点吧。"

"你果然不要脸。"

"在你眼里，我什么时候是个好人过？"

宣志译怔住。确实，在他的印象里苏花朝从来就不是个好人。

苏花朝看见他两眼放空，背对着窗，一脸迷茫不已的样子，陡然想起这位少爷比自己小了两岁，身上还带着少年的热血与稚嫩，于是收了声，觉得还是适可而止，转身挽着霍绥的手出了酒吧。

一路上，霍绥都沉默着，脸上的神情晦涩难辨。

苏花朝看着他不说话的样子，心里直打鼓，以为自己刚刚说什么惹他不开心了，或者是，她出现在那儿，令他有点生气。

走着走着，霍绥突然停下脚步，苏花朝不明所以地看着他。

他的眼直勾勾地盯着她看，末了，抿唇说："他摸你哪里了？"苏花朝一时没反应过来。霍绥接着道，"刚刚那人摸你哪儿了？"

她指了指自己的腰："这儿。"

霍绥左右看看，拉着她往一边走。

"哎，车在那儿！"她指着自己开过来的车，提醒他。

霍绥却攥着她的手腕，把她带到一家服装店里。进了服装店，他随手一指："选件衣服。"自己倒是老神在在地坐下了。

苏花朝突然意识到他这些举动的意义。啧，真是霸道啊！

苏花朝好气又好笑地看着他："你不给我选？"

霍绥皱着脸，一脸"你在和我开玩笑"的表情。苏花朝走过去，抬脚踹了踹他："起来！"

霍绥："自己选。"

苏花朝无奈，软下态度，笑着说道：“咱们好不容易一起出来一次，你给我选件衣服呗。”

霍绥面无表情：“我是来刷卡的。”言下之意，选衣服还是你自己选吧。

苏花朝见他不为所动，眨了眨眼：“算了，我不买了，就这样回去吧！”她转身就走，一步、两步、三步。

手被人从后拉起，他无奈地道：“等着。”

苏花朝背对着他，笑得如暖风过境。

霍绥给她挑了几套衣服，苏花朝接过衣服进里间试，出来的时候，服装店店员在一旁称赞：“先生，您太太真美，这衣服在她身上太好看了。”

霍绥低头，嘴角上扬：“我也这么觉得。”

苏花朝正对着镜子，看到霍绥脸上隐隐的笑意，眉目俊朗微微带笑，她也忍不住笑了，好看的桃花眼往上挑起，原本就娇艳如花的脸庞如沐春风。

两个人的视线在镜中交会，火光四射，如盛世烟花。

霍绥说：“穿这套吧，其他的都包起来。”

苏花朝点头：“嗯。”

她看他低头签单的样子，侧脸温柔，眉峰如墨，鼻梁高挺，后来她被他搂在怀里，在夜色中，感受到他外套下的毛衣带着暖暖的温度，呼吸中能闻到不远处的奶油香。他伸手，理了理她额角的碎发。

她闭了闭眼，想：总归有一样是真的。

那天之后，霍绥和苏花朝难得和平共处了好一段时间，两个人约会、逛街，恩爱如尘世情侣一般。然而与此同时，苏花朝明显感觉到了宋舒怀对她工作所造成的影响。

朝九视频的合作商在短期内突然减少大半，小左小右在苏花朝身边急得团团转，苏花朝却是一脸悠闲的样子。她早已不是刚毕业的小姑娘，在社会上打磨许久，摸爬滚打都是自己一人，知道商场上很多事靠的不是本事，而是面子。

宋舒怀的父亲是商业大亨，旗下的百货公司在全国都是赫赫有名的。很多时候，本事再高又有什么用，社会上到底还是利益重三分。

苏花朝伸手把脸侧的碎发别至耳后，说：“放心，我养得起你们的。”

小左被她这句话揶揄得面红耳赤：“老大，我们在说正事呢。”

“我知道。”她抬头对小左笑了笑，带了三分认真，“你们把手上的事做好就好了。还有，”她突然想起，“上次的事查得怎么样了？”她指的是上次视频的事。

小右说：“查清楚了，是王敏做的。”

苏花朝竟有些记不起王敏长什么样子：“为什么呢？”

小右说：“我也不知道，她始终不肯说。”她从手里的文件夹里拿出一封信，“这是她的辞呈。”

苏花朝看着牛皮纸上印着的“辞呈”，竟有些惋惜。但她也是生意人，虽然意识流里认为她不应该太苛责王敏，但基于利益，她只能说：“你待会儿和王敏说一下吧，需要她缴纳上期视频百分之三十的收益，和人事那边结算完才能离开。”

离了象牙塔，没有人会包容你曾犯下的错。谁不是第一次来到这个世上，凭什么要别人为你犯下的错买单。

小左和小右出去，把话转达给了王敏。

苏花朝推开门，站在门边，看到王敏低头收拾着东西，突然意识到这个小姑娘来这里将近一年了。

这么快，又一年了。苏花朝掰指算算，自她与霍绥在一起的那一天起，到现在已经将近五年了。

她往工作室门外一瞥，看见摆放在门边将近一年的圣诞树正被人卸下，装入垃圾桶里，她转回身，手机丁零一声脆响。

霍绥发来短信：“晚上你母亲到霍宅吃饭，记得早点回。”

“好。”

她打开日历，今天已是十一月十日，再过一个半月就五年了。

窗外天空阴沉沉的，铅灰色的云朵覆盖住大片天色，从办公室往外看去，窗外一片雾蒙蒙的。南城的空气质量素来不好，雾霾严重，冬天更甚。

苏花朝套了件大衣，嘱咐工作室的人提早半小时下班，自己便早早地走了。

她开车回霍家，路上小心翼翼的。到了霍家门口，挡风玻璃上突然有白色的东西落了下来。定睛一看，竟是雪花。

苏花朝把车钥匙给门卫，自己顶着风雪，踩着鹅卵石路走回屋内。

短短一段路，雪却下得极大，她的头发上落满了雪花。进了屋内温暖非常，发梢处的雪化成水，融进羊绒衣里，有的沿着脖颈往下，贴着温热的肌肤蒸发，她不自觉地抖了一下。

霍绥见她冷得直哆嗦，蹙眉，把她捞进自己的怀里，斥她："不知道多穿点衣服吗？"

苏花朝抬头，上下牙打着战，脸上的笑却妖艳。她笑起来的样子，像是聊斋里勾人的狐狸，唇红齿白，眼里有盈盈秋波，望着霍绥，两只手搂着霍绥的腰。

霍绥压抑着急促的呼吸，低头灼灼地望着她："停手。"

苏花朝吻着他的下巴，吐字模糊："偏不。"她用力地把他推到柜子边，双手交叉搂着他的脖子，嘴里吐出的热气糊了他半身，她的眼睛亮晶晶的，比夜里繁星更亮，"霍绥，下雪了呢。"

下雪了呢，那晚也是雪天。

那一晚无论是对于苏花朝还是对于霍绥，都是不一样的。

后来，他们有许多恩爱的日子，很多时候他们都已经记不清了，可唯独那一晚，对于二人而言是铭记于心，是一生难忘。

那晚苏花朝躺在床上，窗外月色皎洁，路灯灯光昏黄，透过窗纱在地板上投下一片光亮。她睡不着，起身赤着脚踩在地板上，地板处的沁凉传到脚底，她颤抖着走到窗边，拉开窗纱。

窗外，大雪纷飞。这场雪下了一个多月没有停歇。

白莲花样式的路灯上白雪堆积，雪花压着灯盏，灯光暗淡。水泥路面冰雪消融，化成泥水，没一会儿，大雪积压，地面被雪花重新覆盖堆积。

苏花朝伸手拉开窗，寒风凛冽，吹得她手指僵直。

下一秒，她便看到了从出租车上下来的霍绥。他似乎是喝醉了，单手撑着墙，脚步虚浮，一步一步，踩着雪穿过长廊。

窗外的风吹得窗纱飘动，飘到了窗外。

似乎是这白色窗纱吸引了霍绥的视线，他倏地抬头，对上了苏花朝的视线，猝不及防地，苏花朝看见了挂在他嘴角的笑。

像是午夜梦回中，鬼魅在无声地诱惑，苏花朝鬼使神差地转身，跑向楼下。

她打开大门，风雪扑面而来。雪吹到她的脸上，她颤着双睫看到了门外的霍绥。他的肩上眉上都是落雪，发梢处湿漉漉的。他的双眼裹着霜雪的湿，带着月色的亮。

霍绥："你找我？"

苏花朝闻到了酒气："你喝酒了？"

"一点。"他推开苏花朝往楼上走去。

苏花朝关上门，跟着他往楼上走。

他扶着栏杆，一步一步走得极慢。苏花朝心念一动，小跑上去，搀着他的手："我扶你吧。"

霍绥停下脚步，扭头盯着她。他不说话，只这样看人的时候，最深不可测。

苏花朝垂在身侧的手，手心发汗。她屏了一口气，抬头："你喝酒了。"

"嗯？"他轻笑。

"我扶你回去。"

霍绥被她扶着，靠在她的肩上，整张脸埋在她的肩颈处，隐隐闻到香味，在她的耳根处、脖颈处以及发尾上。

廊灯未开，室内昏暗。苏花朝的心跳如擂鼓般，每走一步，都要将那快跳出胸口的心给努力压抑住。

到了霍绥的房外，她打开门，紧张得连灯都没有开，就拉着他进去了。霍绥隐在幽暗里的眼瞳微动，抬腿关上了门。

苏花朝惊恐地回头看他。霍绥离开她，缓缓走向床边，再看向她的时候，眼里哪里还有醉意，全是清冷："还不快走？"

苏花朝盯着他垂眸想了好久，再抬起头的时候，对他笑了下。她的笑像是一把剪刀，直接剪了霍绥脑海里最后一根理智的弦。

那晚雪花飘摇，苏花朝房间的窗纱一直在窗外摇曳，随着风随着雪飘啊飘的，直到第二天被用人发现，窗纱已经全湿。

苏花朝收了窗纱给用人，转头去霍绥的房间收拾床单，却发现湿漉漉的床单没了踪迹。

霍绥被她那句话给卷入回忆浪潮之中，再清醒的时候耳根发烫。

他瞥了眼玄关处的钟表，没有多久霍孟勉就该回来了，他伸手把她放在自己脖子处的手拉了下去："别胡闹了。"

苏花朝又像只树袋熊一样缠住他："霍绥！"她双手双脚都攀在他身上，"我累一天了，你都不管我，你是不是男人啊？"

霍绥双手插兜，带着她往客厅沙发走，闻言，散漫说道："我是不是你不清楚？我不是男人还是什么？"

"呸！"苏花朝被他直直地扔到了沙发上，她躺在那儿挑衅地看着他，"狗！"

霍绥居高临下地看着她，面无表情。

苏花朝迎着他的目光，突然笑了，脚趾在霍绥的小腿处摩挲："喂……"

"小狼狗。"霍绥冷不丁说道。

苏花朝："啊，什么意思？"几秒钟后，苏花朝突然醒悟了他的意思，这人竟然如此厚颜无耻，说自己是小狼狗。她抬腿就踹了他一脚：“不要脸！”

霍绥也笑了，他单手托着她的脚，另一只手扶在她的腰背处，让她端坐好，自己则坐在她旁边，两个人之间隔了差不多一米的距离，很安全的距离。

所以当霍孟勉和陈清月到家的时候，看到的便是这样的场景——苏花朝慵懒地靠在沙发一侧，屈着双腿，额头靠在膝盖上，专心致志地看着电视。隔着一人距离的地方坐着霍绥，坐姿端正，脊梁笔挺，视线也落在电视上。

霍孟勉带着陈清月进来，笑着说：“阿绥和花朝真的是越来越像亲兄妹了。”

陈清月点点头：“他们的关系是挺好的。”

苏花朝听到了霍孟勉的声音，立马半跪在沙发上，笑着叫他：“叔叔，您回家啦。”扭过头，却又语气淡淡，“妈，你来了。”

她的视线落在陈清月的身上，大冬天的穿旗袍，不冷吗？

陈清月含笑对苏花朝说：“今天苏园没什么事，就提早来了。”

霍绥起身，同陈清月打了个招呼，转头问霍孟勉：“我让厨房上菜了？”

霍孟勉问陈清月：“现在吃饭可以吗，会不会太早了？”

苏花朝淡淡地道：“天都黑了，怎会太早？”

她知道陈清月每天的晚餐时间是固定的晚上六点，现在这个时间对陈清月来说确实太早，可她就是看不顺眼。凭什么霍孟勉这样低声下气，而她陈清月永远一副高高在上的样子？

霍孟勉为了陈清月离婚，等了她一年，追求了她一年才抱得美人归，可美人的爱只有一瞬，给了霍孟勉之后又厌倦了，追求另一段爱情去了。

这些年，霍孟勉一直在原地看着陈清月，看她结婚、离婚，恋爱、分手。她一辈子都为爱而活着，而霍孟勉似乎一直都为陈清月活着。

这样的女人有什么好的呢？她根本就不爱你，而你还帮她养女儿。苏花朝在这一刻真的很心疼霍孟勉。

霍孟勉却说："花朝，你妈妈难得来家里一次，对她态度好一点。"

看吧，无论是谁，都说不得陈清月。

苏花朝低头冷笑了几声，再抬头的时候，脸上挂着温和的笑意："好的，叔叔。"

为人处世带有三分温和，这是您教我的，叔叔。我啊，谁都不听，就听您的。

吃饭的时候，陈清月又提起了苏花朝的人生大事。霍孟勉突然想起来："花朝，你之前和小刘相处得怎么样啊？"

苏花朝一时之间卡壳了，小刘是谁？

她咬着筷子，含糊地道："最近太忙了，没怎么联系。"

霍孟勉满脸失落："那就是不怎么样的意思了。不应该啊，以我女儿这样的条件，外面的小伙子不应该上赶着追你吗？"

苏花朝闻言乐了，笑得花枝乱颤："在您眼里，我就这么好呀？"

"那是，我霍孟勉的女儿，必须是天下一等一的好。"

苏花朝笑着，对霍绥抬了抬下巴，那意思仿佛是在说，我和你好真的是被你占了大便宜。

霍绥依然是那副面瘫脸，不屑地摇了摇头，只是低头喝水的时候，感觉口腔里的水都是甜的，沁人心脾。

陈清月也笑着点头："是啊，我的女儿能不好吗？"

苏花朝的笑僵住了。她收回笑容，低头数着碗里的饭粒。

陈清月似乎没注意到她的冷漠，接着说："你这个年纪，真的该找个人安定下来了。"

苏花朝扯了下嘴角："暂时没有结婚的打算。"

"不是非要你结婚，我的意思是先找个男朋友，"陈清月苦口婆心，"省得老霍每次担心你。"

苏花朝看着霍孟勉："叔叔，我是真没有恋爱的打算。"

霍孟勉：“我们花朝长得这么好看啊。”

苏花朝一时无语，不是长得好看就有男朋友的。

“当时就没人追你？”

“有啊。”苏花朝说完，就听到旁边的人勺子一滞，搪瓷勺与瓷盘接触，一声脆响。

霍孟勉不赞同：“你这个年纪，不用来谈恋爱就是虚度光阴。”

“我不是十八岁了。”

“你连十八岁的时候都没有谈过恋爱！”霍孟勉说到这个就来气，“我接你回家的时候，看到学校门口那么多小情侣，那些女孩子哪一个有你好看？可人家都有男朋友。你就没喜欢的？”

苏花朝：“瞧不上。”

霍孟勉想了想，点头：“也是，一群小屁孩。可大学没有遇到，你们公司、阿绥边上那么多朋友，你就没有瞧得上的？”

苏花朝抿着唇浅浅地笑，边笑边摇头。她不是瞧不上，是因为心里装了一个人，除他之外的任何一个人，都入不了她的眼。

霍孟勉无奈：“阿绥，你身边那么多青年才俊，有没有配得上花朝的？作为哥哥，你总得多为你妹妹着想。”

苏花朝听得只想笑，霍绥多为她着想啊，都照顾到她床上去了，这个“哥哥”多称职啊！

霍绥说：“有。”

苏花朝的脸僵住，霍孟勉眼里如有火光：“谁啊？”

“程叙之。”

“吃完饭，十遍家训。”

霍绥坦然接受：“好。”

苏花朝忍着笑，在桌子底下踢了霍绥一脚。谁不知道程叙之去年就结婚了，办了一场浩大的婚礼，苏花朝和霍绥还在他的婚礼上当了伴娘和伴郎。那次他们两个站在台上望着对方，有一瞬间，苏花朝以为是自己嫁给了他。

陈清月见说服不了苏花朝，又转向霍绥："我记得阿绥比花朝还要大几岁的。"

霍绥："三岁。"

陈清月："三岁……那是二十八了？不小了。"她意有所指。

霍绥淡笑道："我已经有女朋友了，就不劳您费心了。"

他话一出口，在场三人都受到了不小的惊吓。苏花朝心里惴惴不安的，从尾骨向上开始冒汗，全身发麻。

霍孟勉追问："是哪家的姑娘？哎也不是，也不需要门当户对，只要人好就好了。"

霍绥说："门当户对。"

"人呢，长得怎么样？什么工作？性格、脾气好不好？"

霍绥在桌布底下找到苏花朝垂着的手，拉起，十指紧扣。他温声说道："长得很好看，做新媒体的，至于性格和脾气……"说到这个，他抬头轻笑了下，在灯光下，他的眉眼被染上了几分温柔之色，"不太好。"

苏花朝掐了下他的手心，抬脚踹了下他的小腿肚，心里腹诽：你的性格和脾气才不好！

霍绥紧了紧手心，扭头看向霍孟勉："我的事我心里有数的。"

霍孟勉说道："嗯，你一直是个有想法的孩子。"他顿了顿，又问霍绥，"你和你母亲说过了吗？她一定很开心吧。"

霍绥想起了那天隋佳蓉的回答，她说："不可以，阿绥。除了苏花朝，其他任何人都可以，唯独她不行。"

他收起笑意，神色清冷："还没说。"

霍孟勉："你该和她说的，她是你母亲。"

霍绥轻声说："谁说不是呢？"他的声音太轻，轻到连坐在他身旁的苏花朝都没听到。

晚餐结束之后霍孟勉又送陈清月回去，他的身体本就不好，大雪天的还硬要开车送她，旁人劝都劝不住。

苏花朝满腔怒意，可后来想想，她也劝自己千万遍别喜欢霍绥，但还是义无反顾地喜欢上了他，所以爱情这事只有当事人懂。我在这场爱里得到了什么，付出了什么，只有我懂。

霍孟勉与陈清月离开，偌大的霍宅只剩下霍绥与苏花朝二人。

苏花朝上楼，走到书房，推开门看到坐在电脑面前的霍绥，她上前问他："你刚刚说的那些话……"她顿了一下，深吸了一口气，"你嘴里的女朋友，是我想的那个吗？"

"你想的那个？你想的哪个啊？"霍绥气定神闲地坐在那里，头顶灯光璀璨，他的双眼中如落银河流光，"就是你。"

苏花朝心里陡然一惊，呼吸一滞，走上前去，脚步轻而缓，眼睛直勾勾地盯着他。

霍绥说："以后别瞎想了。"

苏花朝："我之前也没瞎想过。"听到他嗤笑，苏花朝不自觉地摸了摸鼻子，轻咳了一声，转移话题，"我刚在饭桌上差点被你吓死。"

"有这么可怕吗？"

苏花朝站在他身后，上身靠着他，脑袋耷拉在他的肩颈窝处，点头："有啊。"

"怕什么？"

那一刻怕什么呢？怕他嘴里脱口而出另外一个人的名字，怕自己当下就会全然崩溃。

霍绥笑了，他一笑就咳嗽，断断续续的，声音却是格外低沉沙哑："我说了不会有别人，就是不会有别人。答应过你的，我什么时候没做到？"

闻言，苏花朝摇头："是啊，你都做到了。"那你会娶我吗？

这句话就在她嘴里盘旋着，到最后她也没有说出口。她已经试探过太多次，主动过太多次，最后他的回答都毫无意外地让她失望。苏花朝不敢再问了，这段时间她深刻地明白，很多事不必问，何况他已经说过让她等。苏花朝愿意等，她才二十三岁，还有等的时间。但如果等待没有期限，她可能会中途离开。谁也不能为了谁而孤独一生，不是吗？

隔天下午，苏花朝接到了陈清月的电话。当时霍孟勉也在，一脸和蔼地笑着。

苏花朝不好拒听，只好点了接听。电话那头，陈清月的声音传来，她说道："有件事我忘了和你说了。"

"什么事？"

"你爸爸说想要回国发展，可能过段时间就会回来，到时候你去见见他。"

苏花朝闻言，漫不经心："我爸？我哪个爸？"

"你这孩子怎么说话的，当然是你亲爸了！"

"我亲爸就在我面前。"她指霍孟勉。

陈清月不耐地道："苏启正，我说的是苏启正。"

苏花朝佯装惊讶："是吗？您不说我都忘了有这么个人了。"

"我话已经带到了，你的联系方式我也已经给他了，到时候你自己看着办吧。"她说完，还不等苏花朝回答，就直接挂了电话。

苏花朝听着从听筒里传来的嘟嘟声，扯了个冷笑。

霍孟勉在一旁问她："你妈说什么了？"

她蹙着眉："苏启正要回来了。"

霍孟勉闻言，愣了几秒，很快又恢复笑意："你爸爸要回来了，挺好的，你不是也有很久没有见到他了？"

苏花朝起身，神色疏离冷淡："他回来关我什么事呢？"

"花朝，他毕竟是你爸爸。"

苏花朝说："可他是第一个抛弃我的人！"

在楼上的霍绥听到了楼下的争执声，对电脑那端的人说："我这边出了点事，会议延迟半小时。"然后从书房跑了出来，在楼梯处调整了下呼吸，面色从容，步调稳重。

霍绥："出什么事了？"

苏花朝对霍孟勉说："我凭什么要在意他什么时候回来，他回来我就得和他见面？凭什么呢？当初他是第一个不要我的人！"

霍孟勉说："不是的，当初是你妈妈执意要你的，你父亲很喜欢你很爱你，怎么可能抛弃你呢？"

"叔叔，您还在为他们争辩吗？我妈妈……她执意要我？"苏花朝觉得这是一个天大的笑话，"您知道我当初为什么要跑回霍宅吗？就是因为她不想要我了，她和苏启正一样，觉得我是个累赘，想要抛弃我！"苏花朝咬着牙，一字一句地说道。

她永远忘不了自己当初拿着成绩单想要和陈清月说自己这次考得有多好，却听到她和苏启正打电话说："苏启正，你不能只管生不管养的！我现在有了新的家庭，准备要个孩子。你在美国不是混得很好吗，把你女儿给接走不行吗？苏花朝是你的女儿！"

所以呢，苏花朝就不是陈清月的女儿吗？

她攥紧了手心，低头看，成绩单上的成绩像是在赤裸裸地嘲讽她。看吧，你在讨好的人根本不屑看你一眼。所以那天她跑到了霍宅，跑到了霍孟勉的面前，哭着求他收留她。因为在这些年的相处里，霍孟勉是真的对她好。

苏花朝知道，苏花朝什么都知道。

然而苏花朝话一说出口，霍孟勉的眉头就紧皱在一起。霍孟勉是听不得任何人说陈清月不好的，哪怕是苏花朝也不行。

霍绥见霍孟勉的脸色已然不好，厉声道："苏花朝！"

苏花朝扭头看他："怎么，难道我说的不是事实吗？"

霍孟勉捂着胸口，气息不稳："花朝，你不能这么想你母亲，你是她的孩子，她怀胎十月才生下你。"

苏花朝扯了下嘴角："我宁愿她别生下我，真的，霍爸，我宁愿她别生下我。"她一生为爱追逐自由洒脱，我是她人生中唯一的一个污点。

霍绥斥她："你知道你在说什么吗？"

苏花朝说："我知道啊。"

霍绥眼里隐有怒意，叫来助理："把大小姐带回房里去。"

小张慌忙跑过来，拉过苏花朝的手："大小姐，咱们先回房吧。"

苏花朝避开小张的手，往后退："我不想回去。"

小张左看看霍绥的脸色，右看看她的神情，劝她："大小姐，我们先回房好不好？"

"不要。"苏花朝咬着后槽牙，伸手拿过自己随身的包，"我要回家。"

她就站在霍绥与霍孟勉的中间，眼神坚定，一字一句地道："我要回家。"她转身就走，走了没几步，身后就传来匆忙的脚步声，她的手肘被人拉住。

苏花朝转身，对上霍绥的眼睛，颤声说："你松开我，我要回家，回我自己的家。"

霍绥低头看着她，她双睫轻颤，眼里似有泪意。他一时愣怔，她撒腿便跑，头也不回。他低头看着空荡荡的手心，难过和心疼油然而生。

霍绥转头看向霍孟勉："苏启正要回来了？"

霍孟勉瘫坐在椅子上，仰头看着天花板："嗯。"

"您说您，顺着她的话说不好吗，非得让她这样难受？"

霍孟勉说："我能顺着她的话说，可这里……"他指了指自己的心口，"过意不去。"

"有什么过意不去的，白给他们养了这么多年女儿，他们也没有过意不去。"

"是我甘愿的，"霍孟勉低声说，"我甘愿的。"

霍绥低头，抬腿走到霍孟勉身边道："您当初为什么要收留苏花朝？"

霍孟勉叹了口长气，闭着眼道："花朝不在她身边，她的日子应该好过些的。”

霍绥千想万想，都没有想到会是这么一个原因。这句话如果让苏花朝听到，怕是更加痛得无法呼吸了吧，明明在她眼里的满分父亲，当初收养她的时候却是因为想让她的母亲在新家过得好一些……霍绥低头，嘴角扯了个笑。

苏花朝开着自己的车回到了公寓。这套房子是她用自己的钱买的，当初买的时候只是想心情不好的时候过来待待，可现在……现在，这里是她名副其实的家。

没有人间烟火，没有热闹人气，但确确实实是她一个人的家。

她拿着钥匙转动门锁的时候，突然听到身后有脚步声。苏花朝扭头往身后看，莫绍棠正拿着瓶酒顺着楼梯走上来。或许是因为她突如其来的注视，让他一下子愣在了原地。

“苏小姐。”他主动打招呼。

苏花朝拿着钥匙，和他打招呼：“莫先生，你好。”她视线落在他手上拿着的红酒上，“买酒了？”

“嗯。”莫绍棠摸了摸红酒瓶，突然开口，“喝一杯吗？”

苏花朝垂眸想了想：“好啊。”

“在哪儿喝，你家还是我家？”

“就在这儿。”

“嗯？”

苏花朝指了指走廊上方的监控：“就这儿。”

莫绍棠失笑：“我对你可没有什么非分之想。”

苏花朝说：“我怕我喝多了，对你动手。”

“那还是在这儿吧。”

苏花朝轻笑：“我拿两个杯子来。”

莫绍棠说：“我回去把酒给开了。”

两个人竟就这样在楼道里喝上了红酒。苏花朝晃了晃红酒杯，红褐色液体在玻璃杯内晃动，红酒的香味醇美，涌入她的鼻中，她低头浅浅地啜了一口，口腔里红酒的香味醇美回甘。

“挺好喝的。”她说。

莫绍棠挑了挑眉。苏花朝又抿了一口：“你总是在白天喝红酒吗？”

莫绍棠：“没有这个习惯。”

“哦，怪我。”

闻言，他无所谓地耸了耸肩。

苏花朝晃了晃杯子，一饮而尽，红酒顺着她的喉管往下，到了胃部，激起一阵热浪。她把空空的酒杯放在身旁，下巴枕着膝盖，双眼放空地望着窗外。莫绍棠拿起红酒，作势要给她再倒一点。苏花朝说：“别倒了，我不喝了。”

“不是你要喝的吗？怎么，一杯就够了？”

苏花朝：“一杯就够了。”

她在外面总是格外节制，酒倒了，那便喝一杯；谈话，三两句便足够。有些东西，心意到了便够了。

莫绍棠“哦”了一声，把红酒塞塞上。

苏花朝突然问道：“你好像不是南城人。”

“我从小在美国长大。”

“怎么会想着回国呢？”

“总得回来报效祖国。”

苏花朝的头一点一点的，磕在膝盖上：“美国那边的华侨都是这么想的吗？”

莫绍棠：“我不太清楚。”

“你的朋友们呢，他们怎么想的？”

“我没有朋友。”

苏花朝的动作一滞：“我在这儿也没有朋友。”

“我一直都没有朋友。”

苏花朝勾着嘴角，说："那我比你好一点，我有个很好很好的朋友，她叫姜锦茜，她对我可好了。可是她不在这儿。"

莫绍棠："是吗？挺好的。"

苏花朝说："可我只有这么一个朋友。"

"为什么呢？你看上去并不是很不好相处的人。"

苏花朝双颊酡红，她笑着说："因为我不相信他们，不相信。"她叹息，"到头来，都会离开的。"

她看上去是个很坚强的人，但心里比任何一个人都要柔软。她因为害怕失去，所以连拥有的权利都已经舍弃。她被伤害过一次，便再也无法相信任何人。生身父母都会舍弃她，更何况是其他人呢？

苏花朝突然想到：不对啊，还有一个人。

她歪着头，莞尔一笑："只有他不会离开了，我只有他了。"

莫绍棠靠着扶手，眉目舒展地看着她："苏花朝。"

"啊？"

"你喝醉了。"

苏花朝说："是啊，喝醉了。"莫绍棠又觉得她没醉，因为她又说，"如果不是喝醉了，我怎么会说这些话……我还没有和别人说过这些话呢。莫……"

"莫绍棠。"

苏花朝咬着他的名字："莫绍棠。"

莫绍棠低头看了看表，起身，拿起红酒瓶："苏花朝，回屋里躺一会儿吧。"

苏花朝抬头："你回去了？"

"我有个国际会议要开，先走了。"

苏花朝朝他晃了晃手："再见哦。"她撑着墙站起来，打开门，直挺挺地往家里走，莫绍棠就站在原地，看她进了屋合上门，才转身回家。

等到只有她一个人，她长叹了一口气，仰面倒在沙发上。她这一躺便到了晚上，再醒来的时候，窗外天色昏暗，月亮挂在树梢，银色的月辉倾泻一地。

苏花朝的身上都是红酒味，她嫌弃地扯了扯衣服，起身，边脱衣服边往浴室走，从客厅到浴室门前，衣服全都随意地扔在地上。

浴室里水流汩汩，雾气氤氲，苏花朝闭眼，迎着花洒。

她洗到一半的时候突然听到关门的声音，心里蓦地一惊，随意地冲了下身子，从旁边的柜子里拿了条浴巾裹上，便走了出去。

玄关处，霍绥低着头换鞋，他的身前放了两个行李箱。苏花朝呆呆地看着他："你干什么？"

霍绥脱了外套，道："搬家。"

"搬家？"苏花朝有点怀疑自己的耳朵。

霍绥抬头看她，她的头发湿漉漉的还在滴水，因为着急并没有穿鞋子，赤着脚踩在地板上，她站着的地方滴了一摊水。

他走到洗手间，从里面拿了条浴巾出来，盖在她头上："先擦头发。"

苏花朝接过浴巾却没动，问道："你到底干什么？"

霍绥把两个箱子拖进来："不是要回家吗？那就在这儿好好待着。"

听到他的话，苏花朝的心里陡然一凉，她的手一抖，手里的浴巾掉落在地。连他……都要抛弃她了吗？

霍绥把行李箱拖到她的卧室门前，转身，看到她呆愣在原地，手里的浴巾不知何时掉落在地，他只得无奈地折回来，捡起浴巾，给她擦头发："不是要回家吗？我陪你回来，还不够？"

苏花朝："你陪我？"

霍绥失笑："要不然呢？让你一个人待着？我的心有那么宽？"

"啊？"

霍绥停下手上的动作，从她的背后环抱住她，附在她耳边温声说："我不是那种人，别担心。"

苏花朝的心里冒出一股酸水，在这一刻，她突然明白霍绥之于她到底意味着什么——救赎。

苏花朝："霍爸同意吗？"

"你同意吗？"见她点头，霍绥接着说，"够了。"

苏花朝抬头，正好看到玄关处的门后挂着的照片，那是陈清月刚嫁给霍孟勉时一家四口拍的照片。霍孟勉和陈清月坐在前面，她和霍绥并肩站在后面。这张照片，她从搬进来开始，便挂在了这里。

她合上眼，在心里悄声说：他不会走的，真的。他不是别人，永远不会走的，只要你别放弃。

苏花朝，你别放弃。

第五章

黄粱一梦

苏花朝就这样从霍宅搬了出来，她可以不回霍宅，但霍绥不行。他是霍孟勉唯一的孩子，霍孟勉的身体又不好，霍绥一周总得抽出几天回去。

就这样，苏花朝在自己的公寓里待了将近大半个月，转眼已是十二月。

十一月下的那场初雪竟没停过，大片大片的雪花落下，落叶早已被地上厚重的雪掩埋，枝干上也堆积着厚厚的雪，风一吹，发出窸窸窣窣的声响，满城落雪。

苏花朝也不是没有想过回霍宅，毕竟在当初那么长久的时光里，霍孟勉是真的待她极好，可每次她打电话给霍孟勉时，霍孟勉总劝她：“别那么犟，苏启正回来了，你去看一眼，看完之后再回来，不好吗？”

苏花朝不着痕迹地转移了话题，等挂了电话之后她想：苏启正自从离婚去了美国之后再也没有回来过，这次回来干什么？当初她需要父爱的时候，他不给她，现在回来干什么呢？难不成弥补这么多年来亏欠苏花朝的父爱吗？可笑，荒唐。

于是苏花朝越发不想回霍宅，只是苦了霍绥，总是来回跑。

她在办公室里审核完最新一期的视频之后，写好了微博要发的文字内容，发给小左。邮件刚发出去，就听到有人敲门的声音。

苏花朝："进来。"门一打开，是小左。

苏花朝："我把下周的视频发给你了，注意查收。"

小左两指斜斜地抵住额头，朝苏花朝敬了个俏皮的美式军礼："收到，那请问老大，可以下班了吗？大家伙都在等你下班呢！"

苏花朝疑惑："已经到时间了吗？"

小左指了指苏花朝办公室的表："已经下班十分钟了，老大。"

苏花朝看了下时间，竟然真的是，她挥了挥手："下班吧。"

"好嘞。"

苏花朝叫住她："以后别等我了，到了点，大家走就好了。"

小左摇头："喂，老大，我们怎么可能留你一个人在办公室啊，这大冬天的，看起来惨兮兮的。"

"好的，你走吧。"

苏花朝也收拾着自己的东西，下楼，在大厦门外等霍绥过来。

今天是霍绥姥爷的八十大寿，霍绥昨晚回家的时候轻飘飘地提了一句："明天我姥爷生日，你有时间的话，就抽空和我过去，没时间就算了。"

苏花朝看着手机，揶揄着问："能没时间吗？"

霍绥："不能。"

苏花朝："那你问我干什么？"

霍绥说："他让我和你商量一下。"

苏花朝无语，你这是商量的语气吗？

她左右看了看，没找到霍绥的车，复又折返回大厦内。

透过透明的玻璃窗，她看到冰冷的建筑物上覆盖白雪，树木上、车顶上也堆积着雪，她失神地想，这场雪竟下了这么久。

令她回神的是她的手机铃声，她从口袋里掏出手机，看了眼来电，是霍绥。

霍绥："我在楼下了。抬头。"

"嗯？"苏花朝猛然抬起了头，窗外白雪纷纷，空无一人的街道上只有行道树斜着枝丫站立。耳边的人声音冰冷似雪："往右看。"

苏花朝缓缓地往自己的右边转，隔着苍茫雪色，看到霍绥站在车旁，他单手拿伞，缓缓地将伞抬起，唇、鼻、眼逐一露出。另一只手拿着一部黑色手机，就附在耳边。

他的声音通过电话传来："过来。"

苏花朝低眉，缓缓地笑了一下，收起手机往外走。

霍绥举着把伞，朝大门走来。在大门的旋转门处，二人见面，苏花朝走到他的伞下，笑道："下雪天打什么伞？"

霍绥放在口袋里的手伸出来，搂住她往外走："雨夹雪。"

苏花朝跟着他一起走出去，隔着伞布她听到了雨水掺杂着雪花撞击的声音，啪啪作响。她被他紧搂着，呵出一片雾气："真冷啊。"

霍绥打开车门，把她塞了进去，收了伞，自己也坐进去。

车子缓缓前行。车内暖气温度不低，暖流袭来，将飘在苏花朝身上的雪花融化，霍绥在一旁说："把外套给脱了。"

苏花朝皱了皱鼻子："没那么娇气。"

霍绥看了她一眼，继而扭过头："随你。"

他们两个人的心情似乎都不怎么好。苏花朝因为苏启正回国一直处于躁郁之中，而霍绥却因为不能推辞家庭宴会而深感疲惫。

霍绥并不太看重所谓的家庭宴会，在他眼里，家庭宴会也是一种应酬，只不过面对的人发生了改变，但性质大抵相同，聚在一起，都是为了某种目的。

就如他上次被迫硬塞了一位不知道是表弟还是堂弟的人进瑞尔银行，结果不到一个月就把部门搞得乌烟瘴气，底下的人碍于他的面子不好发火。霍绥最初也不知道，后来小张发现了告诉他。霍绥原本想着顾及隋家的面子，把他调到了清闲的部门，结果这人在办公室里勾三搭四。霍绥这回没有任何犹豫，直接将他辞退。

相比于商场上的应酬，说实话，霍绥更厌恶家庭宴会。

霍绥在隋家的地位很尴尬，隋家老爷子虽然器重他，但膝下有三个孙子，他们仨事业上虽没有闯荡得多好，但至少比霍绥少了个“外”字——外孙外孙，说到底还是外面的。

车子缓缓地行驶在盘山公路上，曲折蜿蜒的公路尽头，便是隋家所在的地方。

在漫天的白雪中，隋宅的灯光比天边挂着的弦月还要亮几分，金碧辉煌的隋宅在夜晚熠熠生辉。

他轻嗤了一声，伸手松了松领带。苏花朝隔得远远的，都听出了霍绥的不耐，于是柔声说：“好歹是你姥爷的八十大寿，别板着张臭脸。”

霍绥抿了抿唇，问她：“寿礼带了吧？”

“带了。”苏花朝从包里掏出来，“自己姥爷的生日，非得把礼物放我这儿干什么？”

霍绥：“以我们俩的名义送。”

苏花朝伸到半空中的手一顿：“我们俩的名义？”

霍绥抓着她的手腕放在自己的腿上，指腹轻揉着她的手背，咳了几声，说：“待会儿你和我一起过去，别像以前一样坐在边上了。”

苏花朝盯着灯火通明的隋宅，摇头：“没必要的。”

她其实很少来隋家，但每次来都是躲在最角落的地方，恨不得遮住所有的光芒与刺。

霍绥把她搂在自己的怀里：“我不放心。”

苏花朝说：“有什么不放心的，他们不会再碰我了，阿绥。”

霍绥捏了捏眉心：“你确定？”

苏花朝在他怀里咯咯笑：“我让小张陪着我呢，你放心好了。”

坐在驾驶座的小张立马挺直了脊梁，拍了拍自己的胸口，保证道：“霍大哥你放心，我一定时时刻刻守着花朝姐，保准不让那些浑球靠近花朝姐一步。"

苏花朝笑："那我就先谢谢你了。"然后抬头看霍绥，"真的不用太担心。"

霍绥面露难色："你确定？"

苏花朝失笑："我就待在客厅，有什么事，喊你的名字不就好了。"

他想想也是，于是就点头了。

随着他点头的动作，车子在偌大的车库停下。霍绥往外看了看，车库里的车子不少，估摸着有人借着老爷子八十大寿的由头，请了许多商政界的人过来。

两个人下了车，快到大门的时候，看到里面觥筹交错，水晶吊灯照得客厅亮如白昼。苏花朝往里面看了一眼，里面的人着装正式、端庄，她皱了皱鼻子。她今天来之前问霍绥需不需要穿礼服，霍绥表示家宴而已，不需要太庄重，可现在看来这已经不是一场简单的家宴了。

她偏头看向霍绥，他倒是穿着高级定制的西装，可自己穿着大衣……到底是不像话的。

苏花朝没犹豫地把大衣给脱了，扯下挂在脖子上的围巾，把它披在肩头，恰好她今天穿了条黑色的修身羊绒连衣裙，踩着双威风凛凛的细高跟，细看之下，也别有一番优雅韵味。

霍绥伸手帮她整理了下围巾，苏花朝双手抓着他的衣角，手指隔着衣布似乎摸到了什么硬邦邦的东西："你口袋里放了什么？"

一阵寒风吹过，霍绥低头帮她理了理头发："没什么。"

苏花朝本就是随口一问，当即也就不在意了。

进门之前霍绥再次叮嘱道："有事就给我打电话。"

苏花朝笑着说："知道了，啰唆。"

霍绥抿了抿唇，无奈地看了她一眼。

苏花朝往旁边挪了半步，与霍绥隔了两拳的距离，两个人踏着一地碎金走进了隋家。

霍绥没先去看隋老爷子，而是先把苏花朝安置在角落的沙发上，嘱咐小张在边上守着，别让隋家那几个浑球过来，小张点头如捣蒜。

霍绥每次叫他的表兄弟都是统一地称呼“浑球”，这么多年都是这样的称呼，就没变过。

苏花朝听得直发笑，捂着嘴，在炽热的灯光下笑靥如花：“那几个浑球哪敢惹我啊！你不是说了吗？我是只猫，他们胆敢惹我，我还不会用猫爪子挠回去？”

霍绥闻言，紧蹙许久的眉头终于放松下来。

他神情放松，散漫闲适地看着她的时候，眼里总是泛着点点温情，而那晚的灯光辉煌，映在他深邃漆黑的瞳孔处，有如银河坠落。

霍绥：“何止是只猫啊，简直是只小野猫。”

苏花朝闻言瞪了他一眼，带着微微的羞怯。

霍绥脸上的笑意渐渐扩大，带了点宠溺意味地看着她。他说：“我就在那儿，”他往一个方向指了指，“你别乱走，我要是回头没见到你，明天就吃猫肉。”

苏花朝前半秒还觉得他难得温情，等听到他后半句话，瞬间瞪大了眼睛。苏花朝：“请离我远一点，谢谢。”

霍绥开怀大笑，帮她将垂至脸侧的碎发给别至耳后，指尖在她耳根处停留几秒，才转身离开。离开的那一瞬，他的眼里只有她，苏花朝看到了。

苏花朝本身就喜静，这会儿老老实实坐在角落，拿出手机刷着微博。

一旁的小张拿了个果盘一口一口吃水果，苏花朝不自主地看了他几眼，结果小张特不好意思地挠了挠头发：“我在长身体呢，花朝姐。”

苏花朝笑着摇摇头，又低头给人回短信。

解决完一盘水果，小张还是觉得饿，看了看，见食物都放得比较远，他看了眼苏花朝，又看了眼远处的霍绥，觉得自己还是再忍一会儿好了。

苏花朝似乎知道他心里在纠结什么，淡然地道："那边有牛排，想吃就过去尝尝。"

小张咽了口口水："不了吧……"

"这房子就这么点大，我能出什么事？"苏花朝翻了个白眼，"饿了就过去吃，在我眼前晃荡得我心烦。"

小张嘿嘿一笑："那花朝姐，我过去了啊。"

苏花朝："去吧。"

少了个人，苏花朝落得清闲。她撑着下巴看手机，没一会儿，手机屏幕上罩下一片阴影。

她抬头看到身边的三个人，不着痕迹地收起了手机，想要站起来离开这里，却被一人按住了肩膀。

"花朝妹妹，这么急着走干什么，见到表哥不打声招呼？"开口的是隋禹。

隋老爷子膝下有三个孙子：隋尧、隋舜、隋禹，三人年纪都比霍绥小三岁，和苏花朝年龄相同，当初读书的时候，苏花朝曾和隋禹在一个班，也算是旧识了。

除隋禹以外还有两个人，他们身着正装，面容严肃，双手交叉负在背后，就直直地站在苏花朝身旁，挡住了她大半的视野。如此这般，她根本看不到霍绥的踪影。

她好整以暇地坐在原处，笑着看隋禹："找我有事？"

隋禹闲适地坐在她对面，跷着二郎腿一抖一抖的："都说了叫表哥，怎么这么不听话呢？"

苏花朝："隋禹，我现在在想，我当年踢你的那一下是不是太轻了？"

隋禹闻言双腿紧绷，脸上的表情一下子变得很难看。

苏花朝："想要调戏人，往别处去，"她伸手随意指了指宴会厅里那些穿着礼服的名媛，"那些都上赶着想认识你呢。"她往他裆部看，“不过也不知道你那儿行不行。”

当年隋禹对这位校花觊觎已久，但校花在学校冷得要命，油盐不进。后来苏花朝第一次来隋家，隋禹隔着桌子，看到她低头浅笑的样子，笑得他心痒痒，于是趁着她一个人的时候，直接欺身上前，双手抱住她就想吻她。

苏花朝哪里是个软柿子啊，伸手就挠他的脖子，在他脖子上留下鲜明的印记，抬腿就往他裆下一踢……

苏花朝也不知道自己用了几成力，但是那天救护车来了……

隋禹这人向来不着四六，干过许多破事，但没有一个能比这个更为丢人。听她提起当年的糗事，隋禹当即冷下脸来：“苏花朝，你别给脸不要脸。”

苏花朝语气淡淡：“是吗？”

她抬头看了眼他身后，两个保镖如大山般岿然不动，转而与隋禹对视一眼：“怎么，还怕我对你动手，带两个保镖来？”

隋禹闻言瞪了那两人一眼：“滚滚滚，离我远点。”

两个保镖互相看了一眼，隋禹怒道：“我在家还得被你们跟着，我能跑到哪儿去？要我整天待在房间里，你们才开心是吧？”

隋禹在家也是小霸王，这会儿闹起来，两个人也不敢惹他，左右看了眼，想着这好歹是在家里，门外还有保镖和门卫看着，这小少爷估计也跑不了，于是都退到一侧去。

隋禹看了看距离，怒目圆瞪：“你们找抽呢吧！就这么点距离，当老子是吃素的！”

最后，两个保镖被他逼得离开宴客厅。

等到那两个保镖一离开视线，苏花朝扑哧一下笑了出来：“喂，你怎么还这么幼稚？”

隋禹回头，朝她翻了个白眼：“你下次别提那件事了，好吗？太丢人！我身边的保镖换了差不多二十个了，每个都知道我的事。”

苏花朝毫无愧色：“那我也不知道说什么了。”

隋禹："您那口才，随便编个故事很难吗？"

苏花朝："不难。"

"这不就好了。"

"懒得编。"

隋禹："喂，苏花朝！"

苏花朝脸上笑意渐浓，伸手指了指外面："出去走走？"

隋禹耸了耸肩："可以啊。"

苏花朝抬头往霍绥站着的位置看了一眼，他站在隋老爷子身边，半低着身子，安静聆听老爷子说话，不时应几声当作回应，脸上带着微微笑意。她吐出一口浊气，拍了拍隋禹的肩，弓着身子从侧门出去。

苏花朝和隋禹也算是不打不相识，只不过两个人在外人面前依然是死对头，也没有什么可以让他们成为朋友的理由。隋禹是个活得很洒脱的人，人前人后都是大魔王，苏花朝羡慕他。隋禹则羡慕她无拘无束，虽被霍绥管着束缚着，但至少目前做的事都是自己想做的。

但他们的关系诡异而又奇特，很少见面，见面之后不谈任何公事，只谈私事。但也仅限于于此。一年见面的次数屈指可数，如非必要，两个人根本不会联系，像是消失在彼此的生命之中。他们见面之后，也不会问对方"你最近过得怎么样"，这样的寒暄不适合他们。

隋禹从不会亏待自己，苏花朝知道，他们两个不过是各取所需罢了。

隋禹想要看到苏花朝始终如一的爱情，而苏花朝想从隋禹这里知道一些她想要知道的东西。因为在隋禹这里，苏花朝永远都不会得到空白的答案。

外面的温度是真的低，两个人走了没几步就都哆嗦得不行。隋禹提议到楼上天台坐坐，因为天气，天台处的透明窗玻璃全部封闭，平台上栽了许多绿植。

苏花朝坐在秋千上，脚一点一点地蹬着地面，使秋千荡了起来。

隋禹和往常一样蹲在她身边，从随身的口袋里掏出一包烟，用打火机点了火，猩红的光亮起，不一会儿，他便吞云吐雾起来。

苏花朝："烟还是少抽点吧。"

隋禹："你每次见我都说这句话。"

苏花朝："我关心你啊。"

隋禹拿烟的指节一顿，旋即轻笑出声："拉倒吧，你关心我？哎我说，要不是我给你发短信，你会主动联系我一次吗？"

苏花朝直截了当："没那闲工夫。"

隋禹岔了气，烟味在喉咙处来回翻腾，他咳得整个人一抖一抖的："你就不能委婉一点吗？"见苏花朝笑而不语，无奈地道，"是我多嘴了。"

一时之间，气氛归于沉寂。

苏花朝仰头，看到雪花飘落至玻璃窗上，消融，化成水。灯光明亮，玻璃窗上的水珠顺着滑下，像是串灯一般亮晶晶。

隋禹蓦地开口："我听说你和宋舒怀对上了？"

苏花朝："都传到你这儿了？"

苏花朝和隋禹的圈子并没有交集，甚至可以说是天壤之别，而且一个在城东，一个在城西，隔得远了，很多事情彼此并不清楚。

苏花朝是真没想到，她和宋舒怀硬碰硬的事，连隋禹都知道了。

苏花朝："你从哪儿知道的？"

隋禹抽完一根烟，不知从哪儿搬了条板凳出来，双腿伸直，两手插兜，仰着头看漫天飞雪，说："我前一阵子从国外回来，落地的时候遇上了宋舒怀。那个时候我心里就有种预感，"他眯着眼，不无得意地说，"你们俩势必得对上。结果前几天和人吃饭的时候，我就听到了你和宋舒怀对上的事。苏花朝，几年不见，你的功力没有一点退步啊！”

苏花朝：“承让承让。”

“谦虚什么。”

“不敢不敢。”

隋禹无语。苏花朝目光悠长，看向远方，问：“你和宋舒怀有来往吗？”

隋禹：“有个小模特和她关系挺好的。”

苏花朝闻言，顿了一下：“你最近口味变得这么特殊了？”

隋禹舔了舔门牙：“现在流行骨感美。”

苏花朝听不下去了，直奔主题：“说说宋舒怀吧，我挺想了解她的。”

隋禹叼着根烟，也没点着，就只是那样咬着，舌尖舔了舔烟蒂，说：“能有多大的了解，无非是众人口里的温柔贤淑、大家闺秀呗。”

苏花朝从秋千架上站了起来，不屑地把他嘴里的烟给取了，扔到水沟里去。

她双手撑在栏杆上，月光洒下，皎洁而又明亮，衬得她脸庞无暇，宛若天仙。她的桃花眼微微眯起，摄人心魄。

苏花朝说：“那是别人嘴里的，我想听的是你了解到的。”她直勾勾地看着他，“隋禹，宋舒怀这个人真的惹到我了。我这人你也知道，吃不得一点亏，我必须得让她不好过才行。”

隋禹仰着头，眯着眼看她。这丫头果然没变，还是那个锱铢必较的苏花朝。他伸出左手，食指朝她勾了勾。

苏花朝一掌拍开：“别耍帅了成吗？”

隋禹：“现在是你求我！”他勾着指，眯眼看她。

苏花朝无奈之下，凑近他。

隋禹的声音在她耳边响起：“喂，我听说一件事，宋舒怀和宣志译，”他顿了顿，再开口时声音带笑，“他们俩好过。”

苏花朝舒展的眉目瞬间怔住，她呆愣在那里，似乎沉浸在这个

"秘密"中，许久无法脱离。

隋禹伸手，在她面前打了个响指："还魂了。"

苏花朝浑身一震，她看向隋禹："什么时候的事？"

"大概……半年前，还是一年前来着？"隋禹"啊啊啊"地大叫了几声，"记不太清了，记不太清了！"

苏花朝看他一副装疯卖傻的样子，狠狠地往他腿上踹了一脚，喝道："安静点。"

隋禹面容失色："你踹我？我告诉了你这么个惊天大秘密，你竟然踹我？果然是最毒妇人心。"

苏花朝静静地看着他，隋禹双手捧着自己的脸，蹲在地上，一副抑郁不已的样子，唱道："你伤害了我，我一笑而过……"

苏花朝终于忍不住了："闭嘴。"

隋禹自己也演不下去了，随意地坐在地上，两条大长腿盘着，一手撑着脑袋，一手薅地上的草。

苏花朝低头看他，琢磨了片刻，说："你确定你说的都是真的？"

隋禹轻笑了声："这儿也没有别人，我犯不着演戏。"

苏花朝鄙夷地看着他，隋禹想起自己上一秒那一百分的演技，立马撇清："两码事，我确定我刚说的那些是真的，宣志译和宋舒怀在一起过。"

苏花朝仔细回想了一番，在射箭馆，两个人有说有笑，以及宣志译将宋舒怀护在身后；在酒吧，他在人群中单手搂着她，不让旁人动她半分；那个赌，苏花朝从来没有怀疑过自己会输，但宣志译的语气太过笃定，深信霍绥不爱她。

如此种种，或许宣志译和宋舒怀曾在一起过，但是……帮着自己曾经深爱，或者说是依然深爱的人追其他男人，他如此慷慨豁达？

苏花朝一时之间竟有些想不明白，剪不断理还乱。

苏花朝："他真的喜欢宋舒怀？"问完，莫名觉得好笑。

"谁知道呢。"见苏花朝不解，凝视着，隋禹意味深长地说了一句，“感情都是独一份的。”

恰好此时他口袋里的手机响起铃声，隋禹拿出手机，看了眼苏花朝，口型示意：“我爸的。”苏花朝耸了耸肩，表示随意。

他从接起到挂断的时间，不过十秒。

隋禹拿着手机，从地上站了起来，说：“走吧，隋家最美好的晚餐时间到了。”

苏花朝看着他离开的背影，细细琢磨着他留下的那句话——感情都是独一份的。

你要你的海誓山盟，他追他的天荒地老，每个人都有每个人的信仰和方向。

苏花朝抬头看了看天边的圆月，雪花飘落，如白色花瓣随风飞舞。窗外风雪交加，但月光依然皎洁。她扭头，看到隋禹的身影渐渐消失在自己的视野里，这才低头看了眼手机，过了两分钟，从另一侧楼梯下去。

许久，乌云遮天，皎洁月色消失在云霭之后，雪依然在下，风肆虐地刮。

晚宴上，隋老爷子坐在长桌最前面，依次按照辈分而坐。但隋老爷子左边的位置向来是留给霍绥的，他的几个孙子和霍绥都隔了五六个位置，可见霍绥在隋老爷子眼里的重要程度。

苏花朝的身份尴尬，把她安排在哪儿都不对，隋老爷子干脆把她安排在了隋禹身边，毕竟两人年龄相仿，再加上曾经是同窗的关系，也不算亏待了她。

但她落座的时候，瞧都没瞧一眼隋禹，大大方方地坐下，露出一个得体的笑。

隔着些距离，她看到坐在自己斜对面的霍绥正偏着头与隋老爷子交谈，灯光打在他的脸上，显得俊逸又柔和。

似乎是察觉到了她的视线，霍绥突然转了过来，那时他脸上的笑还未收尽，对上她视线的刹那，他的嘴角更是上扬许多，脸上的神情也多了几分放松之意。

苏花朝朝他挑了挑眉，顺带抛了个媚眼过去。

霍绥无奈地看着她，没一会儿，转回头继续和隋老爷子说话。

她低头，抿着唇浅笑。隔壁的隋禹扯着嗓子说："公然调情啊你。"

苏花朝闻言，趁没人注意的时候，低头掀开桌布，找到隋禹的脚，抬腿狠狠地踩了一脚。

"嘶——"隋禹双手拉着桌布，忍着痛道，"收回收回！"

苏花朝这才收回脚，恰好她手里的手机响了一下，打开，看到里面的短信："有什么好笑的，至于那么开心？"

她倏地抬起头，看到霍绥正放下手机，淡淡地扫了自己一眼。苏花朝的指尖点了点桌面，忍不住叹气：这人呀，真的是嫉妒心重啊，连对别人笑一下都不许了？

她收回视线，拿起刀叉准备开动的时候，突然听到有人点了她的名字。她的手还停留在半空中，闻言倏地收回，脸上挂着一抹淡淡的笑，循着声音望过去，对上了隋老爷子的视线。

隋老爷子说："我最满意的还是花朝，长相、家世、能力，都是一等一的好，哎，要是花朝能给我当孙媳妇儿，该多好。"

苏花朝笑笑，没说话。

霍绥嘴角勾了个笑，说："也不是没有可能的。"

隋老爷子："是吗？"霍绥点点头。于是，他们就看到隋老爷子指着坐在苏花朝身边的隋禹说，"小禹啊，要多努力点，争取给我娶个满意的孙媳妇儿。"

他的话都说到这份上了，在场的众人哪有不懂的道理？隋老爷子满意苏花朝，想让她给隋禹做媳妇儿。

霍绥的脸瞬间冷了下来。苏花朝嘴角挂着抹淡淡的笑，低头看着自己眼前的餐盘。

突然，苏花朝身边发出一声嗤笑："老爷子你烦不烦啊？我才几岁，你就每天孙媳妇儿孙媳妇儿的。"

旁边的长辈呵斥道：“隋禹，说话注意态度！”

隋禹伸手就把手上的勺子一摔：“我就这态度！”他双手环在胸前，一脸痞坏的样子，“你边上那谁不都还没结婚吗，比我还大三岁哪，您不催他，催我干什么？”

隋禹话音出口的瞬间，室内一片安静。隋禹说的是霍绥。

但谁敢催霍绥结婚？一直以来，霍绥在隋家都是众人不敢惹怒的对象。并不是说他如何心狠手辣、不留情面，而是隋家当年辜负了他太多。

隋佳蓉离婚之后把他带回隋家住了半年，那半年令他永生难忘，痛苦万分。

当年霍绥遭遇车祸，在医院熬了几个白昼，终于九死一生地从鬼门关爬了回来。自那以后，霍绥性情大变。隋老爷子把国内外叫得上号的心理医生都找了个遍，可霍绥的状况没有一点改变，他仍旧处于郁结之中，就像是此生无可牵挂。

而恰好那时陈清月答应了霍孟勉和他结婚，在婚前，霍孟勉把阿绥接了回来，说这样好让花朝有个伴。

隋老爷子那时瞒着霍孟勉霍绥心理状态不好的消息，不顾躺在病床上的隋佳蓉的意愿，没有犹豫便把霍绥交给了霍孟勉，到头来，第一个发现霍绥不对劲的人竟是苏花朝。

那时陈清月与霍孟勉的关系已处于悬崖边缘，家里陈清月的声音总是很尖锐，霍孟勉在她面前总是隐忍万分，但逼到极点，再是好脾气的人也会嘶吼如猛兽。

在不知道第几次争吵的时候，苏花朝从房里跑了出来，抱着邦尼兔（一种玩偶）跑到了霍家后院。正好是暮春时节，傍晚春色微醺，泳池里波光粼粼，远处吹来的春风使人心神晃动。

苏花朝步调轻快地走到泳池边，准备坐下的时候，听到了一声凄厉的鸟叫声。她半是疑惑地往发声源走去，不过十米的距离，面前发生的一切让她不自觉地张开了嘴。

只见霍绥正用棍子捅着地上的一只麻雀，他的动作狠戾，没有丝毫犹豫，一下又一下。那只鸟似乎脚受伤了，扑扇着翅膀想要飞走，却被他手上的棍棒断绝了求生的希望。

苏花朝双腿发软，全身无力地倒在地上。

等他处理完鸟的时候，十分嫌弃地把棍棒一扔，转过头来，双手插在口袋里，居高临下地望着苏花朝，不屑地一笑："害怕了？"

苏花朝惊慌地抬头看他，他的眼里没有丝毫愧疚，只是淡淡地看着她，看着这一切。

苏花朝瞬间落泪，她说："霍大哥，你要好好地活着啊。"

霍绥看到面前明明怕得要死的小女孩，倔强地瞪大双眼，她眼眸幽深，眼眶里的眼泪不停在转，如耀眼的碎钻般，将他的世界割开了一道缝。

她松开抱着邦尼兔的手，扒拉着霍绥的裤腿，哭着说："你想要什么，我都帮你拿来。霍大哥，"明明一无所有的她，撕心裂肺地道，"求你对自己好一点。"

那一刻，霍绥的胸腔里激起一阵又一阵的热潮。春风吹过，他低下头，突然笑了出来："有人会在乎？"

"我会！"苏花朝张嘴号啕大哭，连她嘴巴里的扁桃体霍绥都看得一清二楚，"我在乎你啊！"

霍绥像是听到什么笑话一般半蹲下，十六岁的少年神情桀骜，嘴角微微勾起，戏谑道："你听到了吗？"他指了指室内正在吵架的霍孟勉与陈清月，"他们最多半年就要离婚了，你最多待在这儿半年。在乎我？半年的在乎？"说完，他自己都觉得好笑——又是半年。

苏花朝说："我不走，我不走。霍绥，我永远都不会走的。"

霍绥看她泣不成声的样子，听着她语气里的坚定，心里竟莫名涌了一丝异样的情绪上来。他伸手，扒开她脸上沾了泪水的头发，双手捧着她的脸说："为什么？苏花朝，你没有理由待在我身边的。"

苏花朝的双手从他的裤腿上移到他的衣服上，她扯着他的衣袖说：“你不应该是那样的。霍大哥，你不应该是那样的。”见霍绥平静地看着她，苏花朝喃喃地道，“你到底是怎么了？到底是怎么了呀？”

霍绥隐忍地看着她，指腹轻拭着她脸颊上的热泪，轻声说：“我就是这样的人。”

他声音落下的瞬间，背后鸟群漫天，叽叽喳喳的声音近在耳畔。他的头顶是碧蓝天空，是洁白云层，是鸟鸣声，是风声，是命运呼啸而过的叹气声。

苏花朝说：“你不是那样的人，”她坚定，“永远都不是。”

他是骄傲、锐气、满身傲骨的人，在她眼里一直都是。

所以后来苏花朝回到霍宅做的第一件事就是带霍绥去看心理医生。她陪着他，一直守在他身边，哪怕遭到他恼怒的白眼，甚至在他情绪糟糕到极致掐着她脖子的时候，仍旧没有放弃他。

她说：“霍大哥，是我啊，花朝。”

这些年来，苏花朝不得不承认的一点便是她是真的有耐心——被他伤害，遭他谩骂，甚至差一点与他诀别，但最后都陪在他身侧。她曾经说过在乎他，那便是真的在乎他。

或许是她运气好，又或许是霍绥本就良善，霍绥的心理问题竟就这样治愈了。

旁人无从得知这其中到底经历了什么，霍孟勉甚至都不知道霍绥曾有过心理问题，隋家一家惊喜于霍绥的变化，但与之而来的是积蓄日久的愧疚，深埋于心。

无论如何，苏花朝都在庆幸当年她未曾离开他的身旁。

打破一室寂静的是一声嗤笑。霍绥扭头，看向隋老爷子：“过段时间，我带个人过来给您看看。”

隋老爷子喜出望外地看着他：“是哪家的姑娘？”

他没有回答，只说：“您一定会喜欢的。”

“这么自信？”

霍绥：“她有自信。”

从霍绥言辞里能听出霍绥对她是宠溺有加的。隋老爷子乐呵了，一开心，也就不计较隋禹方才无礼的语气和态度，一大家子人接着吃饭。

苏花朝看着璀璨灯光下的霍绥，他坐在一侧静静地回望着她，眼眸幽深，里面的万千情绪凝结成丝，如春雨过境，如情雨绵绵。她瞬间失了理智，手忙脚乱，收回视线低头看向餐盘。

她手里的手机在响，打开，是隋禹发的短信：“苏花朝，爱得太深，未尝是一件好事。”

她垂眸，看不清神情，只是安安静静地低着头，一个字一个字读他的话。

隋禹向来是通透的，自苏花朝认识他起，他的身边便从不缺少女人，但那些人只会出现在他的身边一段时间，一段时间过后，哪怕他再喜欢她，都会分开。

他爱一段情，享受其中的欢愉，但不愿忍受深陷于情之后的种种不安和折磨。

爱情到最后无非两个结局：共结连理枝，或孔雀东南飞。爱得太深的人，一定是爱得最痛的人。无论是哪个结局，都是。

苏花朝知，她一直都知，但她仍旧无所畏惧、奋不顾身地追逐她的太阳。

晚宴的结束方式是一个电话。隋老爷子接到了疗养院的电话，电话那端的人说：“隋女士突然晕倒了，现在正在送往医院的路上。”

疗养院本就有一批专业医生在，但现在竟然送到了医院，说明情况并不好。处于耄耋之年的老人跌在主位上，底下一众晚辈乱了手脚。

霍绥在一旁听得清清楚楚，从隋老爷子手中接过电话，平静地道：“我马上过来。”

隋老爷子血压上升，被家庭医生带回房间，晚宴也就草草结束。

在混乱的人群中，苏花朝和隋禹心照不宣地从餐厅走了出来，两个人之间隔了两米左右的距离，穿过宴客厅的人群，在走廊处分开。苏花朝听到隋禹在她身后说：“你和他不可能结婚的。”

她停下脚步，背脊挺得极直。身后的人叹了一口长气：“霍绥欠他妈一条命，他妈多恨你妈啊，怎么可能接受你这个儿媳妇？”

她手心里攥着的手包突然落地。隋禹左右看看，上前帮她捡起手包，放回她的手心里，半是劝告，半是心疼：“爱一个人到三分就够了。”剩下的七分爱自己。

苏花朝紧握着手包，不发一言。

隋禹转身离开，背影带着一丝孤傲的气息。他沿着长廊一直走，从光线清晰的大厅走向黑暗中，顶着风雪，穿着最精致的白衬衣，与雪色合为一体。

苏花朝盯着他离开的方向许久未动，半晌，她转回身，看到了人群中的霍绥。他四处张望着，在见到她的时候神色一松，大步走了过来。

走到她的面前，他温声说：“我要去医院一趟，你先回家休息，嗯？”

苏花朝像是恍然回神，她笑，眼里映着万家灯火：“好。”

霍绥搂着她从后门出去，那里，小张已经把车开了过来。

雪越下越大，她埋在他的胸膛上，鼻尖是他身上的味道。她被他紧搂在怀里，有丝丝点点的雪落在她的睫毛上，投下一片阴影。

霍绥脱下身上外套，披在她的身上，伸手打开车门，让她进去。苏花朝坐在车里，抬头看他。

霍绥：“回去早点休息，别等我了。”

她笑着应他，仿佛一切都没有发生过。所有与隋禹的对话、交流，以及眼神的偶尔汇聚都被删除，只剩下夜里的雪和天上的星，以及近处的他。

苏花朝说：“早点回来。”

霍绥：“好。”他伸手关了车门，扭头往一旁的高档轿车走去。

苏花朝说：“先别开车。”小张不明所以，但也没有踩下油门。

空气里雨刷器与挡风玻璃摩擦的声音分外清晰，风裹着雪呼啸而至，她静静地坐在那里，看着霍绥上车。直到车子离开，只留下一抹影子，她闭上眼说：“走吧。”

苏花朝以为自己会很失落，会难过到想哭，但是出乎意料的是她的内心十分平静。

他不娶她，不是因为不爱她，而是因为不能娶她。似乎除了这个理由，再也找不到其他更合理的理由了。她这么一想，似乎也能豁然，但心里总归有点不顺畅。

她抬头看向窗外，车子停在斑马线外，边上就是一盏路灯。它悄无声息地亮着，像是在海上寻觅已久，寻找泊岸时，远方陡然亮起的灯塔。

她闭上眼，深深地吸了一口气。她终归不能做到爱他只有三分，爱得太深，连看他时，眼里的情愫都专注到有十二分。

霍绥到医院的时候，隋佳蓉已经在进行手术了。他坐在手术室外等待手术结束。等到隋佳蓉醒了，已经是后半夜了。

霍绥在她的病床旁闭着双眼，听到声响，惊醒过来。他问：“还有哪里不舒服？”

他的声音冰冷，与这苍白的病房别无二致，声音里都透着一股冷冷的消毒药水味。或许他可以说“还有哪里不舒服吗”这样的话，但他连最后的语气词都懒得敷衍。

隋佳蓉苍白着脸：“这就是你对我的态度吗？”

霍绥双手环在胸前，低垂着脸，意味不明。他说：“何必呢？”

隋佳蓉收回目光，直挺挺地躺在病床上，看着天花板：“活着可真累。”

霍绥扯了扯嘴角：“别总是闹自杀的戏码，我看了恶心。”

“让我直接死不好吗？”

霍绥闻言，低笑了几声：“是我欠你的。”他抬头，看着隋佳蓉双腿的位置，抿了抿唇，“安静点待着不好吗？”

隋佳蓉大吼：“我安静点，所以我的丈夫被人抢了！现在呢，现在连你也被蒙蔽了双眼！”她双手撑着床板想要坐起来，声泪俱下，“我唯一的儿子，我从车祸里救回来的儿子，现在要娶她的女儿？霍绥，你有没有良心？我是你妈啊……”

霍绥坐在一旁，看到她跌在床上，整个人歪歪斜斜的。她沿着床爬过来，双手拉着他的衣袖，撕心裂肺：“我说过了，你不可以娶她，除了她，娶任何人都可以！”

他冷眼旁观，静坐在那儿，看她一脸悲怆哀切。又不是没有见过她冷血的一面，可她一落泪，他的心竟小小地动容了一下。

很多时候，血脉亲情真的是割不断的。

霍绥起身帮她挪回原位，又把病床调高。他理了下被子，用纸巾擦她的脸，说：“你有想过我吗？”

别说隋佳蓉，这些年，连他都未曾为自己考虑半分。

苏花朝、霍孟勉、隋佳蓉。这些年，霍绥在他们三人之间盘旋，企图用自己的方式做到三者均衡，他确实做到了，可在其中，他不知为此受到过多少的酸涩苦闷，而这些只有他一人饮。

隋佳蓉说：“我恨她，阿绥，我真的恨陈清月。你就为妈妈牺牲一次好吗？”她满脸泪，双手捧着霍绥的脸，“我是你妈啊！”

霍绥冷冷地看着她：“谁说不是呢？”然后起身离开她的触碰，双手插兜，笔挺地站在病床旁，身后是一地冰冷的月光，“我耽误了她那么久，总该给她一个答案。”

隋佳蓉：“那我呢？”

他低头想了想说：“妈，我爸他从来都没有爱过你，你知道的，不是吗？”

霍孟勉与隋佳蓉本就是家族联姻，据说是隋佳蓉一眼就相中了霍孟勉。那时霍孟勉看着陈清月嫁给苏启正，悲痛欲绝，而他自己年纪也不小了，家里人给的压力极大，正好隋佳蓉出现，她疯狂地追求他，霍孟勉想那就这样过日子吧，也确实是抱着过日子的心态和隋佳蓉在一起的。

隋佳蓉知道霍孟勉心有意中人，但那人已结婚生子，她那时正值最美好的年纪，对爱情充满了幻想与期待，自以为可以改变霍孟勉对她的态度，以为霍孟勉有朝一日会爱上她。可是他没有，他从来都没有爱过她，从来都没有。所以隋佳蓉更加憎恨陈清月。

她一生意气风发，嚣张跋扈，可到头来丈夫不是她的，儿子也要背离而去，这一切都是因为陈清月。

隋佳蓉盯着霍绥，一字一句地咬牙道："霍绥，你别忘了你是我生的，你的命是我救的，如果没有我，当初你直接死在那场车祸里了！"

到底还是说了这句话。霍绥深吸了一口气，他没忘，他从来没有忘。

这些年，他没有一晚是安然入睡的，半夜总会莫名惊醒，面对着满室漆黑，幽静深邃的夜，他的脑海里总会想起那年隋佳蓉抱着他躲过那辆失控的车，鲜红的血淌了一地。

隋佳蓉抱着他，低声问："阿绥，妈妈在这儿呢，阿绥，你还好吗？"

小霍绥一言不发，只是盯着隋佳蓉鲜血直流的腿，呆呆的，怔怔的。

霍绥说："是我欠你的。"我这辈子都欠你，难两清。

隋佳蓉笑得面目可憎："你知道就好！霍绥，你知道就好！所以只要我活着一天，你和苏花朝就永远都不可能在一起！"她的尖叫声在病房里回荡，激得他无法反驳一句。

霍绥轻声说："她到底做错了什么呢？"

这里面到底有苏花朝的什么错呢？她不过就是爱上了他，仅此而已。而在这场爱里，霍绥是愧对于她的。他比她爱她，但始终不敢说哪怕一个与爱有关的字。

隋佳蓉："阿绥，就当我求你了。"

霍绥背着光，脸上的深情晦涩难当，这一次他又向命运妥协："好。"说出口的瞬间，他才意识到原来自己的嗓音已经哑到这种程度，口腔里有浓郁的铁锈味，他压抑着自己，将那味道饮下。

他转身离开病房，脚步匆忙，如逃跑一般，一步未停地跑到了医院外。

室外天寒地冻，冷风呼啸。他迎着雪色，心里一阵哀凉。或许，他始终没有想象中那么爱她。

霍绥到家已是凌晨。他推开卧室门，稀薄的月光笼罩室内，床上被子微微隆起，他轻手轻脚地走上前，把她连人带被抱在怀里。

苏花朝睁开惺忪的双眼，双手无意识地从被窝里伸出来，环抱住他。她温热的肌肤所到之处格外寒冷，她被冻得一哆嗦："你去哪儿了？"

霍绥把她的手收回被子里，下巴摩挲着她的头发，深深吸了一口气，语气舒缓："没去哪儿。"

苏花朝半梦半醒地推搡他："把衣服给换了。"

霍绥说好。可过了几分钟，他都没有动静，只是抱着她不说话，沉重的呼吸在夜晚格外清晰。

苏花朝说："我好困啊，你让我睡一会儿。"

霍绥把她平放回床上，他穿着大衣，就那样直挺挺地躺在她的身侧，转身，隔着被子紧抱住她。

在如水的暗夜中，他的双眼紧紧盯着她，从她的头发、眉眼到嘴角，丝丝点点，细碎的所有。感受到怀里的人呼吸均匀之后，他说："对不起，花朝……是我……对不起你。"再也说不出口了，剩下的所有，加之千万倍的心酸都已止于唇舌之间。

霍绥无力地抱着她，满脸的失意与怅然。向来无往不胜的霍绥，脸上哪有出现过这般神色啊。但到了这般田地，他是再也支撑不下去了，像是再一次回到了那年——

他看着苏花朝满脸苍白，毫无血色地平躺在医院病床上，看着隋佳蓉带着医生往她的血管上注入药物。他在外面疯狂地喊，却被保镖压制住。到最后，他跪下来，眼里满是血丝，哭着求隋佳蓉：“我不娶她了，我真的不娶她……”

隋佳蓉笑着让保镖把霍绥带进屋里，她问：“真的不娶她？阿绥，你不能骗我。”

霍绥看着躺在病床上的苏花朝，长长地嘶吼了一声，之后是对命运的妥协：“不娶……我不会娶她……”说完之后，他整个人无力地跌落在地。

那是二十岁的霍绥啊，任何时候都意气风发、飞扬跋扈的霍绥啊，未曾为任何人低头流泪，这一次，竟失意到这种程度。

霍绥：“我不会娶她了。”

隋佳蓉蹲下身说：“戒指呢？把戒指给我。”见他不打算说话，隋佳蓉命令保镖，“给我搜！”

三位保镖把霍绥的外衣脱下，在心口处的口袋里找到了那枚素戒。真的是一枚很简单的戒指，简单到连花纹都没有，只有两个英文字母和一个符号：S&H。

隋佳蓉直直地走到窗边，往下随手一扔。霍绥看着她一系列的动作，呼地仰天大笑。笑完之后，他问隋佳蓉：“那能把她还给我了吗？”

隋佳蓉说：“当然可以。”说罢，便带着一群人浩浩荡荡地离开。

霍绥连忙起身想要跑到苏花朝身边，却不知是因为什么双腿发软。等到了她的床边，他整个人无力地跪倒在地：“花朝！苏花朝，你给我醒醒啊！”

他双手撑着病床站起来，咬紧了牙根，把苏花朝从病床上抱起来，双腿像是注了铅一般沉重，他满头是汗，抱着她跑出了那家医院。

他的人生从未有过如此一刻，慌张、失措、无力，恨不得杀了自己。他恨自己软弱无力，恨自己无法给她荫庇。

而今，他终于拥有一番自己的事业，却仍旧无法给她想要的生活。

他翻身下床，离开房间，坐在客厅处的沙发上，手伸进口袋里，窸窸窣窣地掏出一样东西，借着窗外皎洁的月光，他手心里的东西闪着银色的光芒。

那枚被隋佳蓉从高楼扔下的素戒，他用了十几个小时，仔仔细细地翻了楼下的花坛数十遍，才终于找到。这些年他都带着，他对她没有一刻不是真的。

霍绥收紧手心，从口袋里掏出手机，给人拨了一个电话。没等对方开口，他便说："对不起，打扰你休息了。"

从霍绥那里听到这么一句抱歉是多么不容易的一件事，程叙之瞬间态度好转，松开怀里的爱妻，小心翼翼地出了房间，问他："到底有什么重要的事，非得大半夜给我打电话？"

霍绥说："我过段时间要出国，你帮我照顾好苏花朝。"

程叙之："什么意思？"

沉默半晌，霍绥重重叹了口气，他说："我还是想娶她。"

"你要做什么？霍绥，我问你，你要做什么？"向来淡然儒雅的程叙之忍不住加重了嗓音。

霍绥轻声说："我只是想娶她，你只要帮我照顾好她就够了。兄弟一场，算我求你。"

良久，从听筒里传来妥协的声音："我会照顾好她的，你放心。"顿了顿，程叙之说，"阿绥，你要知道分寸。"

霍绥："我知道，我一直知道。"

他就是太知道分寸了，所以才会造成今天这样的局面，所以才让她难过，使自己陷于两难境地，再没有任何时刻会比现在更艰辛了。

苏花朝第二天醒来的时候，意外地发现霍绥睡在客厅，外套甩在茶几上，身上只有件衬衣，还松松垮垮地套着。她伸手拉他，发现他身上的温度很高，用手背试了下他额头的温度，都不用和自己的比，就知道他一定发烧了。

她叫他："霍大哥。"见他没反应，她慌了，"霍绥，霍绥，你醒醒！"

霍绥歪了歪头，艰难地睁开眼，见到是她，双手立马揽住她的腰后，一个用力把她抱在自己的怀里："早上好。"

苏花朝无奈，抬脚踹他："放手。"

霍绥说："你让我抱一会儿，一会儿就成。"他怕是烧得迷糊了，连京腔都带了出来。

霍绥在苏花朝面前，说话向来是不带京腔的。苏花朝觉得不好听，他便不说。仔细算算，都有十几年了。

苏花朝伸手推搡着他："你发烧了，起开！"

霍绥嘤咛了一声："难怪头有点晕。"

苏花朝听得好气又好笑："回房去回房去，在这儿睡算什么。"她半扶半架地把霍绥给搬到了床上，接着道，"你先睡会儿，我去药店买点药。"

霍绥拉着她的手不放："陪我睡会儿。"

苏花朝："别闹。"她掰开他的手出了卧室的门。

卧室门没关，霍绥靠着枕头，看着她在玄关处换鞋的时候对自己笑了一下："你睡一会儿，我马上回来。"

他笑着应她："好。"

苏花朝合上门，等电梯上来的时候，身后传来脚步声。她回头望去，果然是莫绍棠，这已经是她第三次看到他走楼梯了。

苏花朝向他打了个招呼："回来了？"

莫绍棠怀里抱着个箱子，笑着说："嗯，刚从外地回来。"

接下来便都没再对话，苏花朝抬头看了眼电梯，见电梯停在十楼许久。

莫绍棠把箱子放在一旁，低头开门。

“嗒”的一声，大门打开，莫绍棠弯腰抱起纸箱，往里走了几步之后，似乎是想起来什么，扭头问她：“你吃过红糖麻花吗？”

苏花朝扭头看他：“吃过。”

莫绍棠把纸箱放在换鞋凳上，讶异：“你竟然吃过？这不是浙江的特产吗？”

“我是浙江人，”苏花朝说，“我小时候在锦市生活。”

莫绍棠惊讶：“这东西就是锦市的。”

苏花朝说：“我知道。”迟迟不到的电梯终于到了，苏花朝踏进电梯，在里面停留两秒之后又走出来，补了一句，“这个很好吃。”

莫绍棠笑着说：“我父亲也这么说，所以我就去买了一箱。”

苏花朝说：“老人家都喜欢吃甜的，我爸爸他……”话音戛然而止，她顿了顿说，“不过你可能吃不惯，这个很甜。”

莫绍棠：“啊，没事，我挺喜欢吃的。”

苏花朝：“哦，那就好。”她回到电梯，电梯关上了门。

电梯缓缓下落，她站在里面，沉默而又安静。出了电梯，她发现外面竟是晴天。多日的风雪之后，竟然就这样迎来初晴。

她哈了口气，从口袋里拿出手机，给姜锦茜发短信：“你上次回锦市带回来的麻花还有多少？”

那边回复：“嗯？怎么了？”

苏花朝：“再给我拿一箱吧，我送人。”

那边沉默了许久，最后发来的竟是一条语音消息。

苏花朝把手机放在耳边，听到姜锦茜温柔的声音像夹了江南雨水般：“要给苏爸爸吗？花朝，我已经代替你寄给他了。”

苏花朝举着手机的手僵在空中，语音播放完毕，发出“嘀”的一声脆响。

好半晌，她才回了一条语音："茜茜，谢谢你啊。"

回到家时霍绥已经入睡，苏花朝用手探了探他的额头，发现温度还是很高，把他从睡梦中叫醒："先吃点退烧药再睡。"

不知是因为生病还是其他原因，霍绥竟然听话得很，让他干什么他就干什么。

苏花朝："你把里面的衣服给脱了。"

霍绥哑着嗓子："我先去洗个澡。"说着他就掀被起来。

苏花朝连忙制止："你都烧成这样了，还洗什么澡。"

"浑身都是汗，难受。"

苏花朝和他对视了几眼："我拿毛巾给你擦擦。"

他勾了下唇，说："好。"

苏花朝："祖宗！"

等做完一切之后，苏花朝坐在化妆台前化妆。霍绥靠在床头，脑袋昏昏沉沉的，只觉眼皮很重，开口说话时声音哑得可怕："要去公司？"

"嗯。"

霍绥顿了顿："早点回来。"

苏花朝画眼线的手一抖，对着镜子翻了个白眼："说句想我有那么难吗？"

他整个人往被窝里滑，脑袋里像是压了数百斤重物一般沉。

苏花朝等了许久，妆容都已完成还没有听到他的声音，失望地叹了口气："我不该指望你的。"

"早点回来，我很想你。"沙哑的声音闷闷地从被窝里传来。

苏花朝停在原地，愣了半秒，随后嘴角止不住往上扬，眼角眉梢尽是笑意，原本就如花般的容颜更加娇艳迷人，她走到霍绥身边，拍了一下他的屁股："知道了哦。"

霍绥无语。

苏花朝到了公司，第一件事就是召集组里的人开了个短会，商讨下周的主题、拍摄思路、合作等各项目。等一切确定好之后，差不多是午饭的时间点了。她收拾着东西，边上小左被大家怂恿着，笑眯眯地跑到她面前："老大，楼下开了家泰国餐厅，感觉挺好吃的。"

苏花朝把文件摞在一起，浅笑着看了她一眼，复又抬头环顾四周，一堆人都用渴求的目光看着自己，她摇了摇头说："走吧。"

"耶！"众人喝彩，"老大你最棒了！"

苏花朝无奈，嗔怪地道："你们呀，就贫吧！"

小左小右两个人笑嘻嘻的，一人一边搂着苏花朝的胳膊往外走。到了楼下的泰国餐厅，意外地发现里面爆满，需要等位。

苏花朝问服务员："还有几桌？"

"还有三桌，大概要等半个小时的样子。"

身后的组员唉声叹气："等半小时，吃一个小时，吃完都不用休息，直接就要开工了！"

"算了算了，换家店吧。"

小左努嘴："可是我听说这家餐馆特别好吃！"

有人赞同道："隔壁美食组的人也这么说，说是特别地道，特赞！"

苏花朝疑惑："真的很好吃？"

小右猛点头："真的超级好吃，巨好吃！"说完，又不无遗憾地垂下头，"但今天又吃不了，很气！"

苏花朝语气淡淡："谁说吃不了？"

小右两眼放光："老大？老大？老大！"

"听着呢，耳朵好着呢。"苏花朝从口袋里掏出手机，在众人火热的注视下打了个电话。

等了好久都没人接，苏花朝十分有耐心地挂断，再拨。这次快结束的时候那边倒是接了，只不过声音闷闷的，对方含糊不清地"喂"了一声，十分不耐。

苏花朝皱眉："还没起？"

隋禹翻了个身，龇牙咧嘴地看了眼来电，这一看，整个人来了精神：“哟，这不是那谁吗？怎么有空给我打电话？”

苏花朝懒得和他寒暄，直截了当：“你是不是在我公司楼下开了家泰国餐厅？”

隋禹打了个哈欠：“我这刚开呢，您就知道了？说吧，昨晚回去是不是特意调查我了？”

苏花朝撇嘴：“服务员说要等位。”

隋禹暗骂了一声：“等着，我给经理打个电话。”

“哦。”她说着便要挂断。

隋禹说完之后觉得不对：“哎，你这是求人的态度？”

苏花朝：“我没在求你啊。”

隋禹：“苏花朝，算我欠你的。”

苏花朝笑弯了眼：“好了，我带着我们组员一起吃呢，隋总给开个大包厢啊！”

她只要不是用那种冷淡的音色说话，其余的时候，嗓音里都带着股淡淡的暖调，隋禹一直以为从江南过来的女生大概都这样吧，像苏花朝，像姜锦茜。

他坏笑一声：“对嘛，用这种软软的声音说话，这样才像是在求哥哥我嘛。”

苏花朝面无表情地道：“挂了。”说完，她真就直接给挂了。

隋禹躺在床上暗骂了一声，没想过求人办事还是这种态度的！他骂骂咧咧了好一通，却又给那边的经理打电话，让人给她备个大包厢，饭菜都给备齐了。

经理赶忙应下，末了问他：“是您朋友吗？”

隋禹说：“是我祖宗。”

经理战战兢兢：“好的，我们一定会用心准备食物的。”

隋禹挂了电话之后又躺回被窝，躺了几秒钟之后咬牙：“真是我祖宗。”

这边，苏花朝挂了电话之后等了不到三分钟，里面就有个穿着经理制服的人走了出来，四处张望了下，想到隋禹说的那句“就站在外面长得最好看的那人”，他眼神落在苏花朝身上，直直地往她面前走，恭敬地对她说：“请问您是我们隋总的……朋友，苏小姐吗？”见苏花朝点头，经理继续说，“隋总给您备了包厢，请跟我进来。”

她往后一招呼，一堆人呼啦啦地跟在她后面往里走。进了包厢之后，小左和小右跑到苏花朝身边左右开弓。

小右：“老大，我听说这家老板是个超级大帅哥！”

小左：“老大，有情况哦！”

苏花朝翻着菜单，语气淡淡：“我怎么听说这家店的老板秃顶、啤酒肚、身高一米六呢？”

小左小右一脸惶恐：“老大！”

苏花朝笑着拍了拍她们二人的肩：“看看想吃什么，随便点。”

两个人低头看着菜单，没一会儿，小左探头问她：“真的是秃顶吗？”

苏花朝煞有介事地点头：“真的。”

“啊……”小左哭丧着脸，“美食组的人还骗我说是个超级大帅哥，笑起来的时候一双桃花眼迷死人！”

苏花朝心里莫名有点心虚。

和一群年轻人一起吃饭，氛围当然是十分热络的。大家吵吵闹闹有说有笑，苏花朝看着也笑开了眼。

她很少有这样的时光，本科时很少参加班里的聚会，偶尔只和三名室友一起吃过饭，但她大学四年住在学校的时间两只手都数得过来，和室友的关系也是一般般。每次寝室聚餐她也是能推就推，后来被霍绥知道了，勒令教导了一番：“你总该有些朋友。”

苏花朝不置可否。后来几次聚会，霍绥拎着她去参加，她和室友坐在一桌吃饭，他便在隔壁桌拿着电脑办公。

苏花朝想，那些年，他对自己是真的宠。他明明讨厌一切聚会，不喜人多，对于一切嘈杂无章的环境都难以容忍，可为了自己，去过游乐园，在春节时去过三亚，陪她坐在最热闹的小吃摊上。明明他的人际关系就很一般，却总是劝她多交点朋友。在一起的这些岁月，他总是凡事以她为先。

苏花朝低头，拿起杯子喝了口果汁。

蓦地，身边的小右一声惊呼，大家奇怪地看着她："干什么这么大惊小怪的？"

小右举着手机："怀……怀舒视频不干了！"

苏花朝垂着的眼睑一动，睫毛轻颤，扭头看去："什么意思？"

小右连忙把手机递给她："老大你看。"

手机停留在怀舒视频最新发的一则微博上，苏花朝一目十行地看完，大致意思是由于资金短缺，导致怀舒无法正常运营下去，因此怀舒将会暂时停更一段时间，回归日期待定。

苏花朝把手机还给她，语气淡然："只是暂停停更一段时间而已。"

小右说："我听说怀舒最近的融资很不顺利，根本没人愿意去投资他们工作室。"

苏花朝："就你知道的事儿多。"

小右骄傲地道："我可是百事通好吗！"

小左敷衍地附和："好好好。"

突然，小左拉着苏花朝的手："老大，那不是怀舒的老板吗？"

苏花朝闻声望去，映入眼帘的第一人是穿着白色针织连衣裙的宋舒怀，她染了头发，栗色，很符合她的气质。

在她的旁边是宣志译，这并不奇怪。但令她疑惑的是另外一个端着笑、为他们开门的是冯攀。

他们三人闪身进了包厢，苏花朝看着他们进去的背影，脑海中冷不丁地冒出了一个想法：宋舒怀……她该不会真的到傻到要去朝阳干吧？

恰好小左在边上八卦："老大，冯总这架势，该不会是……"

小右接话："把这位神仙接到咱公司吧？"

苏花朝冷冷地扫了她们一眼，二人连忙闭嘴。她收回视线，低头拿起杯子，嘴唇碰到冰凉的果汁时她手一顿：要接进来是吗？那也得问过她同不同意。

聚完餐后一行人便出了餐厅，苏花朝没有回自己的办公室，坐电梯直上十七层，和外面的秘书打了个招呼，便进了冯攀的办公室等他。

她大概等了一刻钟，外面便传来了脚步声。脚步声中还夹着细碎的谈话声、说笑声，那音色熟稔，听得苏花朝脸上的笑渐渐地收了起来。

门一打开，冯攀便看到了坐在沙发上的苏花朝，脸上的笑凝滞了半秒，半秒之后便恢复笑意。他先一步进了办公室，身后，宣志译带着宋舒怀，二人缓缓踱步进来。

苏花朝慵懒地靠在沙发上，双膝微屈，单手撑着下巴，斜扫了他们一眼。

冯攀："宣总，宋小姐，请坐。"

嗯，称呼还是没变，宋小姐。苏花朝的心情稍好了一些，她收起手，浅笑着看向他们。

冯攀为他们介绍："这是负责朝九视频的苏花朝，苏总。"

苏花朝朝他们点了点头："宣总，宋小姐。"

宣志译脸色淡然，他刻意忽视了苏花朝的话，坐在单人沙发上，只给了苏花朝一个侧脸，扭头问冯攀："我就想知道，她进了朝阳之后，主要负责哪个项目？你也知道的，舒怀是哥大毕业的，再加上她一直从事新媒体，个人实力不容小觑。"

冯攀频频点头："这个我是有所耳闻的，宋小姐的实力，业内都是认可的。”

宣志译：“我可不想说我花了那么多钱投给你们公司，结果你把我的人随便安排在一个不上不下的部门，那我这钱不就是白花了？”

冯攀自然说不会的：“我已经想好了，让宋小姐去社会部。”

社会部主要做时事新闻这一块儿，平时常在外面跑，采集各种名人逸事、好人好事等，与记者差不多，做这一块儿累是累点，但是很容易做出成绩，算是块肥肉。

宋舒怀摇了下头，冷不丁地叫了苏花朝的名字：“我想去她的部门。”

苏花朝拿起茶杯的动作一顿，抬头看向冯攀。

冯攀哈哈笑了几声：“我们公司其他的部门也很适合你，而且社会部比较容易出成绩，花朝的部门做出成绩是很难的……”

“我比较喜欢做这些。”宋舒怀打断道。她直视着苏花朝，目光炯炯。

苏花朝放下手中的茶杯，温吞地道：“这是宁愿到我这儿给我打下手，也不愿意自己带领一个部门单干吗？要知道我的要求可是很严苛的。”

宋舒怀笑意悠悠：“我没打算当你的下属。”然后转头看着冯攀，“之前不是说了吗，我想进哪个部门就可以进哪个部门，我最感兴趣的是朝九视频，我打算接手它。”

苏花朝闻言，脸上的表情未变一分，只收回双手，插在口袋里。

冯攀左右看看，一时陷入两难境地。

宣志译讥诮地道：“怎么，冯总，刚刚不是答应得好好的吗，现在反悔了？”

冯攀：“其他的部门我都能做主，但是朝九……”他不好意思地抓了下头发，“朝九向来是花朝负责的，我插手不了。”

这个球就这样抛到了苏花朝的手上。

苏花朝静坐在那儿，低头琢磨了会儿，抬起头的时候，嘴角挂着淡淡的笑意："接手朝九？"

宋舒怀歪了下头："或者我们可以共事，一起负责朝九。"

"那倒不必了。"苏花朝十分大气坦然，她起身，双手插兜，居高临下地睥睨着坐着的三人，"我没有和别人共享一样东西的癖好，你既然喜欢朝九，那就给你好了。"

宋舒怀的表情出现一丝裂痕："给我？"

苏花朝气定神闲："待会儿来我办公室做一下交接手续吧。"

宋舒怀忍不住抬高了音量："苏花朝，你没在和我开玩笑吧？"

苏花朝眼神平静："有必要吗？"她神情淡然，仿若他们在讨论的并不是她一手做起的朝九视频，而是一个根本与她无关的东西。

宋舒怀对于苏花朝的了解实在不多，看到她当下的态度，一时之间有些惶然。

太难以捉摸了，宋舒怀自问足够会拿捏人心，但她一直以来捉摸不清两个人的心思，一个是霍绥，另外一个便是眼前的苏花朝了。她以为苏花朝和她一样，对自己一手做出来的视频颇有感情，如果有人对此动了哪怕一丝一毫的念头，便会嫉恨三分。可她没有，她只是淡然自若，仿若平常一般地说："你拿去吧。"

她不在意，或者说她根本没把这个放在眼里。

宋舒怀："那……什么时候能做好交接手续？"

苏花朝："下班之前，我会让人把东西收拾好放到你的办公桌上。哦，你的办公桌在哪儿？"她说完看向冯攀，"我记得朝九项目组边上有几个办公室是空的，那个是她的办公室吗？还有，她是带了团体过来的，还是一个人过来的？"

冯攀说："宋小姐是带了整个怀舒团队过来的，朝九边上的办公区域也是为他们留的。"

苏花朝点头："这样就方便多了，我会让人把朝九的所有东西转交给你，具体的事宜都会让她汇报，你有什么问题问她就好了。"

宋舒怀笑："这样就再好不过了。"

苏花朝说："我下午还有点事，就先走了。"

她转身的时候，连眼里都盈满淡然、平静，离开的背影也是脊梁笔挺，散落的头发披在肩头，脚下生风，骄傲如女王。

冯攀的心里却堆满了愧疚，可眼下他没有其他的选择。冯攀收回视线，看向宋舒怀和宣志译，脸上堆满了笑。

苏花朝眼不斜视地回到了朝九的办公区域，停在小左的办公桌前，伸手拍了拍，示意他们停下。

"说件事，朝九视频由怀舒团队接手，小左小右，你们做好交接手续。想跟朝九的，可以跟他们一起，和我说一声就行了，不想去的先休假。"

朝九团队的所有人都震惊了。小左："老大，你开什么玩笑呢？朝九……朝九给别人了，还是宋舒怀？"

苏花朝："不是给，是公司安排。"

小左觉得不可理喻："朝九是我们亲手做起来的！"

"我知道。"苏花朝道。

小左义愤填膺："怎么可以说给就给……是不是冯总压着你了？老大，你不会是骗我的吧？"

苏花朝扭头看向小右："手上所有的事都暂停，今天下午把朝九的交接手续做好，可以吗？"

小右扶了扶鼻梁上的眼镜："可以。"

苏花朝："统计一下要走的人的名单吧，"她顿了顿，抬头看了一圈，最后眼神不知落在哪里，空空荡荡的。她无奈地弯了下唇，"我准备休息一段时间，下次回来不知道是什么时候，如果你们想走，有想去的媒体可以找我，我会尽我全力帮你们联系的。"

有人说："老大，我想跟着你！"

她抿了下唇："那你可能面临着失业的危机。"

"老大……"

苏花朝看着他们垂下头的样子，好笑地道：“又不是现在就失业了，有必要这么垂头丧气吗？我最后说一遍，想走的和小右说，不想走的就老老实实坐在这儿刷微博、逛淘宝、看小说。反正只要每天来打卡，打完卡就坐着玩就行。”

“啊？”

苏花朝想了想，吐了口浊气，深呼吸，再抬头时眼中带笑：“最多两个月吧，两个月之后，要么结束，要么重新开始。”

小左和小右对视了一眼，二人坚定地道：“老大，我们跟着你！”

“我也跟着你。”

“我才不走！”

“老大，我才不会离开你呢！”

一群年纪和她差不多的人，年轻、热血、朝气蓬勃、满腔热情，他们曾在一起为同一样事情奋斗，而今却又告别。

后来苏花朝在想，如果当时她没有放弃朝九，那最后会是什么样的结局？没有办法的，在那个时候她没有别的选择，朝九是她必定要放弃的东西。

她无法接受与宋舒怀共事，也无法与他人同享欢乐，她这人太独，什么都要独一份的，不论是事业还是感情都是如此。

那天晚上她开车回家，路上昏暗。雾霭遮天，夜幕降临，暗淡的天色之下，穹顶之外，人世间所有的繁华纷扰仍在有条不紊地进行。

她挂着那无可挑剔的笑打开了房门，进屋的瞬间，所有的伪装都全数褪去。从眼里、从眉间、从唇畔、从心上，所有的一切，无不疲惫至极。

而室内灯火通明，她抬头，看到了正对着自己摆放着的一棵圣诞树。树上有许多装饰物，小熊、装饰灯、星星挂件等。

霍绥盘腿坐在地上，低着头认真地着手里的装饰灯泡。他解开结，起身将那串灯泡一圈又一圈地绕在圣诞树上。

苏花朝坐在换鞋凳上，下巴抵着膝盖，安静无声地看着他温柔的侧脸。

一切准备妥当，他突然转身望她，冷峻的眉眼间带着温柔笑意，手握成拳放在嘴边，干咳几声之后，那有些沙哑的声音涌入她的耳畔：“我点灯了？”未等她回应，那一树灯光倾数点亮。

星光永不会陨落，北极星也永不疲惫。那天，我以为所有的都与我的预期背道而驰，可你对我说你点灯了。苏花朝的眼角陡然滑落了一滴泪水。

霍绥起身把室内的灯都给按灭，末了走到她的身边，一把把她从换鞋凳上抱起，放在了客厅处的沙发上。

苏花朝坐在沙发上，霍绥站在她身侧，二人的眼神都落在圣诞树上。

串灯五颜六色，闪闪发光，悬挂在上方的装饰物在缤纷的霓虹灯光线中显得俏皮与可爱。深绿色的圣诞树静默地伫立在那儿，甘愿当背景板。

苏花朝斜靠在沙发上，这一天的经历使她疲惫至极，她挂着最恰到好处的笑迎合所有人，似乎人际来往成了最困扰她的问题。

她在夜色中缓缓闭上了双眼，头顶冷不丁地传来霍绥的声音：“喜欢吗？”

苏花朝抿唇，笑着说：“你特意布置的？”

霍绥的表情有些不自然，明知她看不见，却还撇过头去。

苏花朝：“离圣诞还有一段时间吧？”

霍绥说道：“圣诞我估计还在国外，没法陪你一起过。”见她睁开眼，抬头看自己，霍绥坐在双人沙发上，柔软的沙发陷进去大半。他逆着光说，“下周我得出国一趟，估计得半个月的时间才能回来。”

苏花朝轻声说：“五周年呢。”

霍绥向她探身，伸手抚顺着她肩上的碎发，温声说：“我知道，五年了。”

苏花朝动了下头，把自己的头发从他的手心中抽走，说道：“算了，我一个人过也挺好的。”

他们两个人真正在一起的那天就是圣诞，自那之后，每年的圣诞哪怕再忙，他们两个人都会心照不宣地抽出时间，也不干什么，就在苏花朝的房子里布置圣诞树，等到晚上，靠在阳台上喝着红酒，重复第一年做的事。

霍绥的手心空空地停留在空中，他知道她内心的失落，收回手握紧，默了半晌说：“我尽量在那天赶回来。”

“不用了。”苏花朝不无疲惫地叹了口气，“我准备去南方待一段时间，圣诞……估计不会回来。”

霍绥疑惑：“怎么突然想去南方了？”

“想停一下。”她的头蹭了蹭沙发，双手环抱双膝，“而且茜茜说，这个时候的锦市很热闹，我想回去看看。”

霍绥思索了半秒：“只是去锦市？”

苏花朝：“时间空余的话会去附近的古镇走走吧，也不一定。”

他注视着她的眉眼，忍不住伸手用指腹轻揉，最终停在她的唇边，他起身，倾身上前，落下一个细碎而又温柔的吻。他贴着她的唇，呼吸扑鼻：“去那儿也挺好的。”

苏花朝沉醉在夜色中，轻吟一声：“是挺好的。”

隔天，霍绥便得知了宋舒怀进朝阳科技的事，自然也知道了朝九已经易主，负责人由苏花朝变为宋舒怀。

书房的门敞开，正对着的便是客厅。客厅沙发上，苏花朝穿着素色的居家服，头发用发带绑着，不修边幅、歪歪斜斜地靠在沙发上，手里捧着杯热乎乎的奶茶。电视上在放着一个综艺节目，逗得她眉眼舒展，开怀大笑。她看起来平静、闲适，根本不像是一个失意的人。

霍绥问手机那端的人：“宋舒怀怎么会去朝阳的？”

“是宣总介绍的。”

“昨天她的情况怎么样？”

“苏总表现得很镇定，在办公室里和我们说的时候脸上还带着笑意，好像……好像她失去的并不是一件很重要的东西。霍总，朝九对苏总来说真的是无足轻重吗？”

霍绥想说不是的，他见过她为朝九熬夜的每一个夜晚，从最初筹备时她的斗志昂扬，到奋起时她的满怀期望，甚至后来时迁事易，但她依然热血难凉。只是随着年岁的增加，她变得越来越沉默，越是重要的表现得越是冷静、沉着、不屑一顾，连生气都不动声色。霍绥不得不承认是自己影响了她，但他不知道这到底是好还是不好。

小右的声音传来：“霍总？”带着试探，她以为自己越界了，不该问那句话。

霍绥的手指在桌面轻敲了几下：“工作室的人现在是什么情况？”

“大家都没走，可是……上班了也不知道做什么。”

“刷微博、逛淘宝，实在不行把周边的外卖都尝一遍，到时候把账单给我，我会负责。”

小右震惊了，这两个人怎么都一个套路？她哆嗦着：“不了，不了。”

霍绥说：“应该的。”

小右委婉道：“霍总，我们苏总给我们发工资还挺大方的。”

霍绥笑了下，声音有些沙哑，低低沉沉的，好听极了：“我知道，这份算我的。”他接着道，“你们也不用太难过，她是个有分寸的人。”

小右笑着说：“我知道啊，我们都信老大的！”

她语气坚定而明媚，霍绥竟有半晌的微滞。很早之前，苏花朝也是这样坚定而明媚，笑起来的时候双眼眯成一道缝，但不知道为什么，她与甜美、可爱这类词完全不沾边，笑起来是带着点妖媚气息的，像是诱人的妖精。

霍绥沉声道：“谢谢你们的信任。”

他突如其来的道谢令小右受宠若惊：“霍……霍总？”

霍绥看到苏花朝一个不注意把牛奶洒了出来，立马站起身子："就这样吧，辛苦你了。"

"啊不辛苦的。"

霍绥边挂电话边往外走，出了书房之后走到洗手间拿了条干净的毛巾过来，走到苏花朝边上，弯腰低头，抽走她手里的牛奶，将它放在茶几上，再转过身给她擦衣服上的牛奶。

苏花朝两手空空，低头看他为自己擦干衣服，懊恼地道："这衣服我才第一次穿。"

霍绥把毛巾拿到洗手间洗，在淅淅沥沥的水声中，他说："换下来洗了吧。"

苏花朝皱了皱鼻子："还得换衣服，麻烦。"

电视机里的声音还在继续，后期很良心，各种特效和配音做得极好，逗得苏花朝笑声阵阵，都不记得那水声是何时消失，也不记得霍绥到底是什么时候站到她的身后。

他冷不丁地问："牛奶还喝吗？"

苏花朝："不喝了，待会儿又溅出来，很烦。"

霍绥越过沙发，拿起茶几上的杯子，只见奶白色的液体大概还有三分之二的分量，她只微抿了几口便不喝了。

牛奶倒了，便不喝了；朝九被抢，也不挽留，她潇洒随意惯了，那如果有一天他说他要走，那她是不是还可以像现在这样无所谓？

霍绥不敢想下去，他害怕有那一天，因为在苏花朝的人生里，是没有选择题的。一旦面对选择，那她只有一种态度，放弃。所以她放弃了苏启正邀她出国的选择，放弃了朝九。

"因为我不知道出国到底是不是正确的，但留在你身边总不会错。"

霍绥永远记得那天她说的这句话。那天的场景，每一分每一秒他都记得清清楚楚，她靠在他的肩上，两个人坐在霍宅的楼顶，耳边有清脆的鸟鸣，鼻尖满是花香。就是那个时候，霍绥对她动了心。

霍绥坐在她身边，沙发上凹陷了一块儿，她仍旧专注于电视上的节目，没给他一个眼神。播放广告的间隙，她突然扭头问他："我想喝果汁，家里有橙子吗？"

霍绥想了想："有。"

她立马穿上拖鞋，起身走到厨房，打开冰箱翻找橙子。

霍绥一言不发地跟在她的身后，看她翻箱倒柜地找出橙子、榨汁机，以及许久没用的砧板与水果刀，然后她清洗水果与各种工具，再切水果，拿出盘子把切好的水果都放在上面，最后，榨汁机开始运转。

就在那嘈杂的榨汁机工作的声音中，霍绥倚在门边缓缓开口："既然觉得麻烦，为什么还要做？"

苏花朝挑了挑眉，然后转过身，双手放在流理台上一用力，坐了上去。

霍绥平视她："不是怕溅出来吗，怎么又来榨果汁？"

"想喝。"

"那别的呢？"

苏花朝看着他："我不知道你在说什么。"

霍绥："朝九也是？"

她垂眸，扯了下嘴角："你知道了？"

"我不应该知道？"他干咳几声，"怕牛奶溅出来沾了衣服，觉得麻烦，所以不喝，可还是来榨果汁。朝九呢？怕朝九……"

"不是怕。"苏花朝直直地看向他，刚好有熹微的日光透过厨房的窗户照在她的脸上，映出她脸颊处的细碎绒毛，"只是觉得麻烦。"

正好榨汁机停了，室内安静得落针可闻。

苏花朝说完之后，低着头长舒了一口气，低声说："冯攀不会拒绝宣志译的要求，而我也没有办法接受与宋舒怀共事，与其令他两难，还不如我主动点说放弃。"即便放弃的过程很艰难。

是啊，她终于承认在放弃朝九的时候，她的心不是不痛的，毕竟那承载了她的梦想与努力。

霍绥说：“疼吗？”

苏花朝不明所以地抬头。他踱步过来靠近她，两个人的脸之间只隔了一指距离，她眨眼的时候，甚至能感觉到两个人双睫轻碰。霍绥伸手，覆在她心口：“这里疼吗？”

苏花朝眨了眨眼，一秒、两秒、三秒，她终于完完全全地闭上双眼，呜咽一声：“霍绥，我真的……好难过。”她双手环着他的脖子，低低的啜泣声就在他的耳边。

有多少年没有看到她对自己示弱的样子了？可霍绥宁愿她永远骄傲如女王，也不愿她受到一丝一毫的委屈。可这世间有太多迫不得已，让她无能为力。

霍绥把她抱了下来，轻声安慰道：“我在，花朝，我一直在。”

从相遇那一刻开始，霍绥就知道，他所有的无能为力，都是因为面前的这个人。除此之外，再无其他。他脸上流露出淡淡的温柔笑意：“交给我，嗯？”

那天阳光正好，英俊男子怀里搂着的人低声哭泣，而他耐心颇足，安慰声从未断歇。

苏花朝的哭泣都是很隐忍的，低低地从喉咙里发出轻微的呜咽声，像是春日傍晚的猫叫声，很小很轻，却听得人抓心挠肺。

霍绥抚摸着她的头发，动作轻柔，他就那样直直地站着，让她靠在自己的肩头。苏花朝或许是真的累了，抽泣的声音渐渐变小，到后来竟站着睡着了。霍绥满脸无奈，小心翼翼地把她抱回房间。

她平躺在床上，睡颜安详平和，他站在窗边盯着她的睡颜许久，最后捏了下鼻梁，出了卧室，顺便带上了门。

回到书房，他直接给宋舒怀打了电话。

宋舒怀刚给工作室的人开完会，手里端着杯咖啡，小口小口地抿着。听到手机铃声，她缓缓地从口袋里拿出手机，看到来电人是霍绥的时候，眉头蹙了一下。

但宋舒怀是没有给过霍绥自己的电话号码的，凑巧的是霍绥也没有给过宋舒怀任何可以联系上他的联系方式。

霍绥变了，宋舒怀知道。以前他是不主动、不拒绝。她说喜欢他，他挑了下眉，不置可否地看着她，她再鼓起勇气说想和他在一起，他无所谓地点了下头。但现在不行了，她说喜欢，他弃如敝屣，她一靠近，他的声音便带了三分吝色："宋小姐，我们还是保持些距离比较好。"

距离感，霍绥刻意与她保持了距离。

宋舒怀盯着正在响动的手机，心里的滋味有些难辨。

这个号码她问许多人要，辗转了好久才要到。她本可以问宣志译要，但不行。她和宣志译的来往也仅限于工作之间，除开公事，两个人也鲜少见面。她是知道宣志译对她的感情的，但她不会对他有任何回应，毕竟宣志译与霍绥相比还是差了一大截的。

她进了办公室，放下手里的咖啡杯，接起电话。至少他主动给她打电话了，这足以让她开心一些。宋舒怀先声夺人，声音娇滴滴的："阿绥，你怎么会给我打电话呀？"

霍绥的眉头蹙得很深："宋小姐，你好。"

宋舒怀刻意忽视掉他的冷漠语气："我还有半小时下班，到时候一起吃晚饭吗？"

"不了，我打这个电话就是想和你说一件事。"

"什么事？"

"怀舒的事，我不想再来一次。"

宋舒怀停在原地，良久，她说："没事的呀，反正我现在是朝九的负责人，我会好好对待朝九的。阿绥，你放心好了。"

霍绥说："无论是怀舒还是朝九，对我而言都是一样的，你知道吗？"

宋舒怀这下再也伪装不下去了："我到底哪里惹到你了？霍绥，

我只不过是喜欢你。就因为我喜欢你，所以你就把怀舒置于死地吗？”

“我让他们撤资的原因，和怀舒本身没有关系。”

“苏花朝？”

霍绥觉得他已经说得足够清楚了，于是只说了句：“宋舒怀，你好自为之吧。”就挂了电话。

宋舒怀听着听筒里传来的嘟嘟声，内心烦闷，她是万万没有想到他给她打电话是这个原因。

她经营怀舒那么久，从本科的时候就开始准备，在国外的 ins 上都有许多记录，回国之后团队便马上开始运营。现在好了，霍绥一句话，她所有的经营全都付之东流。

霍绥也知道她家里人不赞同她做这个，更不会给她提供资金，他真的是想得面面俱到，可他没有想到的是她可以进朝阳科技。

怀舒在他眼里或许只是沧海一粟，但对着朝九，宋舒怀以为他会心慈手软几分，毕竟那是苏花朝一直以来的心血。但刚刚那通电话仿佛是在提醒她，他看重的从来都只是苏花朝这个人而已。

霍绥因为要去美国银行总行，瑞尔分行这边便暂时进行休假。美国人注重人道主义，尤其是在对待霍绥霍先生的时候，显得更加心平气和。就这样，霍绥和苏花朝双双迎来了假期。

苏花朝其实是很少有假期的，她工作周期长，一年到头，能有十天的假期都是好的。工作室的人每周也只单休，更何况是她。她每周待在公司的时间是一、三、五，周一是公司例会，周五则是工作室的会议，周三她要回工作室与小左小右商讨下期视频，合作商等事宜，其余的时间，她都在外面收集视频素材。春秋的时候还好，但寒暑季节的时候待在外面，要么炙热火烤，要么天寒地冻，恨不得下一秒就把手里的相机给砸在地面。

细细算来，从毕业到现在，她也没有好好地给自己放过长假，难得有这么一个长假，苏花朝也想好好地放松一回了。

苏花朝拿着笔，问霍绥：“你什么时候去美国？”

霍绥翻开提醒事项：“下周五。”

就是十二月月初了。苏花朝在记事本上写写画画，规划了下时间：“我明天打算去南山泡温泉，顺便在那儿待几天。”

“一直待到周五吧。”霍绥起身，推开书房的门，想了想扭过头看她，“我把东西都给收拾了，到时候直接去机场。”

苏花朝把笔一扔：“我有说和你一起去吗？”

“你没说，”他咳了下，声音低沉，“是我追着你去的。”

认真听，是能听出他这句话的语气是有一些别扭的，但苏花朝从来都不用认真听，她能从他的眉眼间看出他此时的别扭与那么点害羞。她得意地弯着眼：“知道就好。”

霍绥无奈，叹了口气。他怎么就这么憋屈呢？分明不是这样的。可后来想想，她能多笑一点也是好的，算了，就这样吧。

温泉会所是霍绥私下的一个产业。他刚毕业那年，舅舅为了嘉奖他顺利毕业，便指点江山：“喜欢哪一个，舅舅送你。”苏花朝早已见识过隋家人出手有多阔绰大方，他们对自家人向来是没有丝毫的吝啬。霍绥低头，在 iPad 里选了许久，最终选了离市区将近三个小时车程的温泉会所。

隋舅舅看了下，劝他重选一个：“这地儿都在五环外了。”

霍绥执意要它：“不了，我要这个。”他把平板递还给舅舅，礼貌道谢，“谢谢舅舅。”

隋舅舅不明白他到底为什么要选个这么偏的地儿，但见他喜欢，也没再多说什么。没到一周的时间，温泉会所的所有人便成了霍绥。

而那天，苏花朝在浴室浴缸里被他撞得晕头转向，水花四溅中，他附耳说：“下次换个大点的地儿。”

“嗯？”

“好舒展。”

这就是个温存的地儿，但两人没怎么来过。这些年由于工作牵制、生活束缚，两个人被太多的世俗给羁绊了。

这次是难得偷得浮生，有几日闲适。到了会所，苏花朝做的第一件事是在房间里睡了个昏天黑地。

霍绥处理好会所堆积许久的事务，又在楼下用餐区吃了晚饭，回来的时候，房间里仍是一片漆黑。

他推开卧室的门，皎洁的月光透过落地窗落在白色床单上，床头处的灯光微微泛着黄，那光亮照射在苏花朝的脸上，给她染上了一层宁静美好。

她入睡时最宜家宜室，霍绥很喜欢，但他更喜欢她张牙舞爪、对着自己狂妄肆意地笑。

被子向下滑，被子下的人伸了手出来。苏花朝双眼艰难地睁开，喑哑着声音："几点了？"

霍绥走上前，把滑到地上的被子拉了上去，回她："七点半了。"

苏花朝："我饿了。"

他说："我给你叫了晚饭。"

她点了下头，便没再说话。霍绥半蹲在床边，借着柔和的光亮看着她。她的脸颊有两处酡红，因是刚睡醒，素来散发妖娆气息的桃花眼中浮了一层雾气，头发乱糟糟地披在肩头，很邻家姑娘，一点都不苏花朝。

打破别人美好想象的，大概就是她睡觉时与刚睡醒时的样子。很巧，霍绥见过苏花朝这两个时间段的所有样子。

苏花朝倏地转过头来："你站这儿干吗？"

霍绥勾了下唇："你有没有想过做一期节目？"

"什么？"

"女神的卸妆室。"

"啊？"

"真的挺丑的，像妖精。"

苏花朝听懂了他的话，面无表情地看着他，两边的头发乱糟糟的，逆着光，正好符合了霍绥刚刚说的样子。

她怒骂：“呸！我要是妖精，也是狐狸精。”

她生气时候的样子也很好看。霍绥笑了，伸手抓了抓她的头发，妥协道：“嗯，狐狸精。”

那段时间他们过得很平静，并非是山雨欲来风满楼前的满室寂静，而是在晚秋时节独坐银杏大道下看着夕阳坠落的安宁。他们也曾有过争吵，不过不同以往，无非是些琐事罢了。

最激烈的一次争吵大概就是苏花朝某天醒来，发现霍绥竟背对着自己，双耳插着耳机，她躺在床上，扯着沙哑的嗓子喊他的名字，一声一声，可他静坐着不动。

霍绥发现还是因为视频会议那端的人用英文说：“有人在你身后哭泣。”

霍绥以为对方是在说笑，岂料转身的瞬间，就看到了苏花朝蜷缩在床头，小声啜泣。他方寸全乱，连呼吸都短暂停滞，匆忙结束会议，拔了耳机，走到苏花朝身边伸手想要搂住她，却被她一脚踹开。她伸手扒了扒头发，用红肿润湿的眼瞪着他：“我要和你分手。”

“做噩梦了？”他脾气很好，耐着性子哄她。心事被猜中，苏花朝的脸色变得有点别扭起来。霍绥笑着把她搂进怀里，说，“说说梦到什么了。”他穿着羊绒衫，清俊柔和，没有丝毫的棱角，仿佛温柔如世间其余普通男子一般。

苏花朝低头蹭了蹭他的胸膛，蹙着眉说：“你和别人结婚了……霍绥，你是不是到头来还是要娶别人？”

霍绥连犹豫都没有：“胡说什么。”他拿过床头柜上的纸，擦着她的脸。

苏花朝从他怀里挣扎出来，突然尖声厉叫：“你就是要娶别人了！霍绥，你骗我，从始至终你都在骗我。”

霍绥安静地听她说完，看着她眼里的波光闪烁，无奈地叹了口气，端坐在那儿：“我去哪儿娶别人？”

“有的是人喜欢你。”

霍绥好笑地看她：“除了你，我身边还有别的女人？”

苏花朝被他噎住，他身边确实没有别的女人。

很奇怪吧，这个年纪的人，身边或多或少都会有那么几个异性，可霍绥却是个异类。工作上，明里暗里向他示好的人并不少，家里塞给他的女伴也数不胜数，但他向来规避着。为什么？还不是因为她。

苏花朝才不像明面上那样坚强、一直昂着头不怯懦。她敏感、脆弱，有一点风吹草动都会汗毛耸立、警惕心十足，霍绥尽量使自己的生活和工作简化，让她无须推敲，他也无须解释，她便能看得一清二楚。对于她，比起坦诚相待，还不如他这种无须揣测。

但她小性子上来了，哪里还听得进去道理，捏着他的小臂道：“宋舒怀不是女人吗？”

霍绥忍痛：“我和她哪有什么关系。”

终于找到人了，苏花朝比之前理直气壮百倍：“哪没有关系？”她一一细数，“她是你初恋，你和她在一起三年，而且那天我还撞见你们一起吃饭。”说得她自己都胸闷不已。

前两样事确实是真的，既定事实无法改变，霍绥也没有什么好解释的，但对于吃饭的事，他说：“我去之前并不知道那里有她。”

“可你和她在一起三年，”苏花朝质问，“你不能不让我多想！”

霍绥这回终于说不出什么话来了。苏花朝盯着他的神情，咄咄追问：“没有解释？”

他掀了下眼皮，只是把她搂在怀里，低声说：“花朝。”

“啊？”

“等我从美国回来，我就娶你。”

苏花朝浑身一震，难以置信地看他，却被他伸手捂住双眼。霍绥喉结滚动几番，最后长长地吐了一口气，松开手，他落在她的眼里。霍绥：“我不骗你。”

她倏地从他怀里出来，下床，换鞋的时候轻松道：“无所谓啊。”

但那颤抖的双手却暴露了她此刻的心情。

遮云蔽日的尽头，终现璀璨光辉，或许她也能等到这一天。

温泉会所里面除了温泉，霍绥还开发新建了许多项目：室内射箭馆、网球馆、清吧、游戏厅等。

苏花朝倒是挺喜欢射箭馆的，三不五时就溜到那儿射会儿箭，累了就回来泡个温泉，吃了饭便跑到清吧去听歌。

那天正好清吧的驻唱歌手临时有事来不了，苏花朝穿着件短款的皮衣，脚下踩着马丁靴，紧身裤包裹着她修长的双腿，她跑到台上捡起身边的吉他，跳上舞台凳，拨了三两声弦。调整了下话筒的位置，她伸手将右边的头发别至耳根后，另一侧的头发垂下，贴着弦。

苏花朝微抿着唇，对着一处笑："我给你唱首歌吧。"

清吧里的顾客都一脸莫名其妙，服务员请出经理，准备"请走"这位突然跳上舞台的人，经理见状立马说道："那是咱们老板娘。"他往四周看了看，指着刚刚苏花朝凝视的地方，"喏，那是老板，看到了吗？"

老板坐在角落处，头上是昏黄的光亮，琉璃灯打碎他眼里的柔和，落下一地深情。

苏花朝转头与身后的乐队攀谈，末了，她带着笑转过身来。她拿指尖拨了拨和弦，声音缓缓："听说白雪公主在逃跑，小红帽在担心大灰狼，听说疯帽喜欢爱丽丝，丑小鸭会变成白天鹅……总有一条蜿蜒在童话镇里七彩的河，沾染魔法的乖张气息，却又在爱里曲折，川流不息扬起水花，又卷入一帘时光入水，让所有很久很久以前都走到幸福结局的时刻……"

那晚的清吧意外的满人，所有的座位上都坐满了人，视线交会成一点，落在那舞台上一盏灯光打下的身影中上。她在光圈中低声浅唱，哑音和弦，那清润的女声透过话筒传出来，沁人心脾。那最不令人忽视的容貌，都在空灵的嗓音中黯然失色。

他们只听到她的声音，听到那歌曲，却没听出那词背后的深意。

只有睿智的河水知道白雪公主是因为贪玩而跑出了城堡，小红帽有件抑制自己变成狼的大红袍。每个人的心中都有阴暗面，我们外表美好，压抑自己的消极情绪，只是不想伤害爱自己的人。

霍绥食指蘸酒，在桌面上一笔一画地写下“苏花朝”，然后从口袋里掏出那枚一直贴身带着的戒指，抬头与台上的人对视一笑。

苏花朝笑得眼角泪光闪烁。他知道，他一切都知道。

一曲唱罢，掌声四起，苏花朝礼貌地将舞台归还，拨开人群，走到她一直盯着的那处。霍绥静坐着，嘴边带着微微笑意。苏花朝不顾众人火热的注视，双手捧住霍绥的脸，直直地吻了下去。

凉风从大门吹来，夜色氤氲。舞台转移到了那方寸角落，空气中裹挟着冬日的凛冽，与满天白雪的荒芜，只有爱至死方休。

周五很快就到，霍绥收拾好二人的行李，开车去机场。领了登机牌之后，苏花朝陪他等着。

苏花朝从包里拿出一副墨镜，递给他：“戴着。”

霍绥不明所以，苏花朝直接给他戴上：“别笑，嘴角翘那么明显干吗？不是很会绷着脸的吗，笑什么？不许笑，给我绷着脸！”她仔细地观察了一下，“嗯，待会儿登机之后就这样，不许笑，不许做任何表情，就这么面瘫着去洛杉矶。”

霍绥无语，伸手拿下墨镜，苏花朝见状噘起嘴：“戴上！”

他直接用墨镜腿敲她：“待会上了飞机再戴。”苏花朝心满意足了。

她消停了没一会儿，广播里就放了登机消息。霍绥起身，见苏花朝仍坐在沙发上，神情恹恹，他伸手揉了下她的头发：“走了。”

她把他的手给拍下，从沙发上起身，转过身与他背道而驰，头也不回地走了，摆了摆手：“明年见。”

霍绥笑了一下，没动，看着她离开的身影，过了好久，等到她完全消失在自己的视线里，他才戴上那副墨镜，拿着登机牌转身。

苏花朝双手插兜，没有一丝留恋。或许她骨子里就是绝情的人，哪怕再多伤悲，也不愿回头看他一眼。她怕自己上前抱住他，低声祈求：“阿绥，你就再陪我走一段路吧。”不是不知道他以后还会回来，可这段日子她不知道该为谁而活。但她没有求谁，一直以来，她都没有求过任何人。

她低头，把帽檐压得极低，脚步匆忙地往外走去，一个不小心与人相撞，苏花朝连忙道歉：“不好意思。”

耳边却传来一个熟悉的声音，带着爽朗笑意：“没关系。”

苏花朝抬头，正对上莫绍棠温润的脸，她问：“你怎么在这儿？”

莫绍棠：“我来接人。”他低头看了看表，“还有十分钟他就到了，他不喜欢不准时的人，我得先走一步了。”

她弯了弯唇：“再见。”

莫绍棠往里小跑了几步，再回头的时候，便看到风将她的风衣吹得鼓起，她低着头，帽檐压得极低，双手插兜，十分没有安全感的姿势。

她逆着车流，缓步向前。

莫绍棠抬头，看到落地窗外云层浮动，手机里显示：南城，多云，风速西北偏北二米每秒。

他指尖微动，身后突然响起一个声音：“绍棠。”

莫绍棠闻声转了回去，脸上带了几分欣喜，又带了几分歉意：“爸，您到了。”

“哎，到了。”

莫绍棠接过他手里的行李，带他出去的时候下意识频频找苏花朝的身影。

“在看什么？”

在拐角处，他看到苏花朝仰着头坐在地蹲上，帽子已被她摘下，不知流落何方，她右手撑在额头上，眯着眼看天边浮云。

他戏谑轻答：“命运。”恰好一声喇叭声响盖过他的声音。

是命运，他想知道他的命到底是怎么样的。

那天风很大，吹得苏花朝头发胡乱飞舞，拿在手里的帽子不知道什么时候被吹走了，她倒也无所谓，双手插兜，抬头看天，纯蓝、澄澈。她右手撑在额上，眯着眼看向远方。

打破这一刻宁静的是口袋里的手机声，她慢悠悠地掏出手机，看清来电显示的时候轻呵了一口气，起身走向停车场，边走边接听电话。

苏花朝："怎么突然想起来给我打电话了？"

冯攀看了眼宋舒怀的办公区域，门外挂着个小小的银色牌子，上面写着"朝九视频"，那原本是属于对面办公区的，而现在，原朝九热闹至极的办公区域却闲适自在。小左小右低头看着手机，有人躺在按摩椅上，有人拿着杯咖啡悠闲地喝着……像是休假一样。

冯攀皱眉："你在哪儿？"

苏花朝说："在机场。"

他怔住："你要走了？去哪儿？喂，苏花朝，你不能一走了之！"

苏花朝打开车门，坐进去，打开扬声器，发动车子："你打电话给我，想要说什么？"

冯攀："你先和我说你要去哪儿。"

"去哪儿？"车子汇入车流，在拥挤的车道中开开停停，当驶入一个十字路口，红灯亮起，她在斑马线外缓缓停下，看着面前的三条路，一时之间有些茫然，"我也不知道去哪儿。"但总要有选择。

等绿灯的时间格外漫长，秒针嘀嗒，冯攀的声音透过扬声器传来，异常清晰："苏花朝，你回来吧，我们凡事好商量。"

她偏头看了手机一眼，再回头的时候便看到红绿灯交替，绿灯在远处亮起。她发动车子，启唇："我还有一个小时到公司，我们在公司楼下的咖啡馆见吧。"说完，她便直接按断了电话。

这不是一个选择，至少在她眼里是这样的。

在苏花朝的认知里，她确实不会做任何的选择，这条道她来了，便摸黑走到底，哪怕前头再曲折蜿蜒，或者更惨烈些，就算是悬崖峭壁，她也不会回头的。她认为这是对的。

苏花朝到公司的时候，距离那个电话已经过了一个半小时了。南城的交通向来拥挤，三环以内红绿灯颇多，而今天又是工作日，她在路上耗费的时间比往常多了一些。但冯攀的表情一点都不像是等了一个半小时的人，他像是刚到，怡然地看向她，递给她单子，认真地询问她想要喝点什么。

不知道是什么原因，苏花朝最近鼻子堵得慌，嗓子也有些哑。或许是因为之前在温泉里泡太久，霍绥一做起那事就不记得时间，捞起她的时候，她指尖都是冰凉的；或许是因为霍绥多日的感冒传染到了她身上，她也感冒了。

苏花朝合上单子，说："给我一杯热牛奶就好了。"

她低头，恰好看到桌子中央摆放了一只花瓶，里面插着一朵红玫瑰，妖冶迷人。

冯攀问她："怎么突然就去机场了？"

她低头抿了口牛奶，只说："送朋友去了。"

苏花朝对他的态度再也不似从前，不会和他开玩笑打趣说"你这年纪还不结婚，不会是因为肾虚吧"，也不会和他说"你知道霍孟勉吗，他是我爸"。经营一段关系需要很长很长的时间，但关系的破裂真的只要一瞬。

冯攀却似没发现，神态自若："有想过以后的打算吗？不做朝九了，那之后准备做点什么？"

苏花朝轻笑了声："我不准备干了。"

"不可能的。"

苏花朝低头："你就不能配合我一点吗？"

那天的阳光也很好，穿透窗玻璃照射进来。冯攀到底还是心怀愧疚的，低声叹了一口气，痛苦地闭上双眼："是我对不起你，我也没有想过宋舒怀会直接要朝九。"

苏花朝却不以为然，她太清楚宋舒怀的性子了，当她在泰国餐厅见到宋舒怀、冯攀和宣志译在一起的时候，她的心里就有预感宋舒怀是为她而来的。苏花朝说："关你什么事呢？"你也只是被利用的一个而已。话虽是这么说的，但苏花朝的心里，不是不怨他的，毕竟她曾经把他当朋友。

冯攀："我以为你那个时候会发怒的，毕竟朝九是你一手创立的。"

苏花朝挑了下眉："你见过我发怒的样子吗？"

"似乎……没有。"

突如其来的沉默。苏花朝伸手捻了片花瓣下来，指尖轻划，在花瓣上印上烙印，黑色的一道道线，像是生命中猝不及防的每一个意外。

她突然说："我准备回锦市一段时间，工作室的人……我希望你别去干涉他们，工资从我那里扣就行。"

"夸张了啊，苏花朝。"冯攀无奈，"我总不会克扣自己的员工。"

苏花朝浅浅地笑："那谢谢了。"她拿起桌上的手机，起身要走。

冯攀突然伸手拉住她的手肘，目光灼灼："你……"他的嗓子噎了一下，见苏花朝扫了眼他拉着她的手，他陡然惊醒，松开问："你还会回来吗？"

苏花朝说："会的。"

苏花朝隔天就去了锦市，程叙之开车接她。那时已经夜晚七点多了，回乡下的路不是很堵，两边的灯光如星海蔓延，无边无际。苏花朝扭头看向程叙之，他是一个与霍绥截然相反的人，外貌、性格、做事手段，都是不一样的。但那么多人里，霍绥敢把苏花朝委身相托的人只有两个，一个是程叙之，另外一个是他们都要叫大哥的季洛甫。

人或许在内心里，都有想成为的另一个样子，就像苏花朝一直都想成为姜锦茜那样的人，温柔、娇弱，笑起来天真无害，说话的声音软得能掐出水似的。但她终究没能实现。她后来想想，世上没有两个人是完全相似的，也算是能安慰自己。

程叙之语气温和：“茜茜给你收拾了　间房，说是按照你喜欢的样子布置的。”

苏花朝从恍惚中回过神来，声音带了雾气：“嗯？按照我喜欢的样子？”她都想不出来自己到底喜欢的是什么样子。

程叙之无奈：“她是这么和我说的。”语气里却是带了深深的宠溺。

真正见了房间的时候，苏花朝有些茫然，嗓子噎住，心里的酸胀情绪涌到喉腔。苏花朝是个连自己都捉摸不透自己喜好的人，和霍绥在一起久了，她的口是心非的能力让她自己都难辨了。

姜锦茜在身边说：“喜欢吗？花朝，我可花费了好多时间和精力布置的，这个房间我自己都喜欢死啦！你要是说不喜欢，我真的会一脚踹过去的！”

“小心点吧，大着肚子呢，注意胎教！”苏花朝笑嘻嘻地和她插科打诨。

两个人闹成一团。后来苏花朝坐在吊椅上，抬头正对着天窗。南方的冬天基本上与雪无关，温度降了，穿羽绒服了，那便是冬天了，很少有雪。这些年，下雪的时候总是快到春节了。

天窗外的一隅天空像是一块厚重的幕布，左右都看不到一颗星。但她的心情却很好，整个人缩在吊椅上，一双桃花眼笑得勾人心魄：“茜茜，我真的好喜欢这个房子哦。”

一间不大不小的房子，许多小摆件，书架上放了很多她喜欢的书，床很低，到膝盖处，地毯格外绵软温暖，粉色与白色交相辉映。没有女人会拒绝这样的房间的。

苏花朝说：“茜茜。”

“哎？”姜锦茜倒了杯水给她。

苏花朝低头饮了一口，柠檬香，还有点甜。她捧着水杯说：“他说他要娶我。”

姜锦茜盘腿坐在地毯上，笑着仰望她：“那很好啊！你呢，你怎么想的？”

“嗯？”

“我问你呀，他想娶你，那你呢？你想嫁给他吗？”

这一刻，苏花朝终于抑制不住眼里的热泪。

霍绥的誓言不曾有假，他每次说的话她都记在心里，他让她等，她便等；他说娶她，她便真的心无旁骛地一心只有他。可他从没有问过她：花朝，你愿意嫁给我吗？

水杯落下，湿了地毯。她双手捂脸，低声啜泣。姜锦茜惊慌失措地抱住她，轻声安慰：“花朝，我在这儿呢。”

苏花朝怕碰了她的肚子，从吊椅上下来，与她并肩坐在地毯上，双手搂着她的肩膀，边啜泣着边说：“他为什么不像你呢？为什么呀？”姜锦茜哭笑不得，只听苏花朝继续道，“他问问我呀，好歹问问我。”

姜锦茜轻拍着她的背。

苏花朝曾设想过无数次霍绥问她：“苏花朝，你嫁给我，好吗？”

在她的数百次排练中，她是怎么说的呢？哦，是这样说的。

“我从来没有想过嫁给除你以外的人。”

一墙之隔的门外，程叙之把手机朝向门口，那低低的啜泣声通过信号的传输漂洋过海，清晰地传入霍绥的耳中。

他以手撑额，喉结上下翻滚几圈，过了好久，他深吸了一口气：“我也是。”

除你以外，我也从没想过娶其他人，或许这就是爱情的本意——你我年少相逢，从此长久为伴。

苏花朝也不单单是过来旅游度假的，她心里清楚该做什么、要做什么、应当做什么，嘴上不说，但心里的算盘打得比谁都通透。

那天她和姜锦茜吃完午饭在外散步，远远看到一道黑烟直入云霄。她问：“你们这儿还有工厂吗？这个污染等级，有关部门不会过来吗？”

姜锦茜不明所以，顺着她的视线看去，笑了：“不是工厂。”

“不是工厂？”

“就是榨糖的地方，”姜锦茜拉着她往那处走，边走边说，“你太久没回来了，是不是都不记得了？那儿是榨糖厂，白甘蔗通过榨汁机榨出汁儿，再放在九个锅里熬煮，最大的锅比我还大，你说能没有这么大的烟吗？

苏花朝听得嘴角微微勾起，心底却泛起丝丝凉意。她到底还是有很多年没有回来了，原以为事无巨细她都记得，但那天当她拽着姜锦茜出门的时候，却发现自己连上街的路都忘了大半，这使她心口无端生出一股惊慌无措。

姜锦茜安慰她：“还记得方向吗？”见她点头，姜锦茜笑，“记得方向，那就总找得到路，只不过是时间的早晚罢了。花朝，别太多虑。”

有时候苏花朝会觉得姜锦茜比她活得还通透。

苏花朝如数家珍般说着过去：“我记得小时候你总爱往稻草堆里钻，差点被烧火的人连人带草给带进火口。那个时候我就在边上叫，你呢，从稻草堆里钻了出来，对我眨了眨眼，说——”

“说苏花朝，我在呢。”

那是回不去的少年时光，那时苏花朝还是个常哭鼻子的少女，头上扎着冲天辫，和姜锦茜嚣张地称霸整个村落。

走近了，烟味更盛。乌黑的烟从直入云天的烟囱里流窜出来，浸了半边天空。幸运的是空气中却没有刺鼻烟味，苏花朝闻到了很浓的甜腻味道，空气还是潮湿的，她一眨眼，觉得睫毛上都黏黏腻腻的。

红糖厂外人很多，来来去去的，苏花朝反应很快地从口袋里掏出手机来拍了每一幕。

姜锦茜诧异：“你干什么？”

她收了手机，说：“茜茜，我要做纪录片。”

乌云遮蔽的天空，连空气中都带着潮湿的雾气。喧杂的环境中，姜锦茜甚至听不真切苏花朝说了什么，再度问她：“你要做什么？”

苏花朝说：“纪录片。”

她抬头，嘴角扯出一个淡淡浅浅的笑，闭上双眼深吸了一口，鼻腔里萦绕满了香味。她语气中带着属于少年的志气：“我从一开始要做的就不是朝九。”她顿了顿，“朝九、晚五，这才是我要做的东西。”

那句话怎么说的？她天生是上天眷顾的人，从眉眼发肤到志气理想。

苏花朝准备得很充分，带了一整套拍摄设备回来，检查完设备之后，她再三向姜锦茜确认：“你确定他们不会反感我这种行为？”

姜锦茜塞了一瓣橘子进嘴里：“你后天再去拍吧，后天轮到我伯母家榨糖了，到时候你直接把设备架那儿，我帮你看着，然后你四处撒了欢跑都没事。”

每件事都有自己的规矩，锦镇的榨糖也是。从开始规定榨糖日期开始，便把所有人会聚到一起抽个签，按照抽签顺序一个个来，每家大概一天左右的时间。所有的价格都统一制定，红糖块、红糖碎、红糖麻花、红糖酥饼、红糖花生等等，当场卖的价格都是一样的。

苏花朝心里还是有点担忧的，她想做纪录片已经很久了，但无奈霍绥一直不同意，毕竟她想做的是关于非物质文化遗产方向的纪录片，其中的拍摄工作就已经十分烦琐复杂了。拍摄一样东西必须实地调研、人情考察、后续宣传等各方各面都得落到实处。有些地方较为落后，思想跟不上，哪里会懂得纪录片的意义。

而且朝九的事情太忙，她没有多余的时间和精力分在其他事情上，所以晚五视频也一直没有后续。

可宋舒怀做了，还做得很成功。那天，苏花朝在看到宋舒怀来朝阳的时候，竟莫名地舒了一口气，或许她也能再来一次。

霍绥是当天就得知了苏花朝要做晚五视频的消息，也没有人传话，是苏花朝自己和他说的。

那天晚上苏花朝发了个视频通话给他，美国时间大概是早上七点，视频接通的时候，霍绥正慢条斯理地享用着早餐。

苏花朝略略望去，见他的早餐是几片吐司和一杯咖啡。她尽量用最简练的语言和他说自己打算做的事，说完之后竟像个小学生一般端坐在书桌前，惴惴不安地看着他。

霍绥也不过几秒的停顿，声音冷静自持："做吧。"虽有些无奈，但到底还是同意了的。

苏花朝脸上的紧张神色顿消，心里也涌上轻微的满足感。一直吊在半空中的心终于妥帖地安置下来，苏花朝也有闲情与他聊天了："茜茜的预产期在元旦，她说等孩子生下来，就让他们叫我干妈。"

"他们？"

"是的呀，双胞胎呢。"

霍绥低沉地笑了一声，迎着洛杉矶清晨的日光，眼里似有万千碎金："程叙之有福了。"

"不过他们两个正闹别扭呢。"

"为什么？"

"茜茜说要回南城生，程叙之嫌路程远，要奔波，不让她回，说就在这儿生就好。"苏花朝两条腿都搭在椅子上，一只手抱着膝，一只手拿着个杯子，喝了口水，说，"孕妇的脾气可大了，程叙之说了几句，茜茜就哭了，唉。"

霍绥把杯子放下，说："我不会。"

"嗯？"苏花朝看着他。

他说："我不会和你吵架，凡事都会顺着你，都听你的。花朝，等我们结婚以后，你想干什么都可以。"

那是他第一次提婚姻。在很久以前，苏花朝曾幻想过无数次与他结婚，但每次，幻想最后都碎得不堪一击，甚至于在很长的一段时间里，她都以为今生无望。可他最近频频提及婚姻，这让她对结婚也有了一丝期望。

苏花朝低头敛眉，宁静美好得不像话。

霍绥接着说：“等我娶了你，花朝，我保证往死里疼你。”

苏花朝有时候觉得自己可真世俗，单单这么一句话就让她的心软到无以复加，她当下把那些阻碍都抛之脑后，竟真的一心一意地只看他。

许久，她歪了下脑袋说：“好啊，那到时候你八抬大轿娶我。”

霍绥嗤笑了下，觉得她这个提议可真庸俗，但看到她眼里的那抹狡黠，他又只能点头，万事随她：“你开心就好。”

苏花朝笑着说：“我不过是随口一说，你怎么就当真了呢？”

结果换来他万分真挚的目光：“我对你从来没有任何作假。”

她沉默了一刻，有句话在喉咙里反复咀嚼，但类似今晚这样的时光太难能可贵，这或许是他们这十几年来唯一一次没有争吵、和平到极致的谈话，她并不想破坏此刻的美好。

她说：“我要睡了。”颤抖着挂断电话，落荒而逃。

苏花朝躺在床上的时候他发来一条短信，说晚安，她十分平静地看过，便将手机熄了屏。

刚才打电话的时候，她有一句话真的差点脱口而出：那年我在病床上，我听到你和宋舒怀说了一句话，那句话到底是真的还是假的？霍绥，你敢不敢对我说，那句话到底是真的还是假的？

苏花朝生平第一次徒生怯意，她知道有些事不必问。

真正开始纪录片的工作已经是一周之后了，工作室的小左和小右背着剩余的器材由北到南，离开白雪皑皑的南城，来到了雨丝密布的锦市。

苏花朝是住在姜锦茜家的，但小左小右一来，总不可能再去麻烦姜家二老，所以她准备去镇上租套房子。姜锦茜知道之后说：“你忘了你爸在这儿还有套小别墅的吗？”

她这么一提醒，苏花朝的脑海里便有了点印象。

苏启正当年确实有套别墅在这儿，只是时间久远，她都快忘了。或许她潜意识里是不愿意记得的，关于苏启正的一切她都不想有太深的记忆，毕竟他是第一个教会她“抛弃”这个词的人。

姜锦茜在旁劝阻：“去镇上住，你来回不需要时间吗？把时间花费在别的地方不好吗？更何况那房子我提早就给你打扫过了，你还想浪费我这么个孕妇的苦心？”

苏花朝听得哭笑不得：“你还去打扫了？”

“对啊。”

苏花朝啧了一声：“你要不是孕妇，我真得揍你一顿了。”

姜锦茜觍着脸笑，摸了摸肚子：“免死金牌，耶。”

苏花朝轻叹了一口气：“茜茜，我没有办法住那儿，真对不起啊。”

“我让你住那儿了吗？”姜锦茜翻了个白眼，“你们工作室那两个小姑娘住那儿，你呀，还是老老实实地给我待在这儿。”

苏花朝：“啊？”

姜锦茜在她身边坐下，头轻轻地靠在她的肩上，低声轻语：“花朝啊，你说那年我要是死死抓着你，不让你去南城该多好，所有的一切会不会不一样？”

苏花朝抬头看向天窗，细密的雨滴砸在上面，声音清脆。那半寸的天空阴沉，雾霭密布，仿佛那年她被陈清月接走时的天气。那时也下着这么大的雨，她笑着和姜锦茜告别，得意地以为自己是去南城全家团聚的，可到头来都是一场空。

黄粱大梦，梦醒之后，满腔的意难平都化作空中的泡沫。

她说：“会吧。但茜茜，如果那样，我就遇不上他了。”

有再多的意难平又如何，她到底是狭隘，遇上一个霍绥，便抵了之前历经的万千风霜。但如果真的不走，她便遇不上霍绥吗？不，不会的，她不会允许自己错过霍绥的，该遇到的人总会相遇。

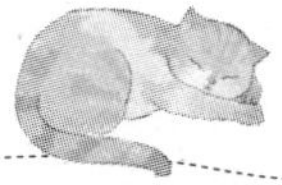

第六章
我喜欢你

那栋别墅在早些年算得上这片数一数二的豪宅了，但过了这么多年，风雪的侵袭使外墙砖瓦褪成灰白色，屋檐下痕迹斑斑，院子里的石椅上生了许多青苔。苏花朝拿着钥匙打开了铁锈斑斑的门，打开的瞬间，空气中夹杂的尘土气息尤甚。

室内的布置一如往常，白色的地板、暗沉色的沙发、同色系的一套家具。沿着楼梯往上走，走廊的末端是她当初住的房间。

她突然走不动了。再往前走半步，她说不准真的会心软，毕竟当初苏启正待她真的极好。

后来……后来她最爱的人成了她最恨的人，她觉得最难以接近的继兄，成了她唯一能依靠的人。时过境迁，所有的事都已经悄然无声地发生了改变。

她出来的时候，发现外边又开始下雨了。

南方的冬天，多雨、湿冷，寒风像冰碴子一般刮在脸上，生疼。脚下的地面始终是湿的，每踩一步都要小心溅起雨水。风裹挟着尘土和雨珠，放眼望去，一片苍茫天地，苏花朝撑着伞离开。

霍绥到锦市的时候，已经是一周之后了。

他在洛杉矶下榻的酒店大堂里摆了一棵极大的圣诞树，树上挂满了各种装饰物，灯光闪烁，吸引小孩子纷纷上前触摸，也有一些年轻女子前去拍照。霍绥不以为意地走过去，却被人拉住，对方一脸羞赧地看着他，咬着唇轻声问：“我能和你拍张照片吗？”

他摇头，在女孩遗憾的时候，收回抬起的腿，拿出手机问她：“你能帮我拍张照吗？”

“啊？”

霍绥说：“可以吗？”

“当然可以了。”她点头。

霍绥双手插兜，遗世独立地站在有五六米高的圣诞树旁，落地窗外的积雪厚实，行人神色匆忙，他立在室内，对着镜头眉眼温和，嘴角微微上扬地淡淡笑着。

拍照的年轻女子有些微滞，霍绥问她：“好了吗？”

她匆忙按下拍照键，把手机递还给他，看着他接过手机离开的背影，突然迈开脚步小跑过去问他：“可以留一个联系方式吗？”

风雪砸在他的头上，他的声音也冷冷的：“抱歉，我夫人还在家里等我。”当然，他声音里也夹杂了那么一点暖，在提及那个词的时候。

年轻女子连说抱歉，退回大堂。她看着霍绥坐上出租车，车子融入车流，融于冰天雪地，心里又难过又羡慕。那个人或许没有注意，在他说“夫人”的时候，他的眼里是带着光的，很亮，是一种摄人的亮。

霍绥从洛杉矶到上海，又坐高铁到了锦市，到达锦镇的时候将近下午三点。

霍绥撑着伞从出租车上下来，提着行李箱，沿着马路走。没走多久，他的眼前就一片雾蒙蒙的，连眼睫毛都沾了雨水一般。

他的脚步倏地一滞，嘴角止不住地上扬。

眼前是怎样的一幅场景啊，那个上天入地无所不能的苏花朝，穿着件一次性雨衣，随手被她别至耳后的头发，转眼又被凛冽寒风吹得张牙舞爪。她手上架着摄影机，整个人像张单薄的纸片悬浮于世。

霍绥上前，将那“纸片”握在手心，苏花朝浑身一缩：“谁啊？”

霍绥为她撑着伞：“我。”

她动作迅猛地转过身，眼里瞬间涌上各种情绪——不可思议、惊讶万分、激动和感动，一时之间难以言说半分。

霍绥把伞放在她的手心：“抓紧了。”随后单手提起摄影机，架在自己的肩头，问她，“去哪儿？”

雨骤然下大，她穿着雨鞋，感受到沥青地面流水不断，脚背处似有水淌过。万事万物都在推她前行，她没有时间反抗、推拒和犹豫，伸手一指：“那儿。”

霍绥叮嘱一声：“撑好伞。”

她在他身后为他撑伞。霍绥身上还穿着羊绒大衣，内里是工作开会时的黑色西装，穿着打扮与这乡野农村截然不符。雨下得很大，风刮得甘蔗叶往人身上飞，那叶片带着刺，把那昂贵的衣服给划了一道又一道不甚明显的口子。

苏花朝知道他是不喜欢的，单从他紧抿的唇就可以看出来了，于是劝他：“你要不回去吧，我这儿的工作很简单的。”

霍绥只说：“需要我做什么？”

苏花朝盯着他沾了水的大衣，怔怔地道：“霍绥，这是我的工作，不是你的。”

霍绥背对着她，迈步向前：“可你是我的，不是别人的。”

她一时之间又不知道作何回复了。她总觉得他变了，变得懂得说哪些话令她好过些，知道她需要的并不是夜晚的一个拥抱、一个亲吻，而是一句实实在在的话了。“爱”这个字是需要一字一句说出来的，他似乎懂了。

苏花朝回过神说：“那你就去那儿把伯父伯母扶甘蔗的过程拍

下来。”

冬天风大，吹得甘蔗全都倒在一旁，苏花朝也不知道该拍些什么，反正就是把所有与红糖有关的一切都给拍了。至少等到剪辑的时候，不会因为素材不够全面而慌乱。

霍绥点头，问她：“还有雨衣吗？”

苏花朝连忙从身后的包里掏出件一次性雨衣，为他穿上。霍绥戴上帽子，扭头对她笑了一下，就冲进了瓢泼大雨里。苏花朝大声嘱咐：“小心点，泥地滑。”

他的背脊挺直，肩上架着偌大的摄影机，压得他右肩往下斜了几分，但他声音响亮：“放心。”

她的心竟真的很容易找到了归处，原来有人依靠是这样的感觉，苏花朝想。

将近十分钟后，小左和小右来到了田野边，两个人手里都拿着摄影的设备，看到苏花朝站在边上，而甘蔗堆里分明有人架着摄影机，二人困惑。

小左：“老大，里面拿摄影机的是谁呀？”

苏花朝甩了下头发，在一片苍茫的雨天中笑得风情万种：“哦，我男人。”

小左小右纷纷诧异。

小右：“你你你……你男人？老大，你有男朋友的事是真的？”

小左：“老大，你别是租了个男人过来。”

苏花朝双手环在胸前，朝霍绥那儿抬了抬下巴：“他这个身价，可不是我租得起的。”

小左小右一同望去，正好此时霍绥转了过来，他面无表情地对她们点了下头，继而又埋头拍摄。

小左：“这个人我好像在哪里见过。”

小右：“我也有印象。”

两个人对视一眼，尖叫：“瑞尔银行的霍总！”

苏花朝嫌弃地看了她们一眼："大惊小怪。"

小左和小右两个人左右开弓，扒着苏花朝八卦："老大，你什么时候和霍总勾搭在一起的哦？"

"竟然藏得这么深，老大，你坏坏！"

苏花朝克制地笑，语气带了点漫不经心："哦，他追了我很久，我才答应他的。"

"哇！"

"老大，你好酷！"

苏花朝一左一右地伸出手，拍了下她们的脑袋："好了，别说八卦了，开工吧。"

两个人吐了吐舌头，架起机子就往雨里冲。

苏花朝收拾了下东西，把伞盖在霍绥的行李箱上之后，也跑去了雨幕里。她跑到姜锦茜的伯父伯母身边，问他们是否哪里需要帮助，一边又转过去和小左小右说："别把我拍进去。"

伯父伯母脸上分不清是雨水还是汗水，他们从泥泞的土地里把白甘蔗一根又一根地拔出去："帮我们拔一下，今天都得拔了。"

她点头，站在一旁学他们的动作，学会之后跑到远处拔着甘蔗。

那天的雨不停地下，又湿又冷的雨水混着风灌进她的身体里。苏花朝浑身湿冷，收工的时候已经很晚了，漆黑的天幕笼罩着大地，雨势太大，豆大的雨毫不留情地砸在人身上，砸在那泥泞的土地里，苏花朝的小腿陷入泥水里，艰难地拔出。

她抬眸看向四周，周边许多农民都跑了过来，有的在拔甘蔗，有的在用绳子固定，他们穿着深色的雨衣，与夜色融为一体，但苏花朝偶尔可以看见他们的眼睛，里面有细微的光。

苏花朝想起之前做的调查，说有些人一年所有的收入来源都是这几天的红糖收成，一大家子人都靠着这些生活。

苏花朝偷偷问过他们一年大概的收益，大概是她两个月的收入，而苏花朝一年的收益都不够她的开支。苏花朝可以坦白承认，如果没有霍绥，她是不可能拥有现在的生活的。现在所有的一切，她的吃穿用度、衣食住行，甚至是她现在的乖戾性格与目无一切的嚣张态度，都是他给的。没有霍绥，哪里有现如今风光万丁的苏花朝。

苏花朝看着这雾蒙蒙的忙碌之景，心想：这世上总有人活得比你艰辛，但他们依然认真、热血，对未来满怀希望。她也应该活得更有希望一点，至少无论她做什么、怎么做，哪怕做错，都有人在她身后为她善后，为她排忧解难。

在她发呆的瞬间，有人揽住她的腰，一把把她提起，拉到水泥路面。

苏花朝推开他："脏。"扭头叫小左小右，"回去吧。"

小左小右点头收工，从另一条路走了出来。她们临走前，还双双露出别有深意的笑。苏花朝无奈，撇了撇嘴，转身拉着霍绥的箱子："走吧。"

霍绥跟在她身后。

到家的时候姜锦茜和程叙之并不在家，姜家父母最近被姜锦茜塞给了旅行社，去三亚玩了。

苏花朝把二人身上的一次性雨衣扯下，催促着霍绥洗澡。霍绥拉着她一起进了浴室："一起洗。"

苏花朝无奈："一起洗又得折腾一个多小时，我不要。"

霍绥："真不要？"

苏花朝抬腿踹了他一脚，瞪他："茜茜说不定会突然回来呢，别闹。"

霍绥颇为遗憾地看着她，进浴室的时候还回头看了她一眼，幽幽地道："你欠我一次。"她无语，霍绥又道，"哦，两次，我准备来两次的。"

苏花朝："洗澡去吧，闭嘴！"

霍绥见她奓毛的样子，悠闲地吹起了口哨。

隔天便是圣诞，苏花朝却全然不知，在来了锦市之后，她对于时间的概念便已模糊，每天忙碌工作，哪还有精力去记今夕是何夕。

姜锦茜和程叙之向来是不过这种节日的，霍绥以前也不过，但自从和她在一起之后，就总会想起那晚的种种。不能说是她勾引，若要真分清，他何尝不是也在勾引她呢？

那天他明明没喝多少酒，不过是在聚餐时被人泼了一身的酒，导致身上酒味熏天。但在出租车停在大宅门前，他靠在椅背上侧目，刚好看到了那层在寂静夜晚中与雪花一同飞舞的窗纱，以及那窗纱背后的人。

他想起那天无意看到的她手机里的那条短信，是怎么说来着的？

“要我说，你要不就上了他试试，没准他真的喜欢你呢？”

没头没尾，也没有再往前的聊天记录，单单是一串号码，也没有备注。

霍绥见到那条短信的时候，第一个反应是盛怒，以为苏花朝竟瞒着他爱上了别人。真是惊天大笑话！在家里无时无刻不在使各种方法引诱他的人，怎么就背着他爱上别人了？苏花朝，你没有心。

所以在下了车后，他假装酒醉，晃着身子进了里屋。后来的事，他配合着她，但到了房间之后，他是打算放过她的，可苏花朝是真的不怕死，竟说出那样的话，霍绥再也忍不住，拥着她的身子吻了下去。

无所谓勾引，要真的说，是双向的引诱。也是从那一晚起，他们两个的关系发生了质的改变。但霍绥后来才发现，事情没有往他所期待的好的那一面前行，而是往更糟的方向去了。父母的阻碍，社会的舆论，再加上他们二人之间的关系。

除了偶尔的交好，其余的任何时候，她总是乖戾张扬，在别人面前是，在他面前更甚。而两个人的关系开始变得模糊，她从不会在他面前说一句喜欢。

或许是一开始就错了，错误的开始造就了现如今的奇怪关系，但他只能一路错下去。

霍绥醒来的时候苏花朝已经起了，她穿着酒红色的家居服，坐在书桌前，对着电脑屏幕。

霍绥不满于她背对着他，于是翻了个身，可她仍旧端坐在那里未动半分。他索性坐了起来，给自己倒了杯水，放水壶的时候敲出重重的一声，她仍旧没有反应。

霍绥只觉杯中的水与窗外世界一般冰冷，他晃了晃杯子，一饮而尽，之后将那杯子重重地放在桌子上。

余光里，她伸了个懒腰，霍绥心想：哦，还知道这儿有我。

苏花朝的声音懒洋洋的："醒了就刷牙洗脸，别在这儿烦我。"

霍绥一时无语，总觉得在他说出那些话之后，她就变了，变得有那么点恃宠而骄。不过既然是他宠的，倒也还算不错。

霍绥弯了弯唇，走到一旁的衣柜前换衣服。他的声音凉凉的："晚上出去吃饭？"

"我要整理视频，今天可能没有时间出去。"察觉身后寂了许久，苏花朝停下挪动鼠标的手，扭头看他，"怎么了？"

她表情真挚，真挚到霍绥的心里油然而生一股伤心难过的感觉。原来，那天他对她说圣诞节可能不会回来，她是这样的感受。在这一刻，他终于感同身受。

霍绥说："没什么。"

苏花朝转过身，继续忙手上的工作。

霍绥换好衣服之后，站在原地沉默许久，继而转身离开房间。

苏花朝认真工作到连他什么时候走的都没有注意。她坐在电脑前处理视频，全神贯注到连饭都忘了吃。等到一切解决，她长舒了一口气，伸了个懒腰，往后看了一眼，心里"咯噔"一下。霍绥去哪儿了？她一直以为他就在房间里。

她疑惑地拿过手机，一看竟关机了。充上电之后，微信消息振动得她手心发麻，她一打开，发现姜锦茜给她发了八条消息。

“我今晚给你们找的餐厅可以吧？”

“是音乐餐厅呢，氛围超级棒的吧！”

“啊……等我生了孩子，我也要去！”

“据说那里的羊排特别美味。”

“花朝，我想吃肉。”

“苏花朝，你为什么不回我？”

“见色忘友！”

“我——恨——你——”

苏花朝看到最后忍不住失笑，这人怎么这么幼稚呢？

她回复：“什么餐厅啊？”

姜锦茜：“嗯？不是五周年吗？霍大哥让我订的餐厅啊！”

当她的消息发到苏花朝的手机里的时候，苏花朝已经完全蒙了。

隔了几秒，姜锦茜发来语音：“花朝，你是不是忘了？妈呀，这可是五周年啊！你和霍大哥吵架了，还是忘了啊？”

苏花朝颤抖着手回复：“忘了。”

手机立时收到姜锦茜的回复，只有两个字：“完蛋！”

苏花朝不自觉地咽了口口水，真的完蛋了。她推开房门下楼，别墅里一片漆黑，了无人迹，远处的犬吠声声声入耳。苏花朝小声叫着霍绥的名字，没有回应。

她从玄关处拿了车钥匙就往外走，到车库的时候，姜锦茜已经把餐厅地址发了过来，末了，补充一句：“别太拿着性子，该示软的时候就示软。花朝，你们俩别太犟了。”

苏花朝扯了下嘴角，只回她：“谢了。”

或许那天的皇历上应当写上“诸事不宜”这四个大字。苏花朝堵在路上整整有两个小时，窗外的雨滴硕大，砸在挡风玻璃上发出清脆的声响，砸得她心口发闷，心情越发烦躁。

市区的路她是不熟悉的，靠着导航七拐八拐竟绕进了一条死胡同里。苏花朝终于克制不住，伸手扒了下头发，狠狠地敲了下方向盘。

对着导航仪倒腾了半天之后，她终于发现这个导航仪十分不靠谱，连路名都颠三倒四的。她拿出手机重新定位导航，才发现目的地与所处的位置南辕北辙。

苏花朝哀叹了一声，又发动了车子，可市区里的路况确实不好。苏花朝以为只有南城才会在非上下班时间堵得乌烟瘴气，现在看来，所有的城市都一样。赶着约会、赶着过节、赶着生计种种，每座城市都处于拥堵之中。

等苏花朝赶到餐厅都将近十点了。

餐厅里静悄悄的，以音乐为主打的餐厅今天却格外寂静，没有音乐，苏花朝只听到了呼啸的风声与落雨声。她进门的时候回望了一眼，发现天空中竟多了些白色的东西——下雪了。

圣诞节落雪，很应景。

苏花朝进门的时候被服务员拦住："不好意思，今天有人包场了。"

苏花朝问服务员包场的是不是一个男人，眼角有颗痣，穿着……她竟不知道他今天穿了什么。以往她每天为他准备日常的着装，今天却连他穿的是大衣还是羽绒服都不清楚。

她想了想说："我是他女朋友。"

服务员怀疑地看着她，苏花朝笑容温婉："他姓霍，是吗？"

"是的。"这个姓在锦市实在少见，服务员心想或许眼前这位真是他的伴侣，于是请她进去。

霍绥就坐在落地窗边，他双手插兜，平静地望着窗外。雪势已经渐大了，雨……或许从没下过雨，只不过是雪，让苏花朝以为那是大雨落下。

苏花朝没有选择他对面的位置，而是径直坐在他的身边，挽住他说："对不起啊。"先认错，总归是对的。

霍绥从善如流地点头，问她："你还记得我啊？"语气内含三分嘲讽。

苏花朝在心内记下他小气这笔账，但今天这个日子这么特殊，她也不好和他计较什么，只说："我怎么可能会忘了你呢，我的好哥哥。"

霍绥扭头看她，她眼神狡黠，像只小狐狸。

她这人是没有任何规矩的，凡事都不按常理出牌。即便是认真讨好，也没有认真的样子，用很正经的语气说一些不入流的话。霍绥有时候都觉得，她要是换了性别，肯定是个风流贵公子。但现在，她眼里的风华只为他一人。

霍绥说："上菜吧。"

他扶正她歪歪扭扭的身子："饿了没？"

苏花朝讨好地道："饿死啦，需要哥哥喂饱呢。"

"轰"地一下，霍绥的脑海里蹿起火苗，这人真的是不分场合就说这样的话。

苏花朝喜欢极了他羞赧的神色，调戏够了也就坐好了。调整好姿态后，她认认真真地吃着面前的东西，时不时喂他几口，问他是不是好吃，又说："这道菜并不难做，等我以后为你做。"

等以后……霍绥心里撕了一道口子，他似乎能明白她口中的以后是何时。

结婚以后。莫名地，他竟然开始期待婚后的生活了。

吃完之后，霍绥问她是不是开车来了，苏花朝点头："把车停在这儿也没事吧，明天或者后天我让小左过来把车开回家。"

霍绥说："那你就在这儿等我，我去把车给开过来。"

苏花朝笑着点头，说好。

隋禹的电话就是那个时候打来的，苏花朝听他急切地问她现在在哪儿。

苏花朝说："我在锦市呀。"

"那霍绥呢？"

"他也在这里。"

那边静了一会儿，苏花朝看到霍绥的车开了过来，朝她亮了几下灯，她笑着朝他招了招手，抬腿走过去。耳边的声音传来，听得她一愣。

她呆愣着放下手机，却听到一声刺耳的刹车声，循着声音望去，只见十字路口处两辆车相撞，浓烟滚滚，其余车辆纷纷停在原地不敢动弹。

霍绥下车搂住她，轻声问她："怎么了？"

苏花朝的视线落在那大雪之下的车祸现场，警报声骤然响起。她转过身看向霍绥，说："没事呀，我们回家好不好？"

霍绥伸手把她眉眼处的落雪拂开，温声应道："好。"他眼角的泪痣越发明显。

苏花朝想，他或许真的要娶她了。

往后的日子她正常工作，剪辑视频、约人配音，有时候天气不错，她会和霍绥出去走走。江南乡下的枯朽冬景倒是别有一般韵味，景致萧条，时光慢慢悠悠，真正让她从这闲适生活抽身出来的，是月底收到的一封邮件。

年底了，微博的自媒体博主都有聚会。和往年相同，预订一家酒店，穿着露肩掐腰的礼服在红毯上走一圈，笑得要多优雅有多优雅。大家举着酒杯，觥筹交错，谈论着彼此的微博，大多都是些场面话罢了。

往年苏花朝都把这事交给小左小右，但今年她并不打算推给别人，打算自己去。

晚五视频的第一个纪录片也进入最后的收尾阶段，他们三个人加班加点地赶在元旦当天结束了视频的制作。结束的隔天早上，苏花朝便拖着行李回到了南城。

霍绥在圣诞节第二天就回去了，瑞尔银行给他的假期只有半个月，他是极为守信的人，时间到了便回去了。所以那天来接苏花朝的是隋禹。

机场外的风极大，刮得人脸生疼，像冰碴子般刺到颧骨上。苏花朝紧了紧围巾，戴上羽绒服的帽子，裹得跟熊似的跟在隋禹身后。

她二十五岁了，再也没办法在冬天穿裙子，泄下一地春光，到底是比不上那些连眉眼处都鲜活、脸上细小的绒毛都可爱到不行的小姑娘了。

隋禹觑她："要是让你们公司的人见到你这个鬼样子，啧啧啧。"

苏花朝白了他一眼："几天不打，你就要上房揭瓦了是吧？"

隋禹嫌弃地看了她一眼："作为一个女孩子，你就不能有点素质吗？为什么非要打我呢，骂我不行吗？"于是他毫无意外地又收获苏花朝的一记白眼。

到了车上，苏花朝蹬着腿，把空调温度开到最高。隋禹系着安全带："要爆炸的。"

苏花朝摘下帽子，放下车里的镜子，气定神闲："炸了再说。"

隋禹发动车子的动作一滞，苏花朝整理着自己的妆容，整理好之后把镜子给合上，扭头看他："怎么不开车？"

隋禹平静地看了她一眼，旋即移开视线，目视前方，发动车子。

车子缓缓行驶，好半晌，他终于开口："宣志译他家准备让他出国避避风头。"

苏花朝脱下羽绒服，宽大的衣服被她抱在怀里，暖暖的。空调的暖气扑在她的脸上，暖得她双颊酡红，衬得未施粉黛的脸依旧格外迷人。

苏花朝："那事没闹大？"

"就是因为闹大了，所以才出国。"率性如隋禹都忍不住叹了口气，沉声道，"据说撞死的人是个官二代，人也不在乎什么钱，直接上门讨说法来了。"

苏花朝想起当晚，其实车祸现场离她真的不远，甚至近到她能看到从她身边呼啸而过的那辆红色法拉利驾驶座上坐着的人，近到她亲眼见证那场车祸的发生，两辆车速不慢的车在十字路口相撞，浓烟乍起，周边立时尖叫声四起。

她看到有人从驾驶座上下来，额上脸上都是血，大雪落下，尤为瘆人。

苏花朝那时做了什么呢？她把霍绥给推开，说要和他回家，不让他见到满脸血的宣志译。

霍绥已经经历过一次车祸了，她不想让他再一次与车祸扯上关系。凭着宣志译和霍绥的关系，苏花朝相信他一定会为宣志译善后的，他这人太重义。

苏花朝问隋禹："现在什么情况？"

隋禹说："能怎么样呢？两家人焦灼着，宣志译现在躺在医院里，宣家是准备等他身体好了，可以出院了，就马上送到国外去。"

苏花朝点了点头，但心里又在想那毕竟是一条人命。这个圈子里的龌龊有时令她悲愤，但也只是悲愤而已，除此以外，她似乎什么也做不了。

过了会儿，苏花朝问他："你那天说的事是真的吗？"

隋禹颇为沉重地点了下头："隋家现在已经一团糟了，最近在想办法解决现状。"

"查到是谁干的了吗？"

隋禹利落地打着方向盘，舔了下门牙，浑身发热："也不知道是谁在背后给隋家使了这么大的一个绊子，说真的，我要是见了那人，真得好好谢谢他才对。"

苏花朝："你注意点分寸，别把这话对别人说。"

隋禹和隋家的人关系向来僵持着，他在隋家的身份其实是比霍绥还要糟糕的，他母亲是隋晋的情妇，母亲早早就抛弃了他，另寻金主去了。隋晋把隋禹接回来之前还特意去验了DNA，确定他是自己的孩子才把他带回隋家。

隋禹那时已经七岁，记事了。那时隋舜、隋尧对隋禹的态度极其恶劣，隋禹小心翼翼地活着，在学校不敢表现得太好，成绩不上不下，打扮也是土里土气的，等到了高中才好过一些。因为那时的隋舜和隋尧已经确定要出国留学，鲜少去学校了。

这些年，其实隋禹过得并不好。或许也是这个原因，导致苏花朝和隋尧惺惺相惜吧。

隋禹说："知道，我有数的。"

他伸手按了车载音乐，找了个稍稍轻松些的话题："你呢，在锦市过得怎么样，开心吗？"

苏花朝点头："挺舒服的。你明年要是有时间，也可以去那儿住段时间，锦市离乌镇和周庄都挺近的，这些古镇还是值得一去的。"

隋禹闻言不屑："现在的古镇商业气息太重了，我可没兴趣去看那些用钱堆出来的东西，满身的铜臭味。"

他这人说话怎么就这么直接呢？苏花朝重重地叹了口气。

隋禹又说："而且我过完年就准备走了。"

"走了？去哪儿？"

"欧洲吧。"他转过头来，脸上的笑容竟似孩童，眼里闪闪发光，"我没和你说过吧，我一直想去周游世界来着，以前一直没找到时间，现在隋家都自顾不暇了，我也可以走了。"

苏花朝说："周游世界啊，挺好的。"她想了想，又问，"你真的那么容易就抛下隋家啊，你好歹在那儿生活了这么多年？"

隋禹一声嗤笑："苏花朝，这就是我和你们最大的不同了，我这人心狠。"

苏花朝陡然噤声。隋禹说得没有错，她和霍绥都心太软。所以她每年都会回去陪陈清月，所以每年的红糖季她都会记得苏启正喜欢吃这些，备一份寄到海外。所以霍绥在她和隋佳蓉之间犹豫这么多年。

他们表面上似乎都是冷漠的人，心里却又极其重视亲情。

隋禹接着说：“我这些年赚的钱都给了隋家，算是当作他们养我的赡养费，过完这个年，无论隋家如何，我都得走。”

苏花朝说：“就没有什么值得留恋的吗？”

“没有。”他斩钉截铁地道。

苏花朝看见他的眼睛在光线的照射下闪闪发光，他坚定不移地看着自己，眼里的不容置喙令她徒生羡慕。她轻声道：“我也想啊。”想成为一个心狠的人。可她这一生，终究只是世俗的女人。

后来的微博大V聚会，苏花朝是和霍绥一起去的，只是那天的出场实在令她恶心——她和宋舒怀作为朝九视频的负责人，二人一起走红毯。宋舒怀下了车之后准备挽着她的手当相亲相爱的好姐妹，结果苏花朝直接忽视她，踩着十二厘米的高跟鞋雄赳赳气昂昂地往前走，剩下宋舒怀一个人尴尬。已经到了这种程度，苏花朝觉得也没有再做表面功夫的必要了。

苏花朝走完红毯之后便落座了，位置的安排也很令她膈应，她的左首边就是宋舒怀。

霍绥是在很后面才入场的，他以赞助商的身份走红毯，身边跟着助理，闪光灯拍着他，身着一袭西装的他身影越发修长挺拔。

苏花朝眉眼带笑，看着他签了名之后往自己这儿走过来。

苏花朝看到霍绥在自己的左前方站定，清晰地感觉到宋舒怀轻吸了一口气，继而宋舒怀声音甜美地道：“霍绥，你要坐我这儿吗？”

苏花朝老神在在地看着他，不说话。霍绥礼貌地道：“不好意思，麻烦让一下。”

宋舒怀：“啊？”

他从她前面经过，直直地走到苏花朝的右首边坐下。

苏花朝觉得自己现在一定笑得很得意、很猖狂、很放肆，不费一兵一卒，就把敌人干倒的感觉真的是太刺激了！

微博自媒体博主峰会自然不是单纯出来走个红毯、聊个天，当天还是有几个奖项要颁给众人的，如十大人气博主、新媒体新锐人物等各种奖项。

苏花朝去年凭借朝九拿了十大影响力视频机构的奖。不过并不是多大的奖项，她自己也没多重视，只是业内对朝九的一种承认罢了。

苏花朝向来是不在意外界对自己的评价的，她这人我行我素惯了。

今年的奖项比去年还多了几个，霍绥作为赞助商，在峰会开始前几天就已经收到了获奖名单。他收到名单的时候，由于苏花朝对今年的奖项要比对以往的多了点兴致，便翻了翻，发现朝九视频还是拿了个奖，叫“十大影响力视频大 V”，反正左右都是和视频相关的奖项。翻到后面她忍不住挑了挑眉，怀舒视频也获奖了，叫“十大最具潜力视频机构”。

苏花朝嗤了声：“不都倒闭了吗，还给个奖？”

霍绥回答得简单明了：“宣志译砸了点钱。”

苏花朝想了想，揶揄地问他：“你在我这儿砸了多少钱？”

霍绥：“你愿意让我砸钱？”

“你舍得吗？”

他从她手里抽出文件，将其合上，轻轻地在苏花朝的头上砸了一下：“我所有的钱都是你的，你说我舍不舍得？”

苏花朝靠在床头，微抿着唇，嘴角有着淡淡的笑意。

那时他们似乎都觉得日子淡如流水，在苏花朝那个不大不小的房子里，他们所经历的万家灯火、姹紫嫣红与外界无任何差异。两个人连对视都有默契，所以苏花朝甚至不想再多问，那天宣志译到底为什么会出现在锦市，以及车祸之后又发生了什么，她宁愿保持缄默，成为这万丈红尘中的普通人。

当晚的颁奖典礼，苏花朝拿了十大人气博主奖，这个奖或多或少是给了霍绥几分面子的。

苏花朝还记得那天峰会的秘书来给霍绥送文件时的场景。霍绥正在洗澡，是她开门去拿的文件，来人是峰会的秘书，苏花朝和她有过几次交谈，也算认识。那人有些发愣地看着苏花朝，苏花朝接过文件，细声细气地说：“进来坐坐吧。”

那人连连摆了摆手说：“不了。”但依旧探究地看着她。

浴室的水声骤然停下，霍绥的声音响起：“谁来了？”

苏花朝：“给你送文件的，是微博峰会的陈小姐。”

霍绥：“放那儿吧。”

那位陈小姐也是知道几分人情往来的，因霍绥态度冷淡，饶是苏花朝几次热情相邀，她都拒绝了，说：“那霍夫人，我先走了。”

霍夫人。苏花朝心里不满，这称呼直把她喊老了十岁。哦不，是二十岁。但她没有否认，当真表现得如同正室一般，落落大方地道：“下次再来。”

陈小姐笑着和她道别，当天回去就和负责人开了个会，把朝九视频的奖项给改了。

苏花朝笑着上台领奖，对着无数的闪光灯，她脸上的笑恰到好处，就连她自己第二天在办公室里回看视频和照片时，都忍不住喟叹三分——她终于也被时间磨砺成为一个不动声色的大人了。

而在那时，她笑着上台，迎着偌大的 LED 显示屏，走向霍绥。

整场颁奖盛典，霍绥唯一一次上台，手握奖杯，便是为了将这奖杯颁给她。

她笑意妍妍地从他手里接过，然后手指微动，借着一个拍摄死角，偷偷在他掌心挠了一下，明显察觉到霍绥的身子僵了一下。

苏花朝掐着嗓子，声音温柔似三月春风：“谢谢霍总给我颁的这个奖。”

台下一片掌声。她饱含情感，一字一句地背诵着早已准备好的演讲稿，到最后都快要热泪盈眶了。摄像移到她这儿的时候，她弯着迷人的桃花眼，对着网络视频那端的万千网友展颜一笑，胜却人间无数。

“朝九视频是我最初做的视频，带了些许稚嫩和不成熟，但很感谢各位网友的支持，让朝九走到了今天。创立朝九至今，我收获了许多褒奖，也有许多恶评，但无论如何，从今天开始我将卸下一切，重新出发。朝九是我的起点，却不是我的终点，我们下一站再见啦。”她说完，朝着摄影机那儿眨了个眼，带了点妩媚，又带了那么点清纯。

她举了举奖杯，优雅地提着裙摆下台。在主摄影机从她的身上转移到台上之后，苏花朝用眼角余光看到了起身向她走来的霍绥，她勾了勾嘴角：“呀——”

霍绥看到她崴了脚，立马箭步上前，双手搂在她的腰上，附耳轻声问：“还好吗？”

台下的闪光灯接连不断地亮起，苏花朝再次佯装娇弱：“好痛。”她瘪着嘴看他，娇滴滴的样子极为惹人心疼。霍绥哪里看不出这是她的鬼把戏，但他也挺喜欢她这样的，好歹知道宣示主权了。

当晚的圈内头条是：瑞尔银行霍总抱得美人归。

颁奖典礼之后便是聚餐，苏花朝觉得戏演得差不多了，再演下去就过了，而她也没有精力再演了，那种黏黏腻腻的举动，说真的，她自己看了都觉得恶心。

临走的时候，有记者过来采访苏花朝和霍绥：“苏小姐在台上说的获奖感言的最后一句话是什么意思呢？”

苏花朝挽着霍绥的手说：“我和朝九的缘分暂时尽了。”

“那请问你近期有别的计划吗？”

“明天你们就知道啦。”苏花朝眨了眨眼，“我们公司的微博明天下午五点会发一条微博，希望大家能够关注一下。”

“现在不能透露吗，苏小姐？”

苏花朝笑着摇头，再也没有回答其余的问题。

亚马逊雨林一只蝴蝶翅膀偶尔振动，也许两周后就会引起美国得克萨斯州的一场龙卷风，这便是俗称的蝴蝶效应。

很多年后苏花朝都在想，当初她要是再低调一点，再收敛一点就好了，让那只蝴蝶在她睫毛上停留，她伸手握住，将它放于玻璃瓶中。可她没有，她让那只蝴蝶停留，再展翅离开。

苏花朝接到宣志译短信的时候是第二天的下午，他在短信里简洁地道："我在军总医院住院部十二楼，走廊尽头的病房。"

苏花朝礼貌地回："请问有事吗？"

宣志译："我要见你。"

"可我不是很想见你。"

"你不想知道我当初为什么会出现在锦市？"

苏花朝盯着那条短信许久，最后收了手机。

小左进来敲门："老大，我想和你聊聊，我现在好紧张哦。"

苏花朝拿起自己的大衣，拍了拍小左的小脸蛋，用哄小孩子的口吻说："乖哦，我得出去一趟。"

"那你什么时候回来？"

苏花朝停住脚步，扭头看她："放心，在晚五发布之前，我一定回来。"

苏花朝很快就到了军总医院。宣志译到底是贵公子，连住的病房都是医院最豪华的。但再豪华也不过是单人病房而已，一层楼没有什么人。苏花朝今天穿着高跟鞋，踩在地板上的声音像是古老城堡的钟声，在催促着人前行。

她推开病房，宣志译坐在窗台上，双腿悬于半空一晃一晃的。见状，苏花朝关上门，缓缓地走向他。

宣志译的头上绑着绷带，脸稍稍消肿了一些，能看得出眉眼的清俊，而且多日不见，苏花朝发现他将头发染回了黑色。

"你来了。"

苏花朝双手环在胸前，靠着墙看他："说吧。"

宣志译的身子往旁边一靠，靠在窗框上，窗外是一望无垠的蔚蓝天空，他一声轻叹，像是空中吹来的温柔春风。

他确实是少见的在经历尔虞我诈之后，身上还带着那么一丝纯真的少年气息的人。少年闭上了眼，无不哀伤地说：“她终于和我说结束了。”

苏花朝静静地看着他，不说话。

宣志译说：“我和她在一起半年，那半年是我人生中最好的半年，即使我知道她不怎么爱我，可我还是喜欢她，非常喜欢她。”

苏花朝知道他说的那个她是谁。

“后来她回国，说要回到霍大哥身边，让我帮帮她。我当时就在想，帮……就帮吧，如果和霍大哥在一起她能开心的话，我真的没关系的，我不介意的。”他说着说着，忽然佝偻着上身，双手捂脸，声音里带着丝丝哭腔，“我只想安安静静地陪在她身边，为什么这样都不行呢？苏花朝，为什么这样都不行？她让我离她远一点，她说她……恨我！她怎么能恨我呢？我那么爱她啊……”

苏花朝静默无声地看着他。

宣志译却倏地从窗台上跳了下来，他看着苏花朝，眼里有那么点悲伤与难过：“我听说你和霍大哥在锦市，那时我在想，或许我能帮她得到霍大哥。可是在最后的时候，苏花朝，我竟然怂了！”他吼着，“我不敢撞你，你说到底是为什么？”

苏花朝很久以前就想问宣志译这么一个问题：“宣志译，你对我有没有哪怕一刻的心软？”但现在，她觉得这个问题已经没有必要了。以前他可能对她是真的厌恶，但在那一刻，他是真的对她心软了。

饶是他再说，苏花朝仍旧静默无声地站着，他得不到她任何的回复，像是他的一场独角戏。他在台上搔首弄姿，用尽毕生所学诉衷肠，可台下的观众从未有过一次感同身受，她只是冷眼相对。宣志译像只泄了气的皮球，倒在病床上。

他整个人埋在纯白的床单上，闷声道：“你为什么不说话？你觉得这很可笑是吗？”

苏花朝终于开口："没有。"

"那你为什么不说话？"

"没有什么好说的。"苏花朝拉出一把椅子坐下，"那是你的感情，不是我的。"她不喜欢对他人的感情做任何评价，每个人的思维方式不同，对待感情的方式也截然不同。

宣志译问："如果你是我，你会怎么做？"

苏花朝说："我不会是你。"

"如果，我是说如果！"他从床单上抬起头，露出那双湿漉漉的眼睛，一如多年前苏花朝与他相见时，他哭着鼻子跑来找霍绥。

他的双手在脸上擦，苏花朝在远处看，只看到他那双湿漉漉的双眼。她微低下头："如果我是你，宣志译……我不可能允许自己爱上一个对我根本没有感情的人。"

宣志译从一开始就爱错了人。

宣志译苦笑几声："原来我从一开始就做错了。"不似之前的低吼，这次流泪他显得十分平静，眼泪在脸颊上留下一道长长的泪痕。他眨着眼，安静地淌着泪，没有痛苦的嘶吼，也没有任何挣扎，只是沉默。

突然，他说："还记得那个赌吗？"

苏花朝："怎么？"

"我输了。"

苏花朝的眼皮跳了一下，面上仍旧不动声色。

宣志译起身跳下床，从旁边的床头柜里拿出一沓东西，递给苏花朝："这是当初的赌注。"

他的手停留在半空中，苏花朝还是第一次这样仔细地看他的手，他的皮肤比她的还要白一些，手指骨节分明，白皙修长，很好看。

苏花朝说："不必了。"

他坚持："拿着吧，反正我也用不到了。"

苏花朝以为他只是随口一说："这家餐厅开了这么多年，你也舍得？”

“有什么不舍得的。”他向来挥金如土，此刻对着自己白手起家赚来第一桶金的餐厅，也无丝毫的留恋。

苏花朝看着他，甚至怀疑他是不是对所有的东西都没有任何感情，世上再也没有能够吸引他的东西了吗？

宣志译把文件扔进她的怀里，低笑一声：“连霍绥都舍得把隋家搞垮，这么一家餐厅，我还有什么不舍得的？”

苏花朝拿文件夹的手一滞：“霍绥？”

“你不知道吗？”他躺在病床上朝她笑，露出那白森森的牙，“霍绥去美国收集了隋家这些年洗钱的证据，回国后做的第一件事情，就是把那些东西交到上面去。”

“你怎么知道的？”

“他昨天来找过我，我问他，他没否认。”

苏花朝心里还残存着一丝期望：“他也没承认，或许不是他做的。”

宣志译嗤笑一笑，讥诮地看着她：“苏花朝，你自己听听你刚刚说的话，你自己信吗？”

是啊，连她自己都不信。以苏花朝对霍绥的了解，她难以否认他做过这件事。

室内陷入沉寂。走廊处的脚步声由远及近，又悄然离开，窗外呼啸的风声鼓动着窗户发出轻微的战栗声，漫天飞雪无穷尽。一直到后来，苏花朝都难以相信她和宣志译也曾有过那么一小段的安然时光。

打破室内静谧的是苏花朝手机发出的短信声，“叮”的一声，她拿起手机——晚五发布了。

下午五点，在医院的病床前，苏花朝起身，拿着文件夹和他告别：“拿走了，再见。”

宣志译坐起身，头上裹着绷带的样子十分滑稽，但他满脸真挚地挥手和她告别，也和她致歉："对不起。"见苏花朝笑笑，宣志译又说，"我是真的想和你道歉的。"

她推开门，没有半秒的停留，转身离开。门一点点地合上，最后留下一条狭窄的缝隙，宣志译透过那道细缝看着苏花朝的身影离开、消失。

最后，他浑然无力地躺在床上，想：或许一直以来只是他的单人戏，而她一直冷眼看着他像小丑般的举动，无从原谅，也无所谓原谅，但好歹他说了那声"抱歉"。

苏花朝离开医院以后没有回工作室，手机放在中控台上一直在响，嗡嗡的振动声接连不断地响起，来电都属一人——冯攀。他试图用这种方式提醒她：苏花朝，我现在还是你的老板。

只是在苏花朝眼里，他早已成为一个合格的商人，世俗的朋友。而到此刻，苏花朝想了想，或许已经不是朋友了。

她这人有的时候还是太狠，一次不忠，百次不用。所以她没有接冯攀的电话，只是发了条微信给小右，提醒工作室的人明天按时上班。

但车子一停下，再发动的时候，她却不知道到底要往哪里开。南城那么大，她一时之间竟漫无目的。茫然半晌，车子才再度启动，她开着车绕过无数巷子，最后停在了苏园的大门前。人兜兜转转，终归还是要回家。

那时苏园已经开始演出了，夜晚降临，院子里架着的台子上开始表演，语调哀怨而又缠绵。苏花朝抄小道往戏台那边走，看到那偌大的荷花池已结上一层厚厚的冰，落雪堆积，早已不复夏日时的茂盛绿意。

每晚来苏园听戏曲的人还是不多，戏台下只有零星几个人坐着。有时苏花朝不得不感叹，陈清月到底是抱着何种想法，才让苏园坚持到现在仍旧营业。

换成她的话，早就把这片改造成咖啡馆，位置好，人流大，如果开了咖啡馆，每日的收益一定不菲。有时候苏花朝觉得自己是真的清高，但在当下，她也是真的世俗如众生。

苏花朝站在台前听了会儿便走了，绕过戏台往后面的院子走去。这个时间，陈清月大概在客厅里和傅远看着电视聊天吧。

傅远是陈清月的第四任丈夫，经营着一家跨国公司，算是南城数一数二的人物了。所以很多人称陈清月是交际花，苏花朝也没觉得哪里有错。

苏花朝推开门进了里屋。室内，傅远和陈清月坐在餐桌旁，而二人的对面坐着一位少年，他穿着灰色卫衣，双手插兜，微垂着头，苏花朝看不清他的长相。

一见到她，傅远便起身笑着说：“花朝来了。”

陈清月也对她笑笑：“今天怎么就过来了呢？”

苏花朝在玄关处换了鞋，说：“上次回锦市带了点东西回来，想着给你们送过来。”但手里却空无一物。她叫了司机，把车钥匙给他，说东西就在后备厢里。

傅远说：“大老远带回来，多辛苦啊。”

苏花朝说：“没事的。”眼睛却有意无意地往那少年身上瞟。

傅远立马给她介绍：“这是我儿子，傅遇。小遇，快和你花朝姐打声招呼。”

傅遇低着的头倏然抬起，苏花朝注意到他漆黑的双眼十分无神，像极了当年的霍绥。或许正是这个原因，让她忍不住软下声音：“傅遇？”

少年那双茫然的双眼，慢悠悠地聚焦在她的身上：“嗯。”

苏花朝抬手拍了拍他的肩，笑了下，问傅远：“他是发生了什么事吗？”

傅远说：“他母亲去世了。”

她心底一沉，傅远又说：“我和他母亲在他三岁的时候就离婚了，这些年也没怎么见过，我也不怎么了解他，他呀，也不够亲近我。”

陈清月在一旁说："在这儿多住段时间就好了，父子之间熟络得很快。"

"可我过几天要出国一趟。"

苏花朝不以为意，蹲下身子，仰头与傅遇对视。少年青涩得很，脸上没什么肉，但能看得出五官是清秀俊逸的，只是缺少照顾罢了。她眼里的探究意味很重，但傅遇却不卑不亢，迎着她的目光，像是要把她看透似的。

苏花朝突然问他："你愿意和我走吗？"见傅遇眨了眨眼，没有任何的表情，苏花朝抬头望着傅远，"傅叔叔，我带他去我那儿住一段时间吧。"

她话一出口，陈清月和傅远都惊了一下。

苏花朝拍了拍傅遇的肩，再问："你愿意和我走吗？"

在这昏黄温馨的灯光下，穿着卫衣的清冷少年显得分外孤独，在这儿坐了一下午都没有任何的反应，而独独在那一刻轻轻地点了一下头。

他同意了。陈清月和傅远对视了一眼。

陈清月走过来耐心劝阻："你傅叔叔才刚接他回来，他们父子二人总要多待一段时日的。况且……况且你住在霍家，花朝，这样不像话的。"

苏花朝语气淡淡："没有，我现在住在外面的公寓里。"她又轻声问傅遇，"你想和我走，还是留在这儿？"

傅遇看着她，眼里的意味已昭告室内这三人他想跟着苏花朝。

苏花朝当下就说："现在就走，可以吗？"

傅遇歪头，像是思考了一下，然后站起身来，直直地站在她的面前。苏花朝喟叹于他的身高，大概……和霍绥差不多。她问："傅遇的年纪是……"

"十六岁了。"

霍绥那个时候是十五岁，这个发现让苏花朝对傅遇再次徒增几分心软与关切。她仰头对他笑了笑："和我走吧。"

他的瞳孔黑得没有一丝杂质，在灯光下如坠星辰。顿了几秒，他点头，跟在苏花朝身边。

苏花朝和陈清月、傅远打招呼，说："我先带他回家了。"

傅远抿着唇点了点头，陈清月还想劝阻，却被傅远拉住："算了，他和我到底还是不亲近的。"苏花朝和陈清月也是不亲近的，都一样。

正好此时司机拿了她车里的礼盒回来，苏花朝接过钥匙，对他说了声谢，叮嘱他哪些是给陈清月与傅远的，哪些是给他们的。司机有点受宠若惊："苏小姐，还有我们的份？"

苏花朝说："都一样的。"

她拉着换好鞋的傅遇出门。室外大雪纷飞，她扭头看着穿着单薄卫衣的少年，取下自己的围巾帮他围上。傅遇眉头紧蹙，苏花朝含笑说："戴上吧，这是男款的。"

傅遇没再挣扎。苏花朝又帮他戴上他卫衣上的帽子，带他绕了几条小道出了苏园。

发动车子之前，她问他："不怕吗？"

跟她意料之中一样，对方没有回应。苏花朝耸了下肩："也是，要是怕的话，也不会跟我过来了。"

傅遇没有说话，他仍旧戴着卫衣上的帽子，安静得像是座雕像。

再一次面对如此棘手的问题，苏花朝的耐心和第一次的时候所差无几："傅遇，试着和我说说话。"但傅遇依然沉默，苏花朝叹了口气，心想自己还是急了些，"算了，我不该勉强你的。你先睡一会儿，等到了地方我叫你。"

苏花朝带着傅遇回了她的公寓，这个点霍绥应该已经到家了，她还没想好该如何和霍绥介绍，难不成给他们俩这样介绍：这是我二爸的儿子，这是我四爸的儿子？

她还没来得及想好措辞，面前的门突然开了，同时背对着她的门也开了。

她面前的霍绥穿着灰色家居服，双手插兜，目光平静地看着她；她的身后，莫绍棠戴着副眼镜，头发懒洋洋地耷拉在耳边，一袭灰色西装笔挺合身，笑意盈盈地看着苏花朝。

落后一步从电梯里出来的傅遇穿着件灰色卫衣，耷拉着脑袋，目光无神地漠视众生。苏花朝拉过他，和霍绥说：“这是傅叔叔的儿子。”

“傅遇，这是……”她低头琢磨了下，最后说，“我未婚夫。”比起哥哥，未婚夫这个称谓才更适合霍绥。

霍绥闻言，挑了下眉，紧绷着的眉头舒展开来，满脸闲适。

苏花朝拍了拍傅遇的肩：“你先进去吧。”傅遇扭头，居高临下地看了她一眼，苏花朝重复一遍，“先进去坐着。”他懂了，转身往屋里走。

她身后，莫绍棠合上了门，走到楼道中间，伸手按了下电梯，仿若刚刚的事没有发生过一般，在电梯门合上之前对苏花朝笑了笑。

苏花朝勉强露出个笑来给莫绍棠，转身再面对霍绥的时候，苏花朝深吸了一口气：“能先别生气吗？”

霍绥靠在门边，扭头往里看了一眼。傅遇坐在沙发上，脸上没有一丝表情，眼神淡漠空洞，身上没有一丝生气。霍绥不置可否：“可以。”

苏花朝说：“我挺喜欢他的。”随着她话出口，明显察觉到周边的温度都冷了三分，苏花朝气结，“他才十六岁，你想什么呢！”

霍绥不自在地摸了摸鼻子：“继续。”

苏花朝：“你有没有觉得他特别像……那个时候的你呀。”她的声音轻飘飘的，温柔地说话，像极了夏日夜晚母亲在耳边的轻声呢喃。或许，她的身上是有做贤妻良母的特质的。

霍绥琢磨了下：“你准备怎么办？”

苏花朝说：“能怎么办呢？当初怎么对你的，现在就怎么对他。”说到这儿，她别有深意地笑了下，底气不足地说，“哎，哥哥和弟弟，当然不能厚此薄彼，对吗，哥哥？”

霍绥冷笑：“你倒是想，人家愿意吗？”

苏花朝拨了拨头发，甩给他一个极为妖娆的眼神：“你都拒绝不了不是吗？更何况是……一个十六岁的少年。”

霍绥伸手就把她的头发抓在一起，把她整个人夹在肩下：“几天不打，上房揭瓦。”

他把她从楼道里拖了进来，干脆利落地把门给关上，从玄关处把她拉过来。

两人经过客厅的时候，傅遇慢悠悠地抬起头朝他们看了一眼。苏花朝接触到傅遇那个轻飘飘的眼神，立马拿拳头砸了砸霍绥的胸膛：“有人在哪！”

霍绥心想：刚刚他也在啊，你还调侃得起劲，那个时候就没注意到？饶是如此，他最后还是松开了手。

苏花朝因为费力挣扎，双颊红扑扑的，室内的暖气温度很高，更使她穿着大衣的身子发热，这会儿整张脸都红透了。

苏花朝理了理自己凌乱的头发，瞪了霍绥一眼，继而走到傅遇面前，温声问他：“你饿吗？”

见傅遇点头，苏花朝想：很好，比在苏园的时候，有反应多了。

苏花朝转身，把正准备回房的霍绥给拉住：“他饿了。”

霍绥“嘁”了声，伸手扯了下她的脸颊：“苏花朝，你得寸进尺了。”

苏花朝笑吟吟地道：“我还没吃晚饭呢。”

他便收了手，有点恼怒，但又有点认命：“煮碗面吧，这个点也不好再吃些其他的东西，不好消化，你一积食胃就难受。”

苏花朝是不会做饭的，只会给电饭煲通上电。往常在霍宅，厨房里有两个阿姨，哪里轮得到她洗菜烧饭。后来她年纪渐渐大了，想要自己动手做点什么的时候，霍绥倒不乐意了，他不喜欢她去那种沾染了烟火的地方。

他总有种奇怪的想法，觉得她在厨房待久了，会有那么点世俗，有那么点在意柴米油盐这样的日常琐事。但在公寓他总会下厨。

“总得照顾好你”，这是他的原话。

苏花朝跟在霍绥身后，看他洗手做羹汤。他不穿那身冷冰冰的西装，而是穿着家居服时，身上带了那么点平易近人的感觉。

苏花朝在他身后欣赏了会儿，复又问傅遇：“没有什么忌口的吧？”见傅遇没有反应，苏花朝走到他面前，蹲下身子，细声细气地道，“既然决定了要跟我回来，怎么样也得和我说说话吧。你不说话，我没有办法帮你。”

仍旧没有得到回应，苏花朝耸了下肩，起身收起沙发边上的围巾，把东西放到衣帽间之后，便收拾好客房，让傅遇住了进去。

只是他的行李太少，据说到苏园的时候都是两手空空的。

他跟着他母亲吃了不少苦。苏花朝听到苏园的人在私下这么议论。

幸好霍绥也有些大学时候的衣服在这儿，两个人的身高差不了多少，只是霍绥的衣服穿在傅遇的身上，总归是大了点。

“太瘦了。”霍绥蹙眉道。

苏花朝也觉得他瘦得不像话，脸上都没什么肉，颧骨明显突起，她拍他肩膀的时候，总觉得那儿瘦得只剩下骨头了，一时间心疼、同情、难过，许多滋味涌了上来。

苏花朝回房之后从背后搂住了霍绥，伸手掐了他的腹肌，硬邦邦的：“哎，你有没有很庆幸啊？”

“什么？”

“你遇到了我。要不是遇到我，你可能比他还糟糕。”霍绥换上衣服，把她的手从自己身上挪开，淡然自若地进了洗手间。苏花朝连忙跟上去，“你怎么不说话呢？承认我好就那么难吗？”

霍绥把她推了出去：“我要洗澡。”

苏花朝整个人都挂在他身上，抱着他的脖子撒娇道：“你哄哄我嘛，我今天过得一点都不开心，你就当哄哄我，不好吗？”

霍绥看了她几眼。苏花朝长叹了口气，慢慢地靠近他的肩头，等到整张脸都埋在他身上的时候，她才有了那么点勇气说：“我真的很不开心。”

她向来是把情绪掩盖得很好的，和霍绥在一起的这些年，学会了他的理智、沉稳与镇定，同时也学会了他的情绪不外露。甚至在很多时候，苏花朝也分不清自己到底是开心，还是不开心。人啊，撒了太多的谎，到最后连自己都分不清哪句是真，哪句是假。

霍绥默了半晌，伸手把她搂得紧紧的。

苏花朝：“我好吗？”

“好。”

“我对你好吗？”

“好。”

“你喜欢我吗？”

“苏花朝，你别得寸……”

“我喜欢你。”

霍绥偏了偏头，借着浴室里的刺眼光亮低头看她，低头便闻到她发间的香味，那是一如往常的苏花朝式的香。他动了动喉结，轻咳一声：“喜欢着吧。”

“然后呢？”

“下去。”

苏花朝扭动着腰肢：“霍绥！”

霍绥被她这样弄得都快起兴致了，但家里现在多了个人，他也不好在浴室做这些，伸手把她扒下来，将她甩出浴室。

苏花朝在外面大叫：“霍绥！”

“我也是。”他在里面说。

苏花朝原本想要发泄的话，突然被卡在了喉咙里。她伸手摸了摸后颈，嘴角慢慢地往上勾起。

第七章
你不走，我还在

苏花朝很快就约好了心理医生。傅遇每天下午三点到五点都在心理诊所接受治疗，效果不错。至少他有的时候会和苏花朝说话了，虽然只是简单的“不要”或“好”，但也足以令苏花朝满意。

与此同时，晚五视频的进展也是十分顺利。业内对于晚五的评价颇高，虽然有些网民觉得这种纪录片有些无聊，但苏花朝却丝毫没受影响。她漫不经心地道：“我做视频是给这些连纪录片是什么都不知道的人看的吗？”

再也没有比她更加随性的人了，想做的事哪怕再小众，也可以一往无前地做。她的身上似乎带了商人的世俗，但也带了艺术家的清高。毕竟她的生身父母一个从商，一个从艺，她这么调侃自己。

下班之前她处理好了最新一期的视频，抬头看了看日历，已经一月底了。似乎自从搬出了霍家，她便没有与霍孟勉见过面。其间打过几次电话，但每次都因为各种事而打断，没聊几句就匆忙结束对话。

她起身收拾好东西，便提早离开公司了。

她开着车，驶入别墅区，穿过前面的几座别墅之后沿着马路直行，远远就能看到藏于枯木林之中的霍宅。那年夏天绿荫环绕，霍宅藏匿于森林之中，宛若人间仙境。而她一头跌入其中，自此多年难以逃脱。

车子缓缓靠近，霍宅门前停了一辆车子，苏花朝经过的时候看了眼车牌，并不是霍绥的车，也不是霍孟勉的车。霍孟勉生性低调，鲜少会邀请朋友来霍宅，而霍绥身边的人都开着张扬又奔放的车，哪会开这种款式死板的老板车？

苏花朝心生疑窦，进门之前又扭过身看了一眼。

驾驶座上坐了个司机，正趴在方向盘上休息，似乎是察觉到有人在看他，倏地抬起头来，对上了苏花朝的视线。

苏花朝有些猝不及防，转而嘴角挂着淡淡的笑意，同那人点头。那人连忙下车，向她半鞠躬："大小姐回来了啊。"

苏花朝扯了个笑，再往里屋走的时候，心里直嘀咕：隋老爷子怎么会来霍宅？

霍家主宅的大门严丝合缝地关着，苏花朝从包里掏出钥匙正准备开门的时候，听到一些声响从里面传来。她垂眸，捏紧了钥匙，转身绕到了客厅外的落地窗旁。

寒风凛冽，吹得她头发飘起，苏花朝伸手弄了弄围巾，把头发扎进了围巾里面，双手插在口袋里，表情冷肃而又认真。

隋老爷子今天来找霍孟勉，也实在是下下策了。隋家名下大大小小的企业将近两百家，经营也有些年头了，在南城这个繁华革新的城市里依然屹立不倒，里面总归有那么点龌龊在。但隋家把这些都处理得很干净，隋老爷子一直以为洗钱这事没人会发现，可万万没想到，竟就这样被曝光，并且直接反应到了上面。

隋家家大业大，各行各业的都有，按理说这样大的势力是能找到人解决的，但这次却屡屡碰壁，所有人都无计可施。隋老爷子也是实在没有办法，只能拉下面子跑来找霍孟勉。

霍孟勉虽然是开画廊的，但他为人友善，广交朋友，南城里数一数二的大亨都与他有几分交情。

隋老爷子一到就说了来意，脸上带着三分羞赧："你说，我这也是实在没有办法了，要不然也不会来找你了，是不？"

霍孟勉笑着吩咐厨房倒了杯茶过来，室内的暖气氤氲在窗上，苏花朝透过那沾满水汽的窗玻璃，看向室内。

隋老爷子拿起茶杯，啜了一小口说："当年你和佳蓉在一起的时候，我们隋家也没有亏待过你们一分啊。"

霍孟勉点头："爸，您对我的照顾，我从来都没有忘记。"

隋老爷子："你看我这把年纪了，本应当是颐养天年的时候，哪里想……出了这档子事。"

霍孟勉说："爸，您要我帮您什么，尽管说，我能帮肯定帮。"

隋老爷子如同一位溺水之人见到了救援人员，紧紧握住霍孟勉的手："我听说季家那位长子和你的关系不错，你看看能不能帮我在他面前说几句话？"

季家长子季洛甫，现在是要风得风，要雨得雨。要真说关系不错，霍绥应该是与他关系最不错的，两个人是过命之交，但凡霍绥提出要求，季洛甫不会不答应。

隋老爷子这是打算曲线救国。霍孟勉的心里通透得很，隋老爷子估计是找过霍绥，霍绥没答应，所以才拉下面子跑到霍宅来找他。可他又哪里能做霍绥的主，他向来拿霍绥没有半点办法，甚至霍宅的大小事宜都是霍绥做主的。

霍孟勉尴尬地道："阿绥他这人从小就有主见，您不是不知道。"

隋老爷子叹了口气："我知道，他心里对我还是有那么点怨恨的，但好歹我也是他的亲姥爷，我还是打心眼里疼他的。"

霍孟勉知道隋老爷子在这儿和他打亲情牌呢。他想了想说："阿绥待会儿就回来，等他到了我和他说说，但我也不保证准能说得通，毕竟他向来和我不够亲近。"

隋老爷子等的就是这么一句话，他是不信霍绥不听霍孟勉的话的，亲生父子之间怎么可能不够亲近？怕只是一句搪塞而已。

窗外，苏花朝紧了紧围巾，把整张脸埋进围巾里。

天上又在飘雪，室外的温度接近零下十摄氏度，她穿了两件保暖内衣和羽绒服，都被这天气给冻得双腿发麻僵硬，在围巾下的那张脸表情晦涩不明。

霍绥和霍孟勉向来是不够亲近的，或者可以说十分生分。从苏花朝来霍宅的那一天起，她就明显感觉到了这一点。

更何况，宣志译也说是霍绥把隋家搞成现在这副样子的，霍绥又怎么可能会帮忙呢？

但苏花朝现在仍旧处于疑虑之中，霍绥到底为什么要这么做？搞垮了隋家，对他到底有什么好处？

苏花朝冥思苦想的时候，就听到了大门打开的声音，从她这个角度正好能隔着薄雾，看到站在大门处的霍绥。他迎着风，衣角被风吹起，在这样冷肃的天气，眉眼显得格外硬朗。

她看到他合上了门，在玄关处换好鞋子，缓缓地走了进去。

霍绥：“姥爷，您也在啊。”

隋老爷子乐呵呵地说：“阿绥回来了啊。”

霍绥说：“我回来拿点东西，待会儿就走。”言外之意，他并不会久留。

隋老爷子对霍孟勉使了个眼色，霍孟勉连忙拉住霍绥：“阿绥，坐下来陪我们聊会儿天。”

霍绥神情冷淡，看了霍孟勉一眼，又看了隋老爷子一眼之后说：“我和季洛甫之间公私分得很清楚，而且他现在势头正盛，一点小事都会被放大。”

他早已预料到隋老爷子跑来的原因，时至今日，他已经没有继续维持当初表面关系的必要，从他去美国收集材料的时候，就已经做好了决定，今后不得有一丝的心软与犹豫。

隋老爷子活了大半辈子，哪里被小辈这样对待过，见霍绥直接甩给自己一个冷脸，当下就气得不行：“霍绥，你这是和我说话的态度吗？”

霍孟勉也深觉不妥：“阿绥！”他声音严厉。

听在霍绥的耳里，却是最深的讽刺。这会儿扮严父来了，早些年干吗去了？

霍绥低头整理了下袖扣，深蓝色的宝石在他手腕处灼灼发光，深邃如海。

苏花朝看到他低垂着的脸上露出讥诮笑意，他扯了下嘴角：“姥爷，隋家牵扯了太多，即便找了季洛甫，他也只帮得了一时。但之后呢，官商勾结？这要是传了出去，季洛甫的仕途也不保。”

隋家牵扯太多了，牵一发而动全身，霍绥以前不敢动隋家，是因为根本无从下手，他找不到命门，也不知道到底要到什么程度，才能让隋家风光不在，却不至于衰败。

要如何恰到好处，是他这些年最为担忧的问题。隋禹没有说错，他狠得下心，但霍绥和苏花朝都是心软之人，所以凡事都会留三分，做事都给人留一条路。

隋老爷子怎么会不知道这个道理呢，但他仍然说：“难道我要眼睁睁看着隋家倒下吗？阿绥，”他哀其不争，用拐杖用力地敲了敲地面，“你就帮帮姥爷吧。”

霍绥放下手，长叹了一口气，无力地道：“姥爷，我也实在无能为力。”

隋老爷子坐了没多久便走了，霍孟勉作势要送他，却被他用力甩开。霍绥站在客厅里，冷眼看着隋老爷子佝偻着上半身，顶着风雪出门，霍孟勉站在他身旁笑得勉强。

霍绥扯了个笑，将视线收回，直直地落在客厅处的落地窗上，透过薄薄的白色纱帘，可见有个身影分外明显。

苏花朝注意到他的视线，勾了下唇，十分费力地从口袋里抽出手，敲了敲窗玻璃。

客厅里传来阵阵脚步声，极快，像是跑来的一样。几秒之后，窗玻璃被人从里面打开，暖气扑面而来，她纤长睫毛上的落雪接触到了那温热的空气，瞬间消融。

她看到霍绥脸色发青，只觉得他的声音冷到了极致："能耐了是吧？在外面冻得浑身发抖，很爽？嗯？"

苏花朝哈了一口气，面前白雾消散。她不说话，单单这样嘴角挂着浅淡笑意的时候，看着最为凉薄。

身后，霍孟勉与隋老爷子的对话传入她的耳里。

"霍绥他也是实在没有办法。"

"什么没有办法，他就是不愿意委屈自己去求别人！"隋老爷子的身子骨到底不如从前，他咳嗽着，声音断断续续的，"你也是，养了这么多年，就是养不熟！"

霍孟勉尴尬地扯了下嘴角："爸，您的司机在外面等着吧，我送您过去。"

"谁要你送！"隋老爷子推开霍孟勉，没有回头，一瘸一拐地往外走去。

苏花朝神色寡淡，转头看向站在大门处的隋老爷子。而正好，隋老爷子一个转身，两个人的视线冷不丁撞上，他眼底的轻蔑寒意在雪色下昭然，再没有任何掩饰。

苏花朝扬着下巴，丝毫不惧他，直直地对上他那锐利的眼神。那一刻，她身上锋芒毕现，为霍绥，以及霍绥为了二人之间的关系所做的一切。

司机从车上下来，匆忙扶着隋老爷子，隋老爷子这才结束了与她的对视，转身离开。

苏花朝转过身来，目光落在霍绥的身上，坦坦荡荡，带了那么点关心意味，她怕那句话落在他的耳里。

霍绥目光冷毅："我又没耳聋，听得见。"

苏花朝用脚拨了拨地面碎石，说："别往心里去。"

霍绥说："我哪次往心里去了？"他伸手拨了拨她的头发，"进来。"

苏花朝在心里直嘀咕：你哪次没往心里去？脸上装豁达装得比谁都真，心里面的在意都堆满了！

她边嘀咕边往门口走，恰好在门外遇到了霍孟勉。他伸手拍着衣服上的落雪，狼狈不堪。

苏花朝连忙上前叫了声："霍爸。"伸手帮他拍去衣服上的雪。

霍孟勉见到苏花朝的时候，眼前一亮："回家了也不提前通知我一声，我好让厨房准备些你喜欢吃的菜啊。"

苏花朝笑笑："就回来看看您，待会儿就走。"

霍孟勉不满："什么叫待会儿就走，晚饭也不吃了？"

恰好这时门从里面打开，霍绥就站在里面，她的神情一时之间有些晦涩难辨："不吃了吧，傅遇还在家里等我回去。"

苏花朝把傅遇接回去的事情，霍孟勉早已得知，其间还打电话给苏花朝，再三劝阻："你就这样把他带回去了，你让老傅颜面何存？"

"我问了傅遇，他同意了，傅叔叔也没意见。霍爸，您不应该反对我的不是吗？"苏花朝与他说，"我以为您懂我的想法，就像当初您答应留下我一样。"

"这能一样吗？"霍孟勉大发雷霆，"你这是胡闹！"

苏花朝问他："我哪里胡闹了？"

"你和他单独住在一起像话吗？花朝，你……"

"霍绥也住在这儿。"

霍孟勉倏然噤声，霍孟勉一直以为霍绥是搬到了他自己的公寓里住，当时霍绥是怎么和他说来着？

霍绥说："年底了，银行忙得很，我搬到公寓那边住，离银行也近些。"

霍孟勉一直深以为然，可现在，霍绥非但没有搬去自己的公寓，还去了离银行更远的地方，到苏花朝那儿去住。

霍孟勉问她："你和阿绥……"

苏花朝四两拨千斤地道："我这儿有三间房，正好我们三个人住。霍爸，您还有什么不放心的？而且我是真的心疼傅遇。"

霍孟勉是很容易被感情牌给打动的人，多年前看到苏花朝放声哭泣的时候，他心软收下她。多年后，她只要低声说那么几句类似于哀求的话，他便无法拒绝，只说："花朝，你有分寸就行了。"

但霍孟勉一直不满，即便是此刻仍要说教几番："等傅遇的情况好些了，你就马上把他送回去，知道了吗？"

苏花朝扶着他进屋，柔声应他："我原本也是这样打算的。"

霍绥俯身，从鞋柜里拿了两双拖鞋出来，再绕过他们二人，关上了门，将外界的天寒地冻统统隔绝，只剩满室融融暖意。

三个人往客厅走。苏花朝抬头往落地窗处看了几眼，窗户已经严丝合缝地关上了，白色纱帘安静地垂挂着，透过纱帘，苏花朝看到窗外的漫天大雪正翩然落下。

霍绥从她身后走过，带来轻微的气流涌动，夹着暖意与温柔。

霍孟勉："你刚刚拒绝得到底是太果断了，毕竟他是你外祖父。"

霍绥说："这事您别管，我心里有底。"

"以后在外面给隋家一点面子，知道吗？"

霍绥恍若未闻，低头倒了杯茶，自己喝了下去。

苏花朝看他一脸淡漠的样子，又看霍孟勉正在气头上，连忙抚慰道："霍大哥在外面不是这样的，他做事有分寸得很，霍爸您也别太为他担心，为他气坏了身子，不值当是不？"

霍孟勉揉了揉太阳穴："花朝啊，你总是帮他说话。"

苏花朝："他是我哥嘛。"

霍孟勉宽慰地笑了："你们好得跟亲兄妹似的，我这看着打心眼里开心！"苏花朝笑不出来了，霍孟勉没注意到她僵住的脸，对霍绥说道，"你妈最近总给我打电话，说要给你介绍几个女孩子。"

霍绥晃着杯盏，里面的茶叶沉沉浮浮，他声音散漫：“您怎么回的？”

“还能怎么回，我说你有女朋友了，让她别再给你瞎介绍人了。”

霍绥：“嗯。”

“那人呢？什么时候带来让我见见？”

霍绥放下手里的茶杯，闲适地靠在椅背上，眼角余光看到了低垂着头的苏花朝，淡淡地说：“过段时间吧，等她真的愿意和我一起来见您了，我再给您带过来。”

“哦？怎么说？”

“她胆小，怕见人。”

“我又不是外人，这有什么好怕的？”

霍绥笑：“您要是见了她，还不得昭告天下，亲戚朋友不都得知道了？”

“那也不是外人。”

霍绥解释：“也不是这个原因，主要是我想等她同意嫁给我了，再带来见您。”

霍孟勉很意外：“就这么喜欢这个女孩子啊？”

霍绥扯了下嘴角，没承认，但也没否认。苏花朝低垂着的脸上露出隐约笑意。

霍孟勉原先还因为霍绥的那几句话而觉得那女孩子小家子气，总藏着不敢见人，现在听到霍绥这么一说，倒是释然不少，叮嘱他：“你呀，对女孩子温柔些，别总板着脸，女孩子还是很好哄的。”

霍绥声音淡淡：“是吗？”她……很好哄？

苏花朝听出了他的言外之意，偏头对上他的视线，见他神情淡淡，她带了些挑衅的意味看他：我不好哄吗？

霍绥挑了下眉，懒洋洋地应道：“知道了。”

霍孟勉满意了：“有时间就多陪陪她，别总待在银行和家里。”

“知道了。”

“多送点花，哪有女的不喜欢花的。”

苏花朝点头：“是啊，哪有女的不喜欢花的。”

霍绥扯了下嘴角：“知道了。”

晚上吃过饭之后，苏花朝和霍绥还是离开了霍宅。

霍孟勉再三想要让他们留在家里，说住在外面有什么好的，家里房间多得是，大不了把傅遇也接过来好了。

霍孟勉其实是个很坦荡大气的人啊。苏花朝也有过一瞬间的动容，想留在这里，继续住在霍宅。可霍绥却没有一丝犹豫，说：“不了，爸，花朝在她那小窝住得舒服。”

“那你回来陪我这老头子还不行啊？”

霍绥说：“我每天回家都是半夜了，总会吵到你的。”

“早点回来不就好了？”

“早不了，忙着陪她。”

霍孟勉以为那个“她”是指他的女朋友，可霍绥说话的时候，眼神总是在不经意之间往苏花朝身上瞟。霍孟勉心里不免有些想法，但又不太确定，或许是他多虑了，他们只是兄妹而已。

霍孟勉目送着他们一人一辆车，前后离开，那车灯闪烁，在雪地里格外耀眼。霍孟勉撑着伞咳了几声，缓缓转身往里屋走去。

苏花朝和霍绥二人开着车，车速并不快，到公寓的时候将近九点。

苏花朝开门，看到傅遇静坐在客厅里的沙发上。察觉到他们回来，傅遇将视线移到他们二人身上，抿了抿唇说：“回来了。”

苏花朝点头，问他：“晚饭吃的什么？”傅遇回忆晚上的饭菜，一一报给苏花朝听，苏花朝听完，对霍绥笑，“他好像越来越好了。”

霍绥说：“总会好的。”

没有什么是过不去的，所有的一切都会好的。

没过几天，晚五工作室就捷报连连。海外有家石油公司准备给晚五赞助，其投资的数目大到令向来自诩见惯了大世面的苏花朝都小小地惊愕了一番。

苏花朝在工作室的时候表现得和大家伙一样，顺带着还给远在浙江绍兴拍纪录片的几个人发了红包，但一回到霍宅，就连忙把霍绥从书房里拖出来。

霍绥最近忙到连睡觉的时间都没有，这个点了还在开视频会议。可苏花朝急得直跺脚，他实在没有办法，便暂停了会议，说让大家先吃点饭，四十分钟之后继续。

苏花朝愣了：“你还没吃饭啊？”

霍绥揉着太阳穴：“忙忘了。”

“我给你煮点饺子吧。”她光着脚跑到厨房。

这个天气公寓里通了暖气，温度高得让二人都穿着短袖。苏花朝赤着脚，脚底也没有一丝凉意。

霍绥见她从冷柜里拿出一袋速冻饺子，开锅烧水，等到水沸腾，便把饺子一股脑地倒了进去。油烟机轰鸣作响，她弯腰从柜子里拿出碗筷。煮了几分钟后关火，将饺子盛出来，再往碗里加点酱油、盐和葱花。

好了。苏花朝把碗捧到餐桌上，把筷子递给他：“吃吧。”

霍绥挑了挑眉，接过筷子，坐到椅子上埋头吃着饺子。

霍绥吃饺子的时候，苏花朝一直坐在他的对面，明明是急不可待的样子，却也没有开口催他，只是安静地等着。

暖暖的灯光下，霍绥吃完，把碗筷放至一侧，双手平放在桌面，直视她：“什么事，说吧。”

“最近有什么大企业要在南城开分公司吗？”

霍绥想了想：“没有。”

“或者是有往这边发展的计划……”

“说重点。”霍绥敲了敲桌子。

苏花朝也不和他绕弯，挑明道：“晚五最近接到了一笔投资，是一家海外公司，名字……我记不太清了，出手很阔绰，大方到我都有点怀疑是你的公司了。”

霍绥：“不是我。”

“我知道不是你。”苏花朝说，“你帮我问问是谁的公司。”

霍绥没有犹豫，说：“好。”他看了下时间，还有十分钟会议就要开始了，于是敲了下桌子，“回书房了。”

苏花朝点了点头，起身把碗筷给收拾了。

霍绥往书房走了几步，手刚握上门把手的时候，突然想起了什么，转过身问她：“那家公司是做什么的，你知道吗？”

苏花朝想了想，犹豫地道：“石油？”她回顾了一下，斩钉截铁地道，“是做石油的。”

说完，两个人身上像是有电流通过，都呆愣在了原地。

霍绥：“别多想，或许不是他也不一定。”

苏花朝扯了个笑，讥诮地道：“连你也开始做这种心理暗示了？”

“你先别多想，或许真的不是他。”

苏花朝忍不住提高音量：“怎么可能不是他？”

美国、石油、投资晚五，苏花朝不得不把这些关键词联系到那个人身上——苏启正，那个给了她生命又教会她抛弃的人。

霍绥收回放在门把手上的手，作势要往她那边走。

苏花朝从口袋里拿出手机，走到玄关处，取下挂在衣架上的大衣，慌忙地穿上雪地靴，打开大门。电梯上显示正在向上运行，她连按了好几次下楼。

霍绥的脚步声从身后传来，他拉住苏花朝的手，呵斥：“你冷静一点。”

苏花朝拨出电话，过了一会儿陈清月才接通。陈清月似乎已经睡了，电话里有窸窣的衣物摩擦声传来，她的声音带着睡意：“花朝，怎么这么晚了给我打电话？”

苏花朝说：“你把苏启正的联系方式给我，我不信他回国以后没有联系过你。”

霍绥还穿着家居服，拖鞋都没有换掉，双手按着苏花朝的肩："你现在给他打电话是要干什么，难不成你要找到他和他理论？"

"我要他离我远一点！"她冲他大吼。

霍绥："他毕竟是你爸！"

他话音刚落，电梯门就开了。苏花朝捏着手机，正准备抬腿进去的瞬间，看到里面站着的两个人，立马收回了腿，站在原地不动了。

手机里传来陈清月的声音："花朝啊，你爸也是为了你好。"

苏花朝嗫嚅："我不需要。"她的动作十分慢，像是做了慢镜头处理一般，慢慢地把手机从耳边挪下，按断通话，想要把手机放回口袋里。

她放了好几次都没放进去，最后还是霍绥上前挡住了她大半个身子，握住她的手，把手机放在她的口袋里。

电梯里的两人也有点发蒙，但两个人都是见过大场面的，很快便反应了过来，从里面走了出来。

电梯门缓缓合上，再次下降，楼道内安静得只听到彼此间的呼吸。

还是霍绥先打招呼："伯父，好久不见。"

苏启正这才恍然回神，收回落在苏花朝身上的视线："是霍绥啊，好久不见。"

霍绥往后退了半步，站在苏花朝的身边提醒她："花朝。"

苏花朝恍然回神，语气淡淡："你怎么在这儿？"

苏启正有些无措，手都不知该放在哪儿。莫绍棠这会儿开口了，说："爸，带花朝到屋里坐坐吧。"

爸……莫绍棠竟然叫苏启正……爸？苏花朝和霍绥不是不震惊的。

原来苏启正早就在美国成家立业了，苏花朝心里只有一个想法，他和陈清月都是一样的人，所以当初为什么要生下她呢？

苏启正被莫绍棠提醒，连忙说："花朝，进来坐坐。"

苏花朝冷笑了一声："不了。"

霍绥在苏启正和莫绍棠之间来回扫了几眼，随即说："我没穿衣服。"是对苏花朝说的。

苏花朝的眼神很平静，是一种冷到平静的感觉。她说："回家吧。"转身，动作利落。

霍绥点了下头，跟她一起回去。

站在二人身后的苏启正叫住她："花朝，爸爸回来了，不和爸爸说几句话吗？"

苏花朝的身子很明显地僵了一下，他竟还恬不知耻地自称是她的爸爸，他扪心自问，这个词他配吗？

她声线平缓，一字一句慢慢地道："我父亲在霍宅，是霍家当家的霍孟勉，现在这个点他大概已经上床休息了，请问你是谁？"

隔着门框，她位于室内，周身暖烘烘，而从楼道里涌进来阵阵冷风，冻得人直打寒战。

苏启正瞬间面色黯然，声音哀怨："花朝，你还记恨着我。"

苏花朝手握门把："不好意思，我不认识你。"说完，她"嘭"的一声合上了门。

门外，苏启正整个人都快要站不直了，莫绍棠连忙扶住他，低声道："爸，花朝她……只是一时之间没有反应过来，您给她点时间好吗？"

苏启正摇了摇头，无不痛苦地道："她还是不能原谅我……还是不能原谅我……"

"怎么可能啊，她是您的亲生女儿，你们血脉相连，她怎么可能不原谅你。"莫绍棠开了门，扶着他进屋，到了屋里沉声道，"小妹她……其实人很好的，爸，您给我点时间让我处理一下好吗？"

风声呼啸而过，带上了对面的门。苏花朝颤抖着的身子，泄露了她此刻的心情，焦躁、激动，以及难以遏制的茫然。她沿着门板缓缓地坐了下去，双眼无神地看着某处发呆。

霍绥蹲在她的面前，将她脸侧的碎发别至耳后，压低声音叫她："花朝。"见苏花朝眨了眨眼，嘴角抿了一下，他问，"很难受吗？"

她摇头，相比于难受，更多的是难以接受。

苏启正出现得太突然了，突然到……她其实从没有想过会和苏启正再见面，毕竟苏启正如今已成了国外的一个传奇大亨，与她远隔重洋。而她这一生会记住他，牢记她的生父曾对她有多好。每年她会寄一些东西给他，寄件人一栏从不填姓名，让他以为只是家乡的某位好友，仅此而已。除此以外，她没有其他任何的奢求和想法，而且做了不见他的打算。

可苏启正出现在她的面前了，以一个她从未预料到的方式。

苏花朝一时之间慌乱多于怨恨，惊慌失措多于年少失意，她甚至发现自己没有想象中的那么恨他。

霍绥说："进来。"她的双眼终于聚焦，只见他双臂大张，敞开怀抱道，"让我抱一下。"

苏花朝扯了下嘴角："我又不是小孩子，这种安慰人的戏码没用。"她想起身，却被他一把抱住。

霍绥声音低沉地道："给你男人抱一下都不行了吗，嗯？"最后一声，令她耳根一颤，心尖发麻。他又说，"谁想安慰你，就是想抱你。"

霍绥收紧了怀抱，把头埋在她的脖颈处，深吸了一口气，鼻尖是她身上好闻的味道，他偏头咬了她的耳垂一下："抱自己的女人，都不行了？嗯？"

苏花朝眨了眨眼："哦。"

霍绥的视频会议开了将近两个小时，会议结束之后，他回到房间。卧室里一片漆黑，窗帘紧拉，唯一的光亮是他身后昏暗的廊灯，灯光将他的身影拉长，投至地面。

床上有一小处微微隆起，霍绥轻手轻脚地走过去，就着被子把她抱了起来。柔软的被子下，她的呼吸声均匀而又舒缓。霍绥抱着她，感受到身下的人僵了一下。

霍绥："睡不着？"

苏花朝在黑暗中睁大了眼："被你吵醒了。"语气淡淡，把失眠的原因全都归咎于他。

这就是苏花朝，永远都把错推到他的身上。霍绥掀开被子，钻进被窝里去。

苏花朝："你没洗脸，出去。"她作势推他。

霍绥伸出四肢禁锢着她："说几句话我再去洗脸。"

"说什么？"

霍绥从背后抱住她，低头靠在她的蝴蝶骨上，深吸了一口气，语气轻松地道："我在城西那边有栋别墅，刚让人收拾过了，你这两天选个时间和傅遇一块儿搬过去。"

苏花朝想都没想就拒绝了。

霍绥："这么急着拒绝干什么？那儿空气环境都好，而且离你上班的地方也近，这不挺好的吗？"

他话很少，但这并不代表他不会说话。看，这理由找得多好。

要换作别人，大概会说："你爸住在这儿，低头不见抬头见的，你也不舒坦。"

如果是这种说法，苏花朝大概会直截了当地说："我哪里不舒坦了？你从哪儿看出来的？"她其实特别倔，又死要面子。

霍绥知道她这一点，所以换了种说话方式试图让她接受。但苏花朝仍旧拒绝："搬到那边去，你觉得他可能不知道吗？他既然有办法在我对面买了房子，也有办法在你那儿买栋别墅。"

苏花朝了解苏启正，他那副模样，一见就知道是找她和好来的。所以无论她跑到哪儿，他都能追来。

霍绥不容置喙："我说让你搬。"

苏花朝沉默了会儿，问："阿绥，你在害怕什么？"

在害怕什么？霍绥也说不清楚他在害怕什么。他的心里总有一种不好的预感，现在所有的事都按照他所期望的方式在进行，没有一处脱离轨道。但今天苏启正出现了，让他有点难以捉摸。

霍绥沉默许久，仍旧没有作答。苏花朝转身回抱住他：“和我说说你在怕什么。”

霍绥的眼神有些晦涩不明，在漆黑深夜中，让她更难以猜透他的想法。

时间一点点流逝，最后，他拍了拍她的头说：“没事，你睡吧。”

她扯了个笑，见他起身离开被窝，踱步往外走，没回头。卧室门被合上，苏花朝陷入黑暗混沌之中。

苏启正回来了，饶是苏花朝再不满再逃避他，但心里总有一个想法，那就是……她是不是也多了那么一点点的底气。

苏花朝再次见到苏启正，也是好几天之后了。

那天苏花朝正好有空，便没让霍绥的特助带傅遇去医院，她亲自带他去。门一开，对面的门也正好开了。

苏花朝抬头，和苏启正的视线相撞。她神态自若地转移视线，朝里面喊：“傅遇，好了没？”

傅遇声音清冷，“嗯”了一声，穿着拖鞋慢悠悠地走到玄关处，卫衣帽子塞在了衣服里面，苏花朝踮脚说道：“弯腰。”

傅遇听话地弯下身子，苏花朝给他把帽子取了出来，又从一边的衣架上取过羽绒服给他套上：“外边天气冷，别总是只穿一件卫衣。”

傅遇的脸上有些许不耐烦，拉拉链的时候一用力，拉到了顶，卡了脖子上的肉。苏花朝踮脚给他把拉链小心翼翼地拉了下来，伸手拍了下他的肩：“还不高兴了？”

十五六岁的少年爱装酷耍帅，不怎么爱穿黑不溜秋的羽绒服。即便这件衣服是苏花朝从代购那儿买的国外潮牌，款式帅气，但依然不得他的喜爱。

“没有。”他动了动上身，宽松的羽绒服发出嚓嚓的声响。

其实他比起刚来的时候已经胖了很多，但是仍旧很瘦，苏花朝给他买的衣服是 S 码的，穿在他的身上仍旧很大。

傅遇伸手把后颈的帽子给戴上，跟在苏花朝身后，关上了门。两个人全程都没有去看苏启正。

等电梯上来的时间，苏启正走了过来："花朝，去上班啊？"

苏花朝往边上挪了一步，微点了下头："苏总，你好。"

苏启正的脸色很难看。这些年他向来是受人追捧的，今天却要看苏花朝的脸色，他小心翼翼地道："边上这个是傅远的儿子吧，长得真俊。"

傅遇不明所以地看了苏花朝一眼。电梯门正好此时开了，苏花朝抓着傅遇的手，连忙进了电梯，按下负一楼。电梯门缓缓关上的时候，她看到了苏启正的脸。岁月在他的身上留下痕迹，皮肤发黄、干燥，脸上有轻微的老年斑，眼角的皱纹明显……他老了，不再像记忆里面一样有着宽阔的背影，能一把把她抱到他的脖子上，架着她四处跑。

他失望地看着她，似是要说些什么。苏花朝失措地收回视线，四处乱看，直到电梯门缓缓合上，缓速下降。

到了地下停车场，寒风阵阵，苏花朝穿着一条阔腿裤，凛冽朔风从裤腿处灌入，下身都是冰冷的。她小跑着坐上车，发动车子离开。

南城冬季多雪，连日的大雪使得这座城市似乎被包裹于白雪之中。但每天一大清早，便会有清洁工在太阳升起之前将积雪扫开。夜晚，城市在漫天的飞雪中宁静而又安然；白天，喧嚣声打破宁静，车辆呼啸，又是忙碌的一天。

苏花朝顺着车流开着，守着秩序缓缓前进。

心理诊所位于市中心，那边热闹又繁华，车流量大，交通秩序差得一塌糊涂。

在等待红绿灯的间隙，傅遇突然开口："阿姐。"

"嗯？"

“他是谁？”

苏花朝一时没有反应过来，疑惑地问他：“谁？”

“出门看到的那个人。”

苏花朝想了想，扯了个笑：“是我父亲。”

傅遇一直低着的头缓缓抬起，目视前方。车水马龙的世界没有尽头，窗外是繁华而又热闹的城市，他是第二十一次经过这条路。

在来南城之前，他一直住在南镇。那里是典型的江南水乡，很安静、很静谧，还无人开发，因此压根没有沾染一点商业气息。

那时他看书，极其向往大城市，现在终于来了，却没有一点的喜悦。

“你不开心。”他能感受得到。

红灯转为绿灯，她踩着油门缓缓前行，专注地观察着路况，许久后问道：“你第一次见到你爸的时候，有什么感想？”

傅遇拧了下眉头：“没有。”

“没有一点感想？”

“如果你说提供了一个精子就可以叫作父亲的话。”

他突然语出惊人，苏花朝不由得愣了愣，半晌才揶揄地道：“你还懂这些？”

“我妈，”他低头，声音里自带柔意，“她是高中生物老师。”

苏花朝弯了下唇：“你生物很好吗？”

“还好。”

苏花朝突然想到了什么，说：“等过完年，我带你去找学校，你这年纪得去上学的。”

傅遇抿着唇：“嗯。”

车又往前驶了十几分钟，就到了心理诊所的门外。苏花朝解了安全带，准备送傅遇进去，却被他拦住：“我自己进去就行了。”

“这怎么行，我都到这儿了，怎么也得送你进去。”

“外面冷。”傅遇推开车门，冷风裹挟着碎冰吹入温暖的车厢，

“你别出来了。”

他转身合上了门，独自一人进入那冰冷的诊所之中。

苏花朝停在原地许久，看着他的背影，嘴角渐渐浮现一抹暖意——会疼人了。

她重新扣上安全带，启动车子往公司开去。到了公司，她位置还没坐热，就被一个电话给喊到总经理办公室去了。她长叹一声，真是劳碌命啊，却还是起身，离开办公室。

苏花朝等电梯的时候，正好遇到了从对面格子间出来的宋舒怀。很久不见，她的衣品倒是一如既往，只不过太一成不变地走淑女路线，虽然看着不错，但看久了便觉得没什么新意了。

即便换来换去，款式变了，搭配没变，气质没变，总归是不大气的。

反观苏花朝，她跟在陈清月身边，耳濡目染地学会了一些，再加上后来霍绥专门为她聘请了一个设计师团队，她的衣品是时尚大气的。

两个人同时进了电梯，却没有一个人说话。电梯门一打开，宋舒怀就急不可待地走了出去，高跟鞋在地板上发出克制而又清脆的声音，她越想隐忍，越是无法忍住。

高跟鞋踩在地板上，动作再轻，也会发出声音。人嘛，做了亏心事，哪怕再小心翼翼，也会败露。

苏花朝踩着高跟鞋走在她的后面，一声一声，却没有丝毫的颓气。她推开冯攀办公室的门，见冯攀和宋舒怀相对而坐。

冯攀见是她来了，马上起身，指着宋舒怀身边的位置：“来了，坐。”

苏花朝扯了个笑，在宋舒怀的身边落座。

冯攀手肘置于膝盖上，整个人微往她们这边倾，含笑道：“这次来找你们是为了和你们说一件事，公司的 B 轮融资就要结束了，我准备用这些资金给你们扩张工作室，你们有什么想法？”

宋舒怀温柔地笑着："挺好的呀，朝九最近需要采购一些新设备，而且我准备过完年招聘一些新员工。我前段时间做了个策划，是关于朝九日后的发展的，待会儿拿给你。"

冯攀十分满意："辛苦你了。"

"没事啊，这是我应该做的。"宋舒怀顿了下，"我还想重做舒怀，如果你不介意的话，我觉得舒怀是可以再做的。"

冯攀伸手拿起水杯，啜了口水，说："公司目前的主推项目是晚五视频，舒怀和晚五在本质上是差不多的，所以……大概是不行的。"

苏花朝想，如果他早点说出这些话就好了，这个时候说这些话来讨好她，真的没必要了。

宋舒怀："为什么不行？我知道晚五的成绩很好，但是同期开一个舒怀是完全没有问题的，以公司目前的财力也是完全可以支持的，再加上我们到时候会有投资，我敢保证舒怀是能盈利的。"

"不是这个问题。"冯攀说，"晚五的投资商前几天找我聊了一下，说是要把晚五推到国际市场，到时候我还想从你那儿调一些人去晚五的工作室，毕竟苏花朝那儿的人都是一些年轻人，缺乏经验。"

宋舒怀的脸色越来越难看。她不是没有感觉出来冯攀字字句句都向着苏花朝，偏袒苏花朝，更过分的是，他还准备把自己工作室的人调到苏花朝那儿去。关键是她是在朝阳科技工作，不得不听他的。

苏花朝的指腹来回摩挲着手里捧着的纸杯，语气淡淡："什么投资商？"

"嗯？你不知道吗？他们给我打电话说已经和你联系了。"

苏花朝："我拒绝了。"

冯攀难以置信："你拒绝了？"

"是啊。"

冯攀勃然大怒："你为什么拒绝了，给我一个理由！"

苏花朝的眼中平和清冷，目光淡淡地扫向他，极其疏离："我的工作室，我有理由选择投资，也有理由拒绝投资。我只需要说服我的工作室的人，不需要说服你。"

冯攀："可我是你的上司，苏花朝，你是不是忘了你还是朝阳科技的一员？晚五视频是隶属于朝阳科技的。"

苏花朝斜睨了他一眼，把杯子放在茶几上，有些水从杯子里溅了出来，她抬头对上冯攀的眼："那就不要属于朝阳科技好了。"

"你什么意思？"

苏花朝条理清晰："我和朝阳的合同是很清楚的，我作为公司的高层没有任何的束缚。而另外一份合同是朝九和朝阳的合同，当初签的是五年，只是现在朝九不在我的手上，我也不是朝九的第一责任人，所以可以说我和朝阳其实就是很普通的投资关系，晚五和朝阳其实没有任何的联系。"

她取下胸牌，把它放在茶几上，掷地有声地道："冯总，我们的合作到此结束了。"

苏花朝看着冯攀一脸惊慌失措的表情，再看到一旁宋舒怀无所适从的样子，一股快感突然油然而生。她早就该这么做了，在当初脱离朝九的时候，就该狠狠地打他们一巴掌。不过现在也不晚，啪、啪、啪，清脆，痛快！

苏花朝起身想要往外走，却被冯攀一把拉住："苏花朝，你到底在发什么疯？"

"我很理智。"苏花朝一把将他的手拉下，"冯攀，我是怎样的人，你大概是知道一些的，我这人不是没有底线，从你让她进公司的第一天起，你就应该猜到会有这么一天。"

冯攀："你们两个互不干涉，最近不是也很好吗？"

苏花朝觉得他很可笑："她做的是我的朝九，你觉得很好吗？"

冯攀似乎这个时候才知道，或许朝九之于苏花朝而言，并不像她当初表现的那么无所谓，相反是极其重要的。

"那你当初为什么答应把朝九给她？"

"因为觉得抢东西这种行为太蠢了。"苏花朝居高临下觑了宋舒怀一眼，"你非得来和我闹什么呢？宋舒怀，你信不信朝九也不是你的？"

宋舒怀浑身的刺都竖了起来："苏花朝，你到底想干什么？"

苏花朝讥诮地道："别摆出这样的表情，我可不是你，抢人东西这一点，我是不屑的。"她将视线移到冯攀身上，"过几天我就会安排律师和你洽谈，到时候你见好就收吧，我不想把最后的这点情分都给废了，好歹我们也是一起努力过的。"

以前他们为了梦想一起努力过、挣扎过，为了一个投资案加班加点，在办公室熬几天几夜，最苦最穷的时候，连水电费都交不起，还是苏花朝从霍绥那儿要了钱补上的。

苏花朝对冯攀真心相待过，但现在也是真的无法再与他共事了。她是能原谅错误，但前提是那个人是霍绥。而现在这个人是冯攀，她没有理由原谅他。

再见了，当初热血的青春，和当初年轻认真的我们。

苏花朝拉开门，看向冯攀轻声道："再见。"说完，她转过身潇洒地走进电梯。

电梯门一点一点合上，突然一只手伸了进来，硬生生地扒开电梯门。冯攀喘着粗气道："苏花朝，我们谈谈。"

苏花朝说："不必了，我会请我的律师和你谈的。"

冯攀执拗地道："我不信你真的要走，朝阳从来没有亏待过你不是吗？"

都这个时候了，他都不清楚她要走的原因。苏花朝想了想，换了一种方法和他说："二〇〇九年，中国的端午节被列入世界非物质文化遗产。而在二〇一七年，网络上铺天盖地全是外国申请端午节为非物质文化遗产，引来网友一片热议，纷纷谩骂该国人，即便最后证实该国申请的并不是中国的端午节，而是他们国家的端午祭，这事才算了结。但在那之后，一提及端午与该国这两个关键词，国人对于该国的态度是什么样的，冯攀，你应该知道的。当初朝九曾经做过一期视频，是宣传端午的民俗的。”

冯攀：“所以呢，这和这件事有什么关系？”

苏花朝弯了下唇，拨弄着胸前的碎发，脸上隐有笑意，但是细看之下，眉眼处均是一片清冷：“端午节还没被外国抢去呢，该国在我们的心里就成了无耻小人。可朝九是真真正正被人抢去的……”话到这里便戛然而止，苏花朝收了笑，目光寡淡地看着冯攀。

冯攀的心一点一点沉了下去。他以为她是不在意的，可当她这么条分缕析地和自己说的时候，冯攀就知道他从一开始就错了。不是错在想要维系好她和宋舒怀二人之间的关系，而是错在当初就不该让宋舒怀进朝阳科技。

冯攀艰难地问：“没有转圜了？”见苏花朝笑了笑，意味明显，他又问，“那……你的工作室里的人……”

苏花朝说：“小左和小右我带走，她们两个的合同到时候也有律师过来和你谈。”

冯攀咬牙：“我不会放她们走的。”

苏花朝太清楚了，冯攀在生意场上待久了，身上自然沾染了生意人的贪欲，小左和小右是她的左右手，运营、制作、合作等各方面都十分擅长。苏花朝要走，他留不住，但小左和小右他不会放。

苏花朝摇了摇头：“你非要撕破脸吗？”

冯攀：“你走了之后，我肯定要另开一个视频项目的。”

他言下之意太清楚了，甚至都没有给她留半点的幻想。苏花朝无奈：“何必呢，冯攀。”

冯攀说：“我是商人，你要记住这一点。”

在听到商人这个词的时候，苏花朝都有点想要为他的天真长叹三声。

苏花朝的父亲向来在业界无所不能，陈清月后来的几任丈夫，文人有之，商人有之，但都是家大业大的，她跟着霍孟勉经营画廊，明面上的见多了，私底下的也见了不少。再加上身边还有个霍绥，或多或少都会有些影响的。

论商人本性，说实话，苏花朝要比冯攀懂得多得多。

虽然此时苏花朝是理亏的人，但她气场在，偏有一种是朝阳科技辜负了她的感觉，令冯攀难堪。苏花朝其实是比冯攀要狠的。

她琢磨了半秒，最后说：“走流程吧，咱们在这儿说也没用，到时候律师他们会谈。如果你想要留下小左和小右，就看律师的本事了。”

她转身按了电梯的下行键，重新进入电梯，这一次，那双修长的手再也没有伸出来去抵挡电梯门，不让它缓缓合上。这扇门算是隔绝了当初的岁月。

苏花朝回到晚五之后，不动声色地叫了小左和小右进她的办公室。

静默许久，她把方才发生的事稍稍润色了一下，只说自己不准备在别人手下干了，准备自立门户，问她们想不想和她一起干。

小左没犹豫：“老大，你去哪儿我就去哪儿！”

苏花朝转头看向小右，见小右正纠结地看着自己。苏花朝温婉地笑：“是因为霍绥吗？”

小右愣在原地：“老大……”

“他手机里有和你的通话记录，我有次也听到过你和他说话。”

那天半夜她突然惊醒，伸手一摸，床的另一边没有人，床单温热。她起身，赤着脚往外走，经过阳台的时候听到霍绥的声音：“朝九的事情我已经处理好了，具体的东西我发到你邮箱了，明天等她上班，你就说你都收集好了。”

苏花朝记得那时刚发生过怀舒视频抄袭朝九视频的事情，而事发的第二天早上，小右就来了她的办公室，说把材料都收集好了。

当时苏花朝笑着夸她聪明能干，脸上一如往常，对于那晚发生的所有一切，装作一概未知，且一直装糊涂到现在。

小右战战兢兢："老大，其实……你听我解释好吗？"

"没事。"苏花朝倒不觉得是什么大事，小右是霍绥手下的人，霍绥总不可能会害自己。苏花朝这个时候显得十分善解人意，"他那边我会解释，我问你，你要和我走还是留在这里？"顿了顿，她补充道，"你们要是留在这里，公司肯定不会亏待你们的，估计还会给你们升职，跟了我的话，可能得辛苦一阵子。"

小左和小右连考虑都没有："跟你。"

小右说："我一直跟着你老大，再累也没事。"

苏花朝莞尔，扭头看向小左。

小左抓了抓脖子，十分纠结地道："能……不那么辛苦吗？你也知道我不怎么缺钱，我就喜欢跟着你做点东西。"

苏花朝："左向晚，要不你回家待着吧。"

小左摇头："好不容易在这儿瘦了十斤，回家又得胖了。"

敢情拿她这儿当健身房了，得，自己请的祖宗，也没办法。

苏花朝："收拾收拾东西，赶紧回家吧。"

"那接下来干什么啊？"

苏花朝想了想，睨了她们一眼，声音淡然："放年假。"

她抬眸，见桌上摆放着的日历显示今天已是腊月十六，离春节还有两周。

小左和小右在她发呆的时候悄然离开，苏花朝靠在椅子上，面朝着落地窗。只见窗外高楼鳞次栉比，错落有致，云层交叠。

她闭上眼，过去那些年她过得太紧凑了，连个假期都未曾有过，今年大概是把以往所有的假期都给补上了。等到来年，她估摸着大概又是一个忙碌年。不过得抽出一段时间来，等到十月，抽出半个月左右的时间，去结婚、度蜜月。

渐渐地，婚礼被他们提上了日程。

当天晚上，苏花朝把办公室里所有的东西都给收拾好，搬回了公寓。

霍绥早已到家，换了身家居服，靠在沙发上拿着 iPad，不知道在看些什么。他的鼻梁上架了副眼镜，听到开门的声音，抬头向玄关处看来。

隔着那层镜片，他深邃的眼眸稍减了几分锐气，在温暖的灯光下多了几分温和。

苏花朝抱着箱子叫他："我搬不动了，你过来帮我搬东西……"话音刚落，她的手上就一轻，有人抱走她手中的箱子，走了几步，扭头过来问她："放哪儿？"

苏花朝："书房。"

傅遇"哦"了一声，回身往书房走。

沙发上，霍绥已经收回视线，老神在在地看着平板。

苏花朝换了鞋，走到霍绥身边踢了他一脚："没听到我叫你？"

"听到了。"

"没反应？"

霍绥抬头看了她一眼，倏地又收回视线。

苏花朝无语，顺着他的视线看去。iPad 上他的手指修长白皙，指尖在屏幕上来回滑动，苏花朝蹙眉："你在看什么？"

霍绥："看房子。"

"不是有地方住吗，怎么又想着买房了？"

霍绥的指尖滞了半秒，突然将界面切回桌面，把平板往茶几上一扔，转过身似笑非笑地盯着她："你是真不懂还是假不懂？"

"什么？"

霍绥伸手轻揉着她的下巴，缓缓地向她靠近，看到她的瞳孔里映着自己的脸，她微怔，满脸的一无所知。

霍绥叹了口气："婚房。"

闻言，苏花朝一个激灵。霍绥看到她的反应有些想笑，他慢慢地靠近她，唇快要与她的相贴合的时候，有个声音缓缓地响起：“阿姐，东西放好了。”

苏花朝睁开眼，对他眨了眨，伸手推开他，起身想要从沙发上离开，却被他一把抓住。

霍绥神色不耐，恼怒地看向傅遇。不知道发生了什么的傅遇满脸无辜：“阿姐？”

苏花朝憋着笑：“你先回房吧，没什么事了。”

傅遇点了点头，又扭头盯着霍绥问：“姐夫，怎么了？”

姐夫？苏花朝诧异，他是从哪儿学来的这个词？

霍绥脸色稍缓：“没事，你回房吧。”

“哦。”

等到傅遇离开以后，苏花朝整个人扑到霍绥的身上，坐在他的腰上，双手掐着他的脖子，双腿分开在他身侧，爹毛道：“什么姐夫？你给我说清楚。”

霍绥的脸上隐有笑意：“要不然呢？”

“你大他十多岁，他叫你叔叔，你都不亏。”

霍绥的瞳孔缩了缩：“他叫我叔叔，叫你姐姐，那你叫我什么？我可不敢占你便宜。”

“我给你占呀。”

苏花朝往他怀里钻了钻，右手渐渐往下，解开他睡裤的带子，手往里探，刚摸到的时候，手腕被他扼住。苏花朝抬头娇媚一笑：“怎么，不行啊？”

霍绥另一只手压在她的腰上：“先叫声来听听。”

这人的恶趣味真是一阵阵的，先是哥哥，再是叔叔，哪天是不是得叫爷爷了？

苏花朝偏不如他的意，转移话题道：“你今天不行啊？不行就算了。”

霍绥压着她的右手，往里探了探，她忍不住害羞起来：“放手。”

声音都有些绵软无力了。

霍绥："乖，叫一声。"

苏花朝拧着好看的眉，眼珠子转了转，朝他耳根处吹了口气，媚声道："霍大哥。"

她的脖子贴在他的喉结上，很明显地感觉到他的喉结滚动。苏花朝再接再厉，说："霍大哥呀——"

霍绥深吸了一口气，把她整个人提了起来，扔进房间的大床上。苏花朝在床上弹了弹，等稳了身子，连滚带爬地到他面前，扯下他的衣服……

结束后，苏花朝去洗了个澡，吹好头发之后，霍绥也已经洗完，换了套家居服，坐在书房里，正对着电脑屏幕。苏花朝站在门边，敲了敲门。

霍绥像是陡然惊醒一般，回神看她。

苏花朝："和你说一件事。"

"说。"

"我辞职了。"她说完，认真地观察霍绥的反应。见他波澜不惊地看着她，脸上没有一丝情绪波动。苏花朝重复，"我辞职了。"

霍绥："挺好的。"

"哎？"竟然不问她原因，倒是出乎她的意料。

霍绥笑了笑："你不是不喜欢我插手你的事吗？怎么，我这个反应，你不高兴了？"

苏花朝低头盯着自己的脚指甲，指甲粉红小巧，像是玻璃珠一般。她盯得久了，眼睛发涩："我不让你问，你就不问了？"

"也不是。"霍绥放下手中的笔，手指敲着桌面，一下一下的，十分有规律，直敲得她双眼发酸，眼里有东西在打转，差点就要落下。他继续道，"你知道的，我对你的决定向来是支持的。"

苏花朝眨了下眼，那颗泪就那样悄然落在地板上。她抬头，眼里一片清明："如果我做的决定是错的呢？"

“那我就把它改正过来。”

“如果连你也没有办法呢？”

霍绥想了下，旋即懒散地靠在椅背上，家居服给他身上添了几分温润，头顶的灯光昏黄，照得他周身一片温柔，他笑：“那就别工作了，我养你。”

多年前，苏花朝一个人走进电影院里看了一部名为《喜剧之王》的戏，周星驰那时英俊潇洒，张柏芝笑起来堪比世间绝色。冲这名字，她以为是一部喜剧。

但这部片子里，唯一让她笑的地方，便是周星驰饰演的尹天仇对柳飘飘说：“我养你吧。”柳飘飘不屑一顾地抽烟，回望他。

后来在出租车上，柳飘飘哭得一塌糊涂，那双胜却人间无数的眼睛里面淌着泪。

苏花朝坐在影院的最后一排，双颊渐湿，眼中泪意泛滥。明明那时她也没有几岁，也没有爱过几个人，甚至都没有吃过半分苦，却在那一刻情不自禁地流泪。

事过境迁，直到现在她终于能够感同身受，心里面却是一片宁静。宁静是因为做好决定，决定了一直爱下去。

苏花朝歪了下头：“行吧，如果我真的做不下去了，就待在你身边，做你的霍太太吧。”

她直直地望向他，而他的眉眼深处，一片温柔。

日子平静地过了几天，苏花朝整天躺在家里，也没做什么事，只刷个微博，看几本书。以前她趁着过节囤了几箱书，但都没有拆封，现在这些书倒是有重见天日的机会了。

傅遇的情况也渐渐地好了起来，苏花朝和他的主治医生聊了聊，决定暂停一段时间的心理治疗。

回家的路上，她接到姜锦茜的电话，说是要和程叙之回 C 市过年，要把乌龟纽扣寄养在她这儿一段时间。

苏花朝有时候真的搞不懂他们在做些什么，别人养宠物都是养些猫啊狗啊的，结果他们养了只乌龟，而且每天乐此不疲地逗它。

苏花朝长叹一声，认命地转着方向盘，把纽扣给接回了家。

渐渐地，家里变得热闹起来。有人气了之后，她的心情也变得好了，没有任何失业的迷茫。

就这样过了几天安静悠闲的日子，苏花朝想起自己有很久没有去画廊了，抄起桌边的手机，正准备给画廊的经理打电话的时候，经理却先她一步给她来电。

苏花朝挑了下眉，接起。

“苏小姐，今年的账单财务已经整理差不多了，你要过来看看吗？”

临近年假，所有的一切都在有条不紊、一年如一日地进行着。

苏花朝说：“我待会儿过来。”

她挂了电话，化了个淡妆便直接出门了。大门一开，对面的门也跟着开了。

苏花朝忍不住翻了个白眼。她真的感觉他们在楼道里装了监控，每次她一出来，他们便马不停蹄地从家里跑出来，装作一副偶遇的样子。

她目不斜视地关门，按下电梯的下行键。莫绍棠走到她身边，抬头看着数字由小变大，离上到这层还有点时间。他想了想问：“你去画廊？”

苏花朝心里“咯噔”了一声，面上仍旧一脸淡然：“莫先生，有事？”

“如果是去画廊的话，方便搭我一程吗？”他话音刚落，电梯便到了他们这一层。

“叮”的一声，电梯门开了，二人走了进去。

苏花朝按下负一楼，说：“不怎么方便。”

莫绍棠点了点头，沉默半晌说：“花朝，你没必要对我这么生分的。”

“苏。”见莫绍棠一时没反应过来，苏花朝礼貌性地朝他点了下头，“苏花朝。我和你还没有熟到可以忽略姓氏的地步，所以希望你以后可以叫我苏花朝。”

莫绍棠微张着嘴，舌尖舔了下后槽牙：“苏花朝。”

电梯到达负一层，门一打开，苏花朝没有任何犹豫就走了出去，高跟鞋踩在水泥地板上发出清脆的声响，地下停车场里寒风呼啸声连绵不绝，吹得人直打战。

苏花朝从包里掏出车钥匙，按亮车子，车灯在静谧无声且一片漆黑的停车场内闪烁。她抬步向自己的车走去，身后的脚步紧跟着她，她每走一步，他便紧跟一步。

到最后，她打开车门，缓缓地转过身来回望他：“还有事吗，莫先生？”她真的礼貌到无可挑剔，俨然一副两个人只是萍水之交的样子。

后来莫绍棠在想，她确实是一个好到极致的人，连对他都没有半分的狠，她只是用自己的方式，默默地远离所有潜意识里的危险。他对她而言是危险的，苏启正也是。或许不光是他们，除了她那公寓里的人，其他人都是危险的。

但她没有对他冷眼相待，没有冷嘲热讽，只是淡然而又陌生地看着他，如同对着空气。

莫绍棠握紧手心，抬腿向她跨了一大步，略微俯视地看着她说：“花朝，我毕竟是你哥哥。”

穿堂风阵阵，带着刺骨的寒。她握着车门的把手，一眨不眨地盯着他。

直到车子开出停车场，苏花朝的手都还有些许颤抖。他说他是她哥哥，不是弟弟……

苏启正的第一任妻子是陈清月是没有错的，当时他们结婚的时候，两个人都二十岁出头，年轻时一糊涂，有了孩子，便结婚了。

他们后来发现，婚后的生活并不像他们想象中美满，柴米油盐、职场工作、人际关系……如此种种都困扰着二人，两个人最后都累了，疲惫地说散了吧，便真的散了。离婚之后，苏启正便去了美国。

说实话，在苏启正和莫绍棠一起出现的那天，苏花朝的第一反应便是他在美国结婚生子了，觉得他和陈清月一样，都过得很好。她以为他们各自重新组建家庭，又有了孩子，有着她一直以来就十分向往的幸福家庭，而他们会对年少时冲动犯的错，只字不提。她觉得他们都过得很好，唯独她一直以来都在讨要幸福。

可现在，莫绍棠和她说他是她的哥哥，难道苏启正在美国没有结婚吗？为什么？为了她，还是为了陈清月？

为了陈清月吧，毕竟眼前就有一个霍孟勉，再多一个苏启正也很正常。

到画廊之后，她去财务的办公室核对了以往的账务。

在她进来之后没多久，画廊的经理就走了过来，说："苏小姐，有人说要买画，"顿了顿，"十幅。"

苏花朝在听到那个数字的时候，眼里再没有任何波动，语气淡淡："让他等着。"

"这……不太好吧。"

苏花朝冷冷地瞥了她一眼："他要是不想等就别买。"她掀账单的动作极响，扯得纸张哗啦啦地响，"买画，还得让工人过来搬画，送过去再小心翼翼地安装。大过年的，工人不要放假吗？这个时候不买年货，买什么画？"

她向来话少，且绝大多数的时候都是语气温和的，虽然有种距离感，但员工们仍旧喜欢这么个冰山美人。可今天她的语气颇为不耐，经理小心翼翼地说："我先出去了。"

苏花朝没应声，眼神还是落在账单上。

会客室里，经理斟酌了一番，和莫绍棠解释："我们老板还有点事要处理，您看……您如果忙的话，可以先去处理事情的。"

“不忙。”莫绍棠笑得俊逸，目光灼灼似星月，“我在这儿等她就好，你要是有事，可以先去忙。”他语气很温和、很近人情，没有丝毫不耐。

经理应了声，便退了出去，合上门的时候心里小声嘀咕：“该不会是苏小姐的追求者吧？”

如果是追求者的话，那她倒是挺同情他的，毕竟苏小姐和小霍先生在一起了。

苏花朝核对账单花了点时间，核对完之后又叫了财务和经理，商量了下年假的事情，叮嘱他们去采购点东西发给员工，又从自己的账目上划了点钱过来，说是给员工们的红包，辛苦他们工作一年。

全部都整理好之后，她拿着自己的包起身，经理见她一副要走的架势，连忙上前提醒：“莫先生还在会客室等你。”

莫绍棠竟然还在？苏花朝都快忘了他的存在了，抬手看了眼表，离中午的饭点还早。时间还多，那就……去见见他吧。

她往会客室方向走，推开门，莫绍棠背对着她坐着。

听到推门身，他站起身，言笑晏晏地看着她：“你来了啊。”

苏花朝不着痕迹地移开视线，看向他处，公事公办地道：“请问莫先生看上了我们画廊哪几幅画？”

她不急不缓地走到莫绍棠对面的沙发坐下，莫绍棠连忙拿起一旁的画廊的作画介绍，翻了几页，指给她看，末了说：“就这些，如果可以的话，今天就可以签合同，我让我的助理马上把钱转到账上。”

苏花朝目光淡淡：“快过年了，不好请工人。”

“价钱好商量的。”

“有一些画是准备拿去拍卖会上的，大概不怎么行。”

“这些无碍，我说了，价钱好商量的。”

苏花朝是拳拳都砸在棉花上，这令她语气已有些不满，冷嘲道：“莫先生真阔气，每次一来就买十幅，不知道上次买的那十幅画，挂在哪儿了？”

莫绍棠仍旧笑得温文尔雅：“实不相瞒，我新接手了几家餐厅，这些画就挂在餐厅里。”

一幅画六位数，一道菜三位数，莫绍棠果然是美国的资本家出身，出手真是大方。

苏花朝说：“这临近年关了，我们这儿的画都涨价了不少，不知道莫先生……”

“这个没事的，家父在老家购置了几套房子，这些画正适合我家的装修风格，所以价钱什么的都好商量。”

“家父”这个词，实实在在地戳到了苏花朝的心坎里。

她年少时不曾学会这个词，等学会这个词的时候，她的生身父亲早就已经漂洋过海，离她山高水长了。她从来都没有像莫绍棠这样，用半骄傲半幸福的语气说“家父”。

似乎是发现她的情绪有些不对劲，莫绍棠也没再说话，而是伸手倒了杯茶，递到苏花朝面前。

茶叶在杯盏里翻涌，水杯里冒着热气，那一团雾气升到空中，又渐渐消散。

苏花朝盯着那浮沉的茶叶，好半晌才说：“画廊的画，不是随便什么人都能买的。”

莫绍棠笑笑。苏花朝抬头：“莫先生，我不准备卖画给你，请你走吧。”

“花朝。”莫绍棠无奈地道。

“苏。”

“好，苏花朝。”莫绍棠说，“你没必要对我有那么大的抵触情绪，我没想过伤害你，也没想过从你身上得到些什么。更何况我是你哥，更加不会……”

“什么哥？”苏花朝打断他，没给他一点好脸色，“我没有什么哥。”

莫绍棠抬起搭在沙发扶手上的手，揉了揉太阳穴：“花朝，我和爸这次回来，并不是来和你吵架的……不过是想来帮你而已。”

“不必，我不需要。”

“你不会不需要的。”莫绍棠斩钉截铁地道。

苏花朝心里莫名涌上一股烦躁：“你要买画是吧？”

她大喊着经理，经理边喘着边推门进来：“大小姐？”

苏花朝不耐烦地朝她招手：“他看上了几幅画，你把合同拿出来，现在就签。”然后烦躁地起身，对莫绍棠道，“你买完就走，别再来这里了。”

莫绍棠无奈地叹了口气：“花朝。”

苏花朝都已经走到门边了，听到他用这样的语气叫自己，心里又是一阵躁郁。她转过头来斥道：“这儿是霍家的地盘，不是你们该来的地方！”

莫绍棠被她的话给刺了一下，她到底还是小姑娘，急起来不给人留一点情面，不过倒也是真性情，和父亲说的一样，很骄纵。

他转过头，温和地对经理说：“合同呢？”

经理被发火的苏花朝震慑，被他这么温和的语气一提醒，回过神来：“现在就签吗？”

“对。”

“好，我马上拿过来。”

苏花朝出了画廊之后，心里仍旧憋着一股火，正愁没地儿发的时候，隋禹就给她打电话过来了。

她接通电话之后，便骂了一通脏话，直接给隋禹说蒙了：“不是，大姐，你跟我吵吵什么，我哪儿得罪你了。”

苏花朝骂完之后，神清气爽：“找我什么事？”

“不是，你先说你刚问候我那死去的妈和我大爷还有我祖宗，到底想干吗？我也没惹你吧？”

苏花朝打哈哈：“你听错了。”

隋禹“啧”了一声，破口大骂：“你当我耳聋是吧？”

“适可而止啊，我好歹也是你表嫂。”

“表……嫂？”

苏花朝的语气里带了些许的得意：“要不然呢？乖，叫声嫂子来听听。”苏花朝自己都忍不住一阵恶寒，她现如今也这么恶趣味，喜欢诱导别人叫自己表嫂了。意识到这点，她眨了眨眼，连忙转移话题，“怎么突然给我打电话？”

话题回归正轨，隋禹拿起放在手边的文件，和她说道：“我后天走，临行前送你一样东西。”

苏花朝走进马路边的咖啡馆里，推开门，到柜台前点了杯奶茶，领了桌牌便走到靠窗的位置坐下：“什么？”

“你公司楼下的那家泰国餐厅。”

“我辞职了。”

隋禹愣了一下：“怎么会突然辞职？他知道吗？”

“知道。”他怎么可能不知道，他是她的枕边人，她即便不告诉他，他也有多种方式得知，甚至……苏花朝忍不住大胆猜测，他可能都能知道她现在到底在做些什么。

隋禹：“辞职之后准备干什么？”

这就是苏花朝觉得隋禹可信的原因，他不会问你原因，不会问你为什么辞职，不会刨根问底地问你到底是为什么。

世间哪有那么多为什么？更何况是苏花朝，她本身就有极强的判断能力。她不需要别人对她的生活指手画脚，说哪些能做，哪些不能做。

成年人之间是有一种默契在的，不追问，不探寻，凡事只管尽兴。只要尽了兴，之后的结果到底如何，也不显得有多重要了。

苏花朝说：“能干什么，继续做非遗的宣传呗。干了这么久，也没法停下来。”

服务员刚好端了一杯奶茶和一份甜品过来，苏花朝困惑地看向她。她指了指桌牌，笑着说：“店里今天有活动。”

苏花朝朝她感激一笑，耳边响起隋禹的声音：“也行。”

苏花朝抿了口奶茶，问他：“怎么突然把餐厅给我？”

“我这不是准备出国了吗，就把所有的餐厅都给转手了。去你们公司那儿视察的时候，想到你上次特意给我打电话，说要到那儿吃饭，寻思着怎么也得讨好讨好你呗，毕竟你是我未来嫂子，我这个无业游民，往后还得您罩着呢。”他越说越没边，懒懒散散的，带了股京腔。

苏花朝笑：“我可不会回那边上班了。”

隋禹把文件随手一扔：“我让律师和霍绥那边谈吧，做好交接手续，到时候你去签个名，当作是……份子钱，您看成不？”

苏花朝乐了：“成啊。”

隋禹又嘴贫地说了几句，末了，他语气深沉了几分，说：“苏花朝，你们真的打算结婚了是吗？”

苏花朝沉默了好久，对着空气点了点头：“嗯。”

“你有没有想过……如果我姑姑和姑父他们知道你们的事情，会有怎么样的反应？”

想过吗？想过的。她也有意无意地在霍绥耳边提过，毕竟结婚不是他们两个人的事，是两家人的事。而霍绥对此的反应则是：“你别为这个操心了。”

“嗯？”

“我不是在这儿吗，用得着你费心？”他伸手揉了揉她的头发，半是宠溺半是温柔地道，“这些是我担心的，你嘛，就好好想想新房要布置成什么样子。”

苏花朝想着霍绥当时的样子，说：“霍绥说他会解决的。”

隋禹却不赞同，一针见血地指出：“如果霍绥真能解决，那你们俩的事就不会拖这么些年。你想想，你们俩的事连霍孟勉都不知道，他霍绥要真的有心娶你，早八百年就应该和霍孟勉摊牌了。”

"当初是我……不愿意摊牌的。"苏花朝有点难以启齿。听隋禹一时无言，苏花朝轻声道，"当初我也没想到能和他发展到现在这一步。隋禹，那时候要不是你唆使我，估计我和他现在都各自找了人过日子了。"

五年前圣诞节那晚发生的事，就是隋禹唆使苏花朝的，那时的苏花朝头脑一热，便真的做出来了……

隋禹有点无话可说，只能道："所以怪我咯？"

苏花朝笑笑不说话。隋禹叹了口气，抓了抓头发，泄气地道："反正哥们我最后提醒你一句，别把事都想得太理所应当，凡事给自己留一手，退路这东西虽然听上去很没有信任感，但有总比没有要好。"

苏花朝斥他跟个老头子似的啰唆，两个人你来我往地骂了几句之后，苏花朝笑着说："知道了，我都听进去了。"

隋禹："希望你是真的能听进去。"

苏花朝笑着挂了他的电话，喝了口奶茶，浑身舒畅。她靠在舒软的沙发上，扭头看向窗外。白雪盈盈飘落，落在枯朽的枝丫上，落在行人的眉眼中，落在远处拥堵的车道上。

人和人之间，时时、处处都在离别。

等到她真正领悟这句话的时候，是第二天的早上。她接到了派出所的电话，电话里的声音严肃地道："请问是苏花朝苏女士吗？"

苏花朝睡眼惺忪，艰难地从霍绥的怀里退了出来，却被他一把拉住，他环抱着她的腰身，在她后颈处蹭了蹭："谁啊？"

苏花朝也没清醒，却不忘回应电话那端的人，说："你好，我是苏花朝，请问你是？"

"我们是派出所的，宣志译同志自首说他在去年的十二月二十五日在锦市发生了一起交通事故逃逸事件，说你目睹了当时发生的一切，我们希望你能来派出所一趟，配合调查。"

这下，苏花朝是真的清醒了，从霍绥的怀里起来，拿了床头柜里的衣服给自己披上，赤着脚下地，问对方："宣志译自首了？"

"是的。"

"请问我能和他说说话吗？"

那边考虑了一下，在一片杂音之后，苏花朝听到了宣志译的声音，只觉他声音沙哑："苏花朝，有时间就过来帮我做个证吧。"

苏花朝的心里只有一个想法：宣志译疯了。

苏花朝："宣志译你到底在搞什么？"宣家不是安排他出国了吗？怎么现在他反而在派出所？他用这样的低沉嗓音和她说话，哪里还是当初的傲气少年？

霍绥也醒了，坐在床上，眉头紧拧着，示意她开成免提。

苏花朝按了免提，宣志译的声音通过扬声器传来："你要是有时间就过来做个证吧，我……我做错了事，要对自己负责。"

苏花朝小时候跟在爷爷奶奶身边，总会听到长辈们耳提面命，说："做错事就要负责。"可现在，苏花朝面对着向来都和自己不对付的宣志译，心里竟萌生了一种希望这一切都是梦的想法。他应该远赴重洋，过着风生水起的生活，当着趾高气扬的小少爷，而不是像如今一般，语气颓然。苏花朝甚至能想象得到他现在的样子，面色苍白，眼里没有丝毫的生气。而那天在医院里，他的眼里是闪着光的。

苏花朝愣怔的时候，霍绥起身接过她的手机，对那边说了句"好"，然后按了挂断。

霍绥伸手，捏了捏苏花朝的脸，说道："洗漱吧，待会儿我送你过去。"

苏花朝站在原地，看着霍绥一副泰然自若的样子，心生疑窦，他不该这么冷静的……那毕竟是宣志译，不是别人。苏花朝想了想，问出心中的疑惑："你怎么……这么冷静？"

霍绥："我应该表现得怎么样？"

"总之不该是这样的……"

霍绥转身，他衣服只穿了一半，露出大半的腹肌和人鱼线，看着她说："我说过的。"

"什么？"

"我不会心软的。"他的声音轻飘飘地落在苏花朝的耳里，却如同地狱的修罗。

窗帘拉得严实，竟没有一丝光透入。房间内唯一的光源，来自霍绥身后衣帽间里的灯光，而他就站在灯下。

苏花朝对上他平静无澜的眼神，心里无端生了一点点的害怕。苏花朝握紧了手心，问他："你……说的是什么意思？"

"我警告过他的。"霍绥慢条斯理地穿着衣服，将衬衣、西装裤、皮带一一穿戴好，转身进了房间内的洗手间。

水声淅沥响起，苏花朝艰难地移动着步伐，在他身后问他："宣志译的车祸和你有关？"

她看着洗手间的镜子里映出他的脸，他现在的模样令她心悸。她苍白着脸，双唇嗫嚅，心里的害怕几乎喷薄而出——她怕极了他会为自己做出一些丧失理智的事。

淅沥的水声落入她的耳中，像是午夜的钟鼓声，迟迟响起，令她如坠地狱。

霍绥弓着腰，陡然起身，带动一片水滴在空中划出一道抛物线。他直起腰杆，正对着镜子笔直地站着，脸上淌着水珠，眉眼处湿漉漉的，瞳孔黑得不可思议，直勾勾地看着她。

苏花朝苍白着脸问："阿绥？"

霍绥扯过纸巾，慢条斯理地擦脸，也没急着回答她的问题。等到擦完脸，他把纸巾扔到垃圾桶里，转身，下半身靠在洗脸台上，伸手想把苏花朝脸侧的头发给别至耳后，却被她一个扭头躲开。

他的声音里有些不耐烦，却还是同她解释："和我无关。"

苏花朝："那你说的那些话是什么意思？"

霍绥："他做错事，就得认错。"

苏花朝扭过头看他，琢磨了一会儿，说：“你去找过他？”

霍绥抬腿从她身边走过，没有正面回答她的问题，闪身进了衣帽间。

苏花朝不依不饶地追了进去，抢过他手里的外套，逼问他：“你先给我说清楚。”

霍绥深深地凝视着她：“你想知道什么？”

“我就想知道宣志译的车祸和你有没有关系，是不是你在他的车上动了手脚，毕竟那天……你也在的。”

“没关系。”

“那他自首呢，和你有关系吗？”

“有。”

苏花朝有的时候，真是恨极了他的坦诚。她问：“你让他自首的？”

霍绥想了想：“算，也不算。”

“什么意思？”

霍绥伸手摸了摸苏花朝的脸，笑了一下：“花朝，那是他的事，和你无关。”

苏花朝怕的是这个吗？她怕的是霍绥使了某种手段，劝服宣志译自首。若是真的，那被宣家知道了……估摸着又是一场浩劫。她只想平淡一生，不想再横生波折。

苏花朝深吸了一口气：“他到底为什么会突然自首？”

霍绥从柜子里重新取了件外套出来，慢条斯理地穿上，有取出领带，慢悠悠地系上。他对着镜子看了一下，觉着满意了才扭头看她，说：“你待会儿就能见到他了，有什么想问的，问他就好了。”

苏花朝：“你没什么好说的？”

霍绥侧目看她，许久之后缓缓地摇头：“相信我，他的版本一定比我的好听。”说完之后，他自己都忍俊不禁了。

霍绥把苏花朝送到派出所门口之后，并没有跟她一起下车。苏花朝下车后，回身看向车内："你不进去吗？"

霍绥："不了。"

苏花朝犹豫了几秒："不想听听他的版本吗？"

霍绥轻笑一声："没必要。"

清晨的风很大，苏花朝虽穿了羽绒服，但里面穿得少，一件保暖内衣加衬衣，宽大的衣服被风吹得鼓起，刺骨的寒风从腰肌侵袭至蝴蝶骨处，冻得她瑟瑟发抖。

她也没再多说什么，用力地合上车门，便直接进了派出所。

门被关上，隔绝了室外的寒气。小张发动车子正欲离开，却被霍绥制止："找个角落停了。"

小张从后视镜里看霍绥："霍大哥，是要等花朝姐吗？"

霍绥伸手，用干净修长的手指松了下领带，低低地应了一声。那辆黑色的车子便缓缓开动，停在派出所门边的大树下。

苏花朝见到宣志译的第一眼，心里便"咯噔"地跳了一下。没有她想象中的颓靡，他穿着干净清爽的黑色羊绒大衣，黑色头发服帖地垂下，一副低眉敛目的样子，看不出什么情绪，但看上去并不坏。

苏花朝走到他对面，拉开椅子坐下。她注意到宣志译的眼皮动了下，睫毛轻颤，像是刚醒过来一般。他眯着眼抬头看她，还打了个哈欠，伸了下懒腰。

得，还真是眯了会儿。苏花朝笑他心可真大，在这里还能睡着。

宣志译的嘴角微微上扬，笑着和她打招呼："来了。"

苏花朝点头："嗯。"

他双手插兜，轻轻地说："待会儿出去照实说，没什么好隐瞒的。"

苏花朝犹豫了一下，但到底还是点了下头。

宣志译的脸上突然扯出一抹玩味的笑来："你一个人来的？"

苏花朝不明白他到底为什么这么问，想了想说："嗯。"她摸不清他的套路，这个时候，还是保留点什么比较好。

宣志译歪头："不应该啊。"苏花朝不知道他到底在说些什么，他笑着继续道，“霍绥那么疼你，这种地方，他不会让你一个人来的。苏花朝，你该不会是骗我的吧？”

苏花朝淡淡地看着他：“我骗你有意思吗？”

“哈，也是。”宣志译说完，又低下了头。

苏花朝不知道他到底想要干什么，拉她进来，说要和她单独聊几句，可从这些话里，她抓不住任何的重点。

等到她的耐心值快要告罄的时候，对面的人终于开口了：“喂，我之前……是不是真的很糟糕？要不然她也不会和我分开……我好不容易才追到她，可在一起之后，她总和我闹脾气，没多久我们就分开了……”

那个她指的是宋舒怀吧。苏花朝沉默地听他说话，未发一言。

“霍绥说我幼稚、任性，浑身上下都是毛病，闯了祸就跑。那我又有什么办法？我从小到大受到的教育就是这样的，我妈从小就和我说凡事都有他们顶着。我一直以来都是这样的，反正……家里人都会帮我处理的，我有什么办法？我习惯了啊……”

苏花朝最见不得人哭了，尤其是他，恸哭时真的像个孩子。

他们从小一起长大，苏花朝也是知道的，宣家父母对宣志译是无条件地溺爱，他要什么，就给什么。他在学校打架，宣家父母不管对错，直接给学校施加压力，讨要说法。毕竟……宣家每年给学校投资八位数，学校的管理层不会不给他们几分薄面。后来他进入社会，倒是闯了一番事业出来，但私生活混乱。

有次苏花朝听到小左说：“我昨晚上换了三个地方嗨，结果三摊都遇到了宣志译，而且他边上的女的长得都不一样。”小左顿了顿，声音放轻，“他的精神状况好像有点不对劲，特亢奋，就好像……啧，真的是被家里宠坏了。”

苏花朝听到的时候，没有一点听到八卦的激动，心里只有悲哀和同情。

后来她也听到过各种八卦，这个圈子并不大，想要听到宣志译的消息太容易了，更何况左向晚也是爱玩的人，午休的时候总会说些八卦给她听。

很多东西听听也就罢了，苏花朝当时也是这么想的，可现在想想，这些她却都记得。

她轻声问："为什么想到自首呢？你还是可以像以前一样，去国外继续过你的逍遥日子。"

"因为霍绥说我也该懂事了。"宣志译捂着脸，低声啜泣。

那天他刚下手术室回到病房，醒来的第一眼就看到了霍绥，他先是惊喜，但后来脸色逐渐惨白，因为霍绥说："那个人死了，你还能心安理得地继续玩吗？"

死了……宣志译不敢置信："不可能，我爸说了，那人只是骨折了。"

"你爸当然不会说了，他怎么可能会说。"

宣志译大吼："你别胡说，我爸怎么可能骗我？他不可能骗我的！"

霍绥轻叹了一口气，微微地笑了一下："小志，你年纪也不小了，也该懂事一点了。放在以前，你当然还是可以逍遥快活的，可这次是一条人命，你还能快活起来吗？"

宣志译颤抖着身子，仍旧处于惊慌之中："死了……怎么就……死了呢？"

霍绥从口袋里拿出手机，调出照片给他看。宣志译抬起头，看到手机里那张入殡的照片，还有那个人的照片……他浑身战栗，连额上都冒着冷汗。

霍绥："自首吧。"见宣志译缩着身子，不发一言，霍绥扯了下嘴角，"小志，你说我是不是应该很庆幸？"

"什么？"

"差一点，照片里的人就成了花朝。"

宣志译的瞳孔明显一缩："你……你知道了？"

霍绥讳莫如深："小志，都到了这一步了，我也没什么好隐瞒的。我和花朝肯定是要结婚的。我这辈子，除了她，也不会有别人。"

"那舒怀呢？"

"如果不是我母亲，你以为我会和她在一起吗？"

当初霍绥会和宋舒怀在一起，就是因为宋舒怀是隋佳蓉硬塞给他的，而霍绥根本没有办法拒绝。因为那天……霍绥抱着苏花朝出了医院，求隋佳蓉放过苏花朝。

隋佳蓉答应了，但是要求他断了念想，和宋舒怀在一起。

霍绥看着苏花朝安静的侧脸，生生地把眼里的泪给憋了回去，点头说了声好。

宣志译是知情人之一。宣志译问他："你有喜欢过她吗，哪怕只有一点？"

"怎么可能。"他从始至终，眼里就再也没有过其他女人。

他的世界原本是黑白的单调世界，后来有人闯进了他的世界，给他的世界增添了色彩，令他焕然一新。所以自那之后，便再也没有第二个女人可入他的眼。只因他的眼里早就住了一个人，哪里还能容得下第二个人经过。

宣志译："哥。"他这一声，像极了幼年时，他跟在霍绥身后，迈着腿追着霍绥说："哥，你等等小志，小志跑得慢。"

霍绥叹了口气，收起步子等他。

宣志译迈着步子紧赶慢赶地追上了霍绥，气喘吁吁："哥，你个子太高了，小志才一米三。"

霍绥原本有些不耐烦的，听了这话却向他伸手。宣志译诧异："哥？"

霍绥见他一脸犹豫，拉过他的手就往前跑。

那个时候，宣志译是跟在他身后的小小少年，眼里只有霍绥宽阔的背影。

时隔多年，他再一次以这样的语调喊霍绥哥。霍绥的手停在半空中，最后揉了揉他的头发："小志。"

宣志译说："哥，我好像……一直以来，都错了。"他说完，号啕大哭。

霍绥扯了个笑，说："知错就改，就是好的。"

现下，在苏花朝的面前，宣志译的哭声越来越响，哽咽着说着过去的种种："苏花朝我对不起你，当初我应该听霍大哥的，这些年我对你产生了误解，真的对不起。"他又说，"苏花朝，你和我哥好好的吧，他是个好人，你对他好点。"

他没有头绪地说了一大堆，苏花朝坐在位置上安静地听着。许久，等哭声渐缓，苏花朝悄无声息地退出房间，轻手轻脚地关上门。警察就在门外，她淡笑道："我们在哪里做笔录？"

警察指了个方向，苏花朝笑着跟警察去做笔录。

等到笔录做完，她问警察："一般会判多久？"

警察边整理着记录边说："犯罪后逃逸的，处三年以上有期徒刑，逃逸致人死亡的，处七年以上有期徒刑。你朋友他……大概是七年，没的跑了。"

苏花朝有一瞬间的微滞。七年……人这一生，有多少个七年？他真的要在牢狱中艰难地、孤独地度过那最好的七年吗？七年以后，他还是那个桀骜不驯、霸道不拘的少年吗？他还会染着奶奶灰的头发为所欲为吗？就这样了吗？

故事的结局，就这样潦草地结束了。她有些失神地走出派出所，抬头，天空中竟没有一丝的雪花。

今日晴，无雪。阳光穿破云层，经过那枯朽的枝丫，照在她的脸上。苏花朝眯着眼，左右张望，最终在一株梧桐树下找到了霍绥的车。

他还没走，他还在。

苏花朝勾了下唇，脚步轻快地向他走去。

她伸手拉开车门，车厢内温暖的热气氤扑了她一脸。她进了车里，关上车门，车子发动的瞬间，她猛地扑到霍绥的身上。

霍绥下意识地搂住她，低头，锐利的眉眼上染了少许的温柔之色：“怎么？”

苏花朝笑着摇头，搂着他的手却不自觉地收紧。

瑞尔银行在CBD里，苏花朝跟着霍绥去银行也不是个事，于是中途就下了车，自己一个人逛商场去了。

年底了，商场都在打折，人很多，热热闹闹的。苏花朝穿过人潮，到了顶楼。顶楼卖的都是奢侈大牌，人相对而言少了一些。

苏花朝走走逛逛的，竟然遇到了宋舒怀。当时苏花朝刚巧看上一款领带和袖扣，想着搭上霍绥的衣服大概不错，便叫人给自己包了，正准备往外套区走的时候，迎面就碰上了宋舒怀。

命运是如此猝不及防地将二人从人潮中推了出来，让她们站在明晃晃的光亮处对视。

宋舒怀不是一个人来的，身边还有个人。苏花朝对她身边的男人隐隐有些印象，似乎见到过，但记不太清了。

人总说生意场上混久了，识的人多，记的人也多。可苏花朝偏偏相反，她的记忆力逐渐下降，前段时间刚合作完的人，放在现在，她在微信好友里找了几遍，也没认出哪个是哪个。

宋舒怀和身边的人说了几句话，苏花朝看到她忸怩一笑，娇羞地拍了拍男人的胸膛，男人和她咬了咬耳朵，便走出了店里。

她径直走过来，眼神直勾勾地落在苏花朝身上。她们的身高差不多，苏花朝今天穿的是双平底鞋，而宋舒怀穿了双高跟鞋，导致她走路的气场有些不一样，她说：“这么巧啊？”

苏花朝不卑不亢：“真巧。”然后意有所指地道，“你换人的速度还挺快的。”

这个圈子里的一些人总会莫名其妙有那么些怪癖。比如说哪怕宋舒怀家世再显赫，但总会找那么个男人攀附着，姿态并不低廉，成年人之间的情爱往来，这些都是默许的。

大多数都是这样，哪有谁会真的为了谁忠贞不渝？

宋舒怀说："总不可能把一辈子搭在霍绥身上，你说是吧？"

"是啊。"苏花朝笑，眼神失焦，"现在想想，宣志译也不过是你的一位过客，玩玩也就算了，是吧？"

宋舒怀的脸色陡然一变："宣志译那人太幼稚，我和他没谈几天就散了。"

真是可笑啊！宣志译和宋舒怀又不是第一天认识，从小到大的交情，他幼稚这点，她也不是后来才发现的。宣志译的幼稚与莽撞是经年累月，是一如既往。

苏花朝有丝不解："你真的能过得好吗？"

"什么？"

"宣志译进局子了，说是要判七年。"

宋舒怀沉默了半晌，问："那关我什么事呢？"

苏花朝说："是啊，是不关你什么事。"

宋舒怀听出了她语气里的嘲讽，不耐地道："他进局子那是他的事，他自己不成熟，总是做些傻事。怎么，这还能怪我？依你的说法，是不是得我替他分担一些啊？"

苏花朝摇摇头，淡淡地笑。她从宋舒怀的身边走过，经过她的时候停下，两个人并肩而立。苏花朝顿了半晌，最后只一声低笑。

她往上衣区走去，背后的人陡然拔高了声音，喊她："苏花朝，你不就是仗着身后有个霍绥吗，有什么好得意的？"见苏花朝随意拨了拨衣架上的衣服，没作声，宋舒怀继续道，"说到底，你不就是个生父不详的野种？"

苏花朝动作一滞，指尖沿着那丝滑的布料渐渐下滑，心脏瞬间揪成一团。她这些年已经有太久没有听到过这样的词语了，带了生猛的挑衅意味，火药味十足。

苏花朝有时候很想不通，一个人说话一定要这么尖酸刻薄吗？

非要攻击对方的身家背景，非得刺到家人身上，这样才算是胜利吗？更何况她有父有母，父母健在，只不过她比野种更好听一点，叫作弃子——是被抛弃的，不是偷偷生下来的、不知姓名、父母不详的野种。

苏花朝的语气分外平静：“有时间，就去看看宣志译吧。”毕竟他那么爱你。

可后面那句话倒像是道德绑架一般，她说不出口。毕竟他那么爱你，你去看看他吧，虽然你不爱他。

是他心甘情愿，真心错付，才导致他走到了如今这一步。但若真的细数过来，宋舒怀在这其中真的没有错吗？

她利用宣志译盲目的爱，诱导他做各种错事，才让他走到今天这一步。真要算个清楚，宋舒怀不是没有错的。错就错在一个用情太深，一个善于用情。

她想了想，觉得这家店实在没办法逛下去了，绕到另一侧的通道走到收银台前，划了卡，拿走自己买的领带和袖扣。

她出门走了些许路，遇到了方才站在宋舒怀边上的男人，他手上掐着根烟，笑着喊了她一声：“嫂子，别来无恙啊。”

那音调和语气让苏花朝一激灵，瞬间想起他来了——那晚酒吧，他的手放在她的腰上，语气轻浮，三分匪气地调笑她。

不过是这样的货色。苏花朝想，宋舒怀真是越活越回去了。

她微微转身，看到宋舒怀依旧站在服装店内，仍然是那个姿势，未动半分。

对面的男人含着根烟，笑得低沉。苏花朝朝他略一颔首，便离开这座商场了。

晚上的时候，霍绥拿着份合同回来，随便放在茶几上，说了句：“隋禹给你的。”便进浴室洗澡去了。

苏花朝拿起来一看，是餐厅的转让合同。

得，这下她莫名其妙多了家餐厅要劳心费力了。

她打电话给隋禹，电话接通之前突然想起明天就是他走的日子，便打算软下语气，但他的电话始终没接。苏花朝觉得奇怪，他的手机向来是放在兜里的，难不成是调成静音了？

霍绥洗完澡出来的时候，看到苏花朝低着头反复打着电话，走过去一看，伸手把她的手机给夺了，按了挂断。

“你抢我手机干吗？”苏花朝作势要去抢回来。

霍绥说：“他这会儿估计在飞机上，哪能接你的电话？”

苏花朝愣住了：“不是明天的机票吗？”

“今天的，他先去上海，再转机去巴黎。”霍绥边擦头发边说，“隋家耳目众多，他没法说太多。”

苏花朝点了点头，拿回手机，想了想，给他发了条短信，说一路平安。

她摆弄着手机的时候，突然想起一件事，说：“过几天有个慈善拍卖会，霍爸说让咱们俩一起过去，你有时间吗？”

霍绥：“什么时候？”

“腊月二十七。”

他点头：“成。”

南城一年一度的大型慈善拍卖晚会云集了各类官宦子弟与富贾，霍孟勉每年致力于公益事业，在今年的拍卖会上也是拿出了几幅名家名作给主办方。

一到晚宴的酒店，霍孟勉便被人拉住攀谈：“老霍啊，你可真是越看越年轻了哦。”

霍孟勉乐呵道：“老左啊，你每年都这么几句话，烦不烦？”

左瑞笑眯眯的，两个人的位置就在一块儿，一起坐下之后，他不经意地道：“怎么就你一个人来？你大儿子没来？”

霍孟勉：“你说阿绥啊，待会儿就来。”

左瑞点点头，左右看看，见没人往这边瞧，凑近他说：“我可把我女儿带过来了，要不咱们俩撮合撮合，让他们见见面？”

霍孟勉有些犹豫：“这不太好吧，你也知道阿绥向来不喜欢我插手他的事。”

“哎，咱别太刻意嘛，待会儿一桌吃饭，让他们俩坐一块儿，接下去的事让他们自己把握，不就成了吗？”

霍绥的婚姻大事向来是霍孟勉所担忧的，虽然他提了几次有女朋友，可霍孟勉没有见到过真人。霍孟勉问了几次小张霍绥最近待在哪儿，小张的嘴也是真严实，都说就住在大小姐那儿，别的地方哪儿也没去。

霍孟勉知道了，霍绥一准就是拿借口搪塞他！

他当下便答应了左瑞。等到霍绥和苏花朝到会场的时候，他笑眯眯地把位置给让了出来，拉着苏花朝坐在一边。左边的两个位置空着，霍绥慢条斯理地理了下领口，转身坐下。没过多久，他的眼前闪过一个人，穿着条薄纱裙，裙上绣着精致的玉兰花，高定长裙镶着金边，在会场的暖光下熠熠发光。

即便如此，他也没抬头看一眼，微垂着头，不知道在想些什么。

余光里，来人的裙摆四处乱晃，人倒是活泼极了，咋咋呼呼的：“花朝姐！”裙子的主人越过他和霍孟勉，和坐在里侧的苏花朝打招呼。

苏花朝转过头，见到左向晚的时候，眼里闪过一抹亮色。她和霍孟勉说见到朋友了，要过去一趟，然后起身过去，和霍绥换了个位置，霍绥十分痛快地便和她换了。

一旁的霍孟勉和左瑞一时无话。千算万算，算漏了这么一卦。

苏花朝笑着说：“你今天真美。”

女孩子嘛，都喜欢被人夸好看，左向晚也不例外，笑嘻嘻地道：“花朝姐，再美哪有你美呀。”

说的倒是实话，没有一点恭维的意思。

苏花朝今天穿了条很简单的黑色裙子，乍看十分简单，但细节处见真章，后背处格外有心机地开了大半，露出光滑洁白的背脊。她将头发绾至一侧，那蝴蝶骨当真是夜色中最诱人的景色。

而且黑色虽然百搭，但大部分人穿着都会显老气，她没有，整体看上去很典雅、精致，像是暗夜里的黑色玫瑰。有一束金光倾泻一地，分它一点亮色，便成了一种绝色。

左向晚心驰神往："我要是也像你这样好看就好了，那我就能包养无数个小鲜肉了。"

苏花朝到底是忘了这人和正经这词，压根就不靠谱！

两人没聊一会儿，拍卖会就开始了。

拍卖会无聊得很，苏花朝等了一会儿就有点困，突然肩上一沉，她微微侧头看去，发现左向晚已经呼呼大睡了。左瑞无奈地道："怎么就睡了呢？"

苏花朝说："大概是有点累了。"

左瑞连连叹气，苏花朝以为他是因为左向晚不分场合就这样睡觉而叹气，哪里晓得是因为她和霍绥换了位置。原本左向晚这一靠，是该靠在霍绥身上，左瑞是为这个叹气的！

到了拍卖会结束，晚宴也就开始了。

晚宴的位置倒还不错，苏花朝、霍绥、左向晚三人坐在一起，左瑞和霍孟勉坐在左向晚的另一侧，吃饭的时候，左瑞频频将话题扯到霍绥身上。

他先是问："阿绥最近在做什么？"再到，"×××和你年纪差不多吧，好像儿子都有两岁了。"最后甚至对霍绥说，"阿绥喜欢什么样的女孩子啊？左叔叔可以给你介绍的。"

他这般直白，苏花朝和霍绥哪里还不知道他想要表达什么，只是饭桌上还有个人迷糊着，只顾着埋头猛吃桌上的吃的。

苏花朝一副看热闹的表情，想看霍绥怎么应对。

霍绥瞥了她一眼，放在桌子下面的手悄悄拉住她的，与她十指紧扣。他的面上仍旧不动声色，说：“我已经有女朋友了，左叔。”

左瑞猝不及防，扭头恼怒地瞪了霍孟勉一眼。霍孟勉蹙眉说：“你这句话我听了很久了，阿绥啊，你说你到底什么时候带回家给我看看啊？”

霍绥正组织着语言，紧握着的那只软软的小手扣了他的手心一下，然后他整只手都在冒汗了……

他说：“哪有刚在一起就见家长的。”

霍孟勉：“你年纪也不小了。”

霍绥：“她还小。”

这倒是霍孟勉想不到的，在他心里，霍绥是不喜欢那些小姑娘的，太幼稚。他以为霍绥的“小”是指大学生。

霍孟勉说：“那也不能太晚。”

左瑞咳了一声，脸色十分不好地看向霍孟勉，低声：“你早知道他有女朋友也不和我说？老霍，你这人越来越不靠谱了！”

霍孟勉也压低了声音：“我以为他骗我的，哪想到是真的。”

另一边，苏花朝从他的手心里抽出手，说要去上厕所。过了两秒之后，霍绥也说要去厕所一趟。霍孟勉和左瑞都没有发现异常，两个人已经争得面红耳赤了。

一个说：“你不实诚。”

另外一个说：“我也不是故意骗你的。”

两个家长就像小孩子打架一样，幼稚地吵了起来。

到后来，左瑞气得靠在椅背上直生气，转头一看，自己的女儿还在埋头猛吃。他怒得揪左向晚的耳朵：“吃吃吃，就知道吃！”

左向晚十分委屈：“爸，你干吗？”

左瑞：“你说说，除了吃，你还知道什么？”

左向晚说了一大堆：“玩游戏、逛街、喝酒……哎爸，痛痛痛！”她抬着头，姿势诡异，吸引周边许多人看了过来。

左瑞愤愤地松了手，敲着桌子：“你什么时候才能让我省点心啊？”

左向晚：“我也没干什么啊……您干吗呀？”

“我就想你找个男朋友。”

父女俩吵得不可开交，霍孟勉在一旁听着也有点尴尬，当下拉开椅子，说自己也去趟洗手间。

洗手间里，苏花朝低头洗手，水声淅沥。她背后站着霍绥。

她扯了张纸擦手，擦完之后把纸巾扔到了垃圾桶里。她抬头，正对上一双眼睛，只见里面满含不满、恼怒，他从家里出来就是这样，连收敛一下都不愿意。苏花朝知道，他这是不满她今儿个穿的裙子！

背上露出大半的风景，从一进酒店，苏花朝就感受到各种目光。女人嘛，总归是享受被瞩目的感觉，而且她也难得如此张扬一次，如果不是因为霍绥在身边，她也不会穿这条裙子。

但霍绥从看到她穿这条裙子的时候就极其不满，端坐在家中客厅的沙发上，铁青着脸让她换下。苏花朝直接忽视他，问傅遇：“阿姐穿这条裙子好看吗？”

拿着杯子准备去厨房接水的傅遇停下脚步，面无表情地看了几眼，说：“好看。”

苏花朝满意：“眼光好。”她轻飘飘地道，“有些人眼光真差劲。”

霍绥冷笑：“要不然怎么会看上你？”

她当下就一眼扫了过去，拿着手包，一言不发地往外走，随后换鞋、开门。在门打开的时候，她的手背上覆上一片温热，他的手比她的要大很多，他轻松地把她的手给包在手心，用稍稍有点无奈的口吻说：“很好看。”

“哪个？”

“你。”他顿了顿，补充，“还有裙子。”

而现在，看着正跟自己赌气的霍绥，苏花朝的嘴角不自觉地上扬，终于妥协：“我把头发放下来，行了吧？”她伸手解着扎在一边的头发，不知道是什么原因，解了好几遍都没解开。

霍绥上前看了一下，见是扣子和皮筋绞在一起了，难怪她解不开。他手指灵活、快速地帮她解开后，手却没离开，沿着发丝到了她的后背。

苏花朝左右看看，担心道："这儿有人会过来。"

霍绥也有分寸，知道这里不是调情的好地方，但也没收手，眼眸里暗含着某种情愫，灯光打在他的头顶，如刷子一般的睫毛投下一片阴影。

苏花朝突地踮起脚尖，吻上了他的唇。

霍绥含笑看她："这么主动？"

苏花朝这才知道他就是故意摆出这个样子，让她自己送上门去！

苏花朝白了他一眼，转头就走。

身后，霍绥晚了几秒，倏地拔腿小跑着跟上她，拉住她的手，低声道："慢点。"

苏花朝立马抽出自己的手，往前面看了看，眼里的意味十分明显，宴会厅里多的是认识他们俩的人，他们现在还没到公开的时候，这样子到底是不像话的。

霍绥望着自己空空的手心，心里有些怅然若失。但也只有几秒，几秒之后，他恢复冷峻的面容，同苏花朝一起进了宴会厅。

他们刚刚进去，长长的走道里，有个人从一侧的通道里走了出来。

霍孟勉的手止不住地颤抖，浑身发颤，直冒冷汗。有服务员走了过来，恭敬地问他是否需要帮助。

霍孟勉没说话，服务员这才发现他的瞳孔都有些涣散。服务员急了，说："先生，您还好吗？"

连喊了几声之后，霍孟勉才有反应，费了好大的力摇摇头，说："没事。"然后推开服务员，走进了宴会厅。

餐桌上，霍绥和苏花朝两个人中间隔了一臂距离，两个人其实连普通的交流都很少有，基本上都是有人问到他们，他们才会说话，而且他们两个之间，连眼神沟通都少得很。

霍孟勉压抑着内心的悸动，面色沉稳地回了位置上。

左瑞见他回来了，不满地道："怎么去了这么久？"

霍孟勉说："身体有点不舒服。"

左瑞闻言，视线落在他的身上，见他脸色煞白，有点担心地道："你要不要提前退场？我和主办方说一下就行。"

霍孟勉想了想，说道："拍卖的画，地址还没给我，我现在还不能走。"

左瑞说："这还不好办，霍绥和苏花朝都在，给他们就行了。"说完，他叫霍绥，"你爸身体有点不舒服，先走了。"

霍绥连忙起身，眉头紧锁，走过去搀扶霍孟勉，低声问他："怎么突然不舒服了？"

"胃不舒服。"霍孟勉淡淡地说道。

霍绥说："我送你医院。"

"不用，我让司机送就成。"

霍绥不容置喙地道："我送你去。"

苏花朝小跑过来，担忧地看着霍孟勉："霍爸，你怎么了？"

霍孟勉笑笑，说："胃有点不舒服，难受，想吐。"

苏花朝连忙说："怎么会突然这样？这要去医院的呀。"

霍绥紧绷着脸说："我送你过去。"

霍孟勉说："不用，而且这边还有点事，你们得在这儿。"

霍绥说："苏花朝留在这儿就行。"他当真是滴水不漏，当着霍孟勉的面叫苏花朝都是连名带姓。

苏花朝脸色如常："我在这儿就行。"

霍孟勉面不改色地点头，嘱咐了苏花朝几句待会儿要做的事，又说让她待会儿早点回去。

苏花朝说："霍爸您别念叨我了，先去医院吧。"

霍绥也说："脸都白成这样了，别说了，先去医院吧。"他的语气不容置喙，扶着霍孟勉就出了宴会厅，直直地往停车场方向走去。

苏花朝目送他们离开之后，便回身往宴会厅去了。

没过多久，拍卖会的负责人就来找她办理手续了，苏花朝留了画廊经理的电话，说具体的事宜明天打电话联系就行。

处理好之后，她直接打电话给司机，让司机在酒店门口等着，她马上下来。

室外风大，雨夹雪的天气，她这样的穿着打扮，除了吸引众人的目光，别无它用，连点御寒的功效都没有。一出酒店的大门，寒风凛冽，吹得她骨头都像是灌了铅一般。

苏花朝总觉得今年的南城格外冷，是一种透彻骨髓的冷。

她在楼下的大堂里等着司机把车从地下停车场开过来，等了没多久，司机就给她打电话说在外面了。

苏花朝站在大堂的阴影处，左前方就是根柱子，刚好遮挡住她的位置。

对面的电梯开门，从里面下来两个人。苏花朝转头的动作晚于抬腿，等到她发现那两个人是莫绍棠和苏启正的时候，为时已晚，他们已经遇上了。

只是苏启正的状态似乎不太好，他佝偻着背，右手捂在胃的地方，苍白着脸，额上还冒着汗。

他们也见到了苏花朝。苏启正在见到苏花朝的时候，脸上一喜，接着缓缓地直起腰杆，微笑着说："花朝，你也在这儿啊。"

苏花朝看到他抽出被莫绍棠搀扶的手，双手在衣服上蹭了蹭，有些无处安放，握紧又松开。

紧张什么呢？她总不会吃了他不是？

苏花朝冷淡回应，说："真巧。"

莫绍棠笑着说："花朝今天很漂亮，爸，您说是吧？"

苏启正连连点头："是啊，很漂亮，真的很漂亮。"

头顶上的水晶灯亮闪闪的，晃得苏花朝心烦意乱。她扯了个笑，便匆忙地转身要走，却没想到莫绍棠抬高音量叫她："爸爸的身体不好，这边哪里的医院比较好？我带他过去看看。"

苏花朝的脚步一滞，在原地顿了几秒，硬邦邦地扔下"军总医院"四个字，接着慌不择路，快速地消失在自动门外。

大堂里，苏启正的胃痛到极点，那短暂佯装安好的举动似乎夺走了他大半的气力，当下他的脸上止不住地冒汗，双腿都在颤抖，被莫绍棠搀扶着，表情万分痛苦："她没有看到我那个样子吧。"

莫绍棠安慰道："没有。"边说边扶着苏启正往外走，"爸，你的身子不好，以后少喝点酒。你先别说话了，我带你去医院。"

苏启正仍旧在纠结："她一定看到了，花朝她眼睛好，肯定看到了。"他边说，边拿着衣袖擦自己额上的汗，拿下来一看，深色的衣服湿了大半。

他心想苏花朝一定看到了吧，看到她的父亲这落魄的样子。

等到上了车，他倒在后座，痛苦地闭着眼，手捂在胃部，稍稍缓和了一些痛楚，胃上方的那个地方，却仍旧一抽一抽地疼。

时隔多年再次回来，他的女儿成了他理想中的样子，像陈清月一样美丽，不，她比她的亲生母亲要美得多；她很优秀，有自己的事业，能独当一面了；而她身边有个人叫霍绥，对她很好很好，再过不久，他们就要结婚了。

其实她比他想的还要好得多，她没有陷入被抛弃的阴霾中，始终活在晴空之下。一如多年前她出生的那天，晴空万里，百花齐放。

其实她原先不叫这个名字的，当时两家的老人商量了一个名字，还特意拿去让算命的算了一卦，说起那名字注定苏花朝会有个好命数，却是普普通通的一个名字，普通到苏启正现在都想不起来了。当时他便拒绝了，说叫花朝，女孩子嘛，名字好听些多好。

两家人又拿着苏花朝这个名字去找算命先生，生辰八字、姓名笔画，所有的算下来，统一得出的结论是大凶，说她将一生多舛无所依。苏启正是正儿八经的大学生，接受先进的教育，他全然不信邪，只说这名字好听，寓意也好，就叫这个。

在国外的这些年，他事业有成，表面上光鲜亮丽，私底下却只是个普通到极致的人，也会想家，会想到苏花朝。可惜再想都无济于事，因为先放手的人是他。

为人父到这种程度，苏启正自问是有愧的。所以回来的这段时间，他努力减少与苏花朝见面，哪怕两个人住得门对门，苏启正也不敢轻易去敲苏花朝家的大门。

他知道苏花朝不欢迎他，知道她十分抵触自己，那好，他便不见她。苏启正现在的要求太简单了，只要苏花朝好好的，就好了。

到医院的路程并不太遥远，莫绍棠停好车，打开后座的门叫苏启正："爸，医院到了。"他的头顶正好有盏路灯，灯光照进车内，打在苏启正苍白的脸上，脸上的汗多得像是泪。

莫绍棠听到他迷迷糊糊地喊："是爸爸对不起你，花朝啊……是爸爸的错……"

苏启正胃痛得晕倒了，却还是惦记着苏花朝。大概父女亲情向来如此。

莫绍棠的喉结上下滚动了几下，眼神克制而又隐忍。何必呢，当初要是没有放弃苏花朝，也不至于到现在的局面。

他低头给苏花朝发了条短信，接着伸手把车里的苏启正给架了出来。架着和自己的个子差不多高的苏启正，他略微有点吃力，踉踉跄跄地走进灯光明亮的医院里，对护士喊："医生，我父亲病倒了！"

医院内立时一片忙乱，人影幢幢。

医院外，苏花朝拿着手机从车里下来，她从出酒店开始就一直跟在他们后面。原本她是不准备出来的，可在看到莫绍棠给她发的短信之后，在车内坐了不到半分钟，便下了车。

那天满城风雪，大雪纷飞。苏花朝裹着大衣，哆嗦着身子，一步一步慢而坚定地走进医院里。

她看到苏启正被抬到病人推车上，被几个医生和护士推进了电梯里，莫绍棠跟在后面。电梯门关，苏花朝看到电梯在八楼停下。

她扭头，伸手想要按下上行键，却在指尖接触到那冰凉的按键的时候，浑身一颤，收回手。她想了想，又犹豫着伸出手，随后又收回，如此重复了数十遍。

最后，她咬牙，终于按了下去。

同一时刻，霍宅。

霍孟勉的家庭医生早早就在家里等着了，等到他们回来，看了下霍孟勉的身体状况，发现也没什么大事，就是血压高了点，只要注意饮食，保持心平气和就行，没多大事。

霍绥看了看时间，也不早了，便说："那我先走了。"

霍孟勉躺在床上，声音平和："今天就在家里住下吧。"

"不了，她等我回去。"霍绥的声音里隐隐带了点温柔，"爸，您先休息吧。"霍绥说完，就打开了面前的房门。

就在他拉开房门的瞬间，霍孟勉的话令他怔了一下："和花朝是什么时候开始的？"

在这一刻，霍绥的心里没有惊讶、震惊，反而平静得可怕，像是一切尘埃落定一般。他收回手，转身回望霍孟勉，没有一丝一毫的遮掩，也不辩解，坦诚地承认："有几年了。"

"有几年了啊，"霍孟勉觉得自己眼前一阵雾蒙蒙的，"那怎么一直不说？"

霍绥说："她不愿意。"

"那现在呢，她愿意了？"

"嗯。"

室内突然陷入了一片沉默，父子俩一个半躺在床上，一个笔直地站在门口，头顶上水晶灯的光落在霍绥的眼里，照得他那双黑眸分外明亮，深邃如漆黑的夜，又像是白昼时最清澈的河。

霍孟勉缓缓地闭上眼，霍绥虽然是他的亲生儿子，但他从来都没有摸清过霍绥的想法。

关心得少？有的。不在意？也有的。沟通交流少？在很早之前便是了。所以，他不懂霍绥，也很正常。

可是霍孟勉无力地道："为什么非得是花朝呢？我一直以来，都是把她当作我的亲生女儿的，阿绥……"

最后两个字重重砸在了霍绥的胸腔上，他屏息道："因为是她。"

因为在他陷于黑暗和地狱中，只有她伸出了一只手。那小小的手掌，掌心纹路错综复杂，没有一条线是清晰的，指尖发白，还有些微微的颤抖。

那天她说："霍大哥，我在乎你啊。"这句话落在霍绥的耳里，如盛夏突至的沁凉雨丝，又如天籁之音。所以自那以后的很多年，霍绥对此念念不敢忘。

真的只能是苏花朝，其余任何人都不可能。没有人像她一样自带万丈光芒，照亮他那迷茫、黯淡的人生。

霍绥说话的口吻，像极了二十几岁时的霍孟勉。那个时候他是意气风发的少年，而彼时的陈清月是天外来客，乘风踏月而来，惹皱一池春水。

他爱陈清月爱得无法自拔，甚至同家里放出狠话，说此生非她不娶。可后来呢？他不也娶了他人，与隋佳蓉举案齐眉，并且生下霍绥。人这一生并不是非谁不可的，爱情是一回事，婚姻又是另一回事。

霍孟勉活了大半辈子，经历过各种波澜起伏，如今对一切都已经了然。人生嘛，不过是慢慢书写"将就"二字——将就着过，凑合着过，这样的人生虽平淡无奇，但总不会出错。

他也不是没有过特立独行的时候，也娶过陈清月，得到了想要的爱情，可到头来还是惨淡收场。有些人天生适合恋爱，而有些人却在爱中逐渐老去，只想一生平淡。

霍孟勉屏息许久后说："想听我的看法吗？"

"如果是反对的话，就不要说了。"

"你就这么非她不可？"

"也不是。"

霍孟勉想，那还有一丝余地。

"可没了她，我活不下去。"

霍孟勉浑身一怔，难以置信地看向霍绥。他在那一刻实在难以理解，霍绥这样性子的人，竟会说出这样的话。

霍孟勉叹了一口气，说："算了，反正无论如何，你也听不进去我的话。"

霍绥说："但我需要您的一句肯定。"

他和苏花朝两个人如果真的要结婚，要携手走下去，势必要得到霍孟勉的支持的。霍绥太清楚苏花朝了，她看似坚强冷血，其实心比谁都软，也比谁都在乎血脉亲情。她看重霍孟勉的想法、陈清月的想法，所以他必须说服霍孟勉和陈清月。

"如果她的母亲不是陈清月……阿绥，我一百个支持你。"霍孟勉已然合上了双眸，视野丧失，他的头脑却分外清醒，浮现出陈清月的身影。

霍绥说："就因为你和她母亲曾在一起过，所以我就不能和她在一起，是吗？"

霍孟勉的脑海里，陈清月正对着他笑。她还是那么美，美得令他失了所有的言语。

霍孟勉倏地睁开了眼，所有的一切都烟消云散，他的眼前是他的亲生儿子，正笔直地站在自己的面前，脸上的表情平静而又坚毅。

到底是错过的爱情重要，还是亲情重要？霍孟勉垂下眼眸说："等你处理好你母亲那边，我就去找她，让她把女儿嫁给你。阿绥，我能做的也就只有这么多了。”

爱情炙热如火，燃烧了他前半生所有的精力。所以此去经年，他丧失了所有的爱，包括对自己亲生儿子的爱。

时过境迁，他已满头白发，再无任何奢望，唯一的希冀便是膝下的两个孩子都能好好的。

“花朝是个好孩子，我也是真的喜欢她，你如果真的想娶她，”霍孟勉有些说不下去了，喉咙哽住，颤抖着说，“对她好一点，她也不容易。”

霍绥闻言，垂下眸，嘴角却微微往上勾起，答：“会的。”

霍绥离开霍宅之后便开车回到公寓。他打开门，没看到苏花朝，甚至连沙发边的地灯都没亮，室内安静无声。他蹙了蹙眉，往二人的房间走去，打开房门，里面空空荡荡，唯有清冷的月光落满地。

霍绥抿了抿唇，退出房间，正好傅遇的房门打开。

傅遇手里拿着杯子，见到霍绥之后往他身后扫了几眼，没见到苏花朝，诧异地道：“阿姐呢？”

霍绥：“她没有回来？”

“没。”

霍绥看了眼腕表，此时将近十点了，她不该还没回来。霍绥拿出手机给苏花朝打电话，刚开始是没人接，后来便是直接挂断了。霍绥心里陡生一种不好的预感，手里的手机又响了两下，他打开，是苏花朝发来的短信：“我有点事，今晚晚点回家。”

霍绥握着手机，他其实很想问到底是什么事，让她连接他电话的时间都没有，他总觉得发生了什么不在他掌控之中的事。

傅遇去厨房倒了杯水，回来就看到霍绥直立在客厅中央。没有开灯，室内只有走廊处的壁灯亮着。傅遇径直越过他，回到房间，合上了房门。

客厅里只剩下霍绥一人。他表情晦涩，意味不明，眯着眼不知道在想些什么，但浑身上下都散发着一股阴冷的气息，似是比窗外的暴风雪还要刺骨。

好久之后，他才握着手机坐到沙发上。

他没有再给苏花朝发短信，只是安静地坐在苏花朝常坐的位置上，一言不发地等着苏花朝回来。

窗外的风雪很大，随着时间的流逝，夜越发地阴森，雪也越来越大，天像是破了个口子一般，下得没完没了。他就在这深沉夜色中悄然入睡。

莫绍棠坐在手术室外面的椅子上。不远处传来脚步声，他循着声音抬头看去，看到来人，没有一丝惊讶。他似乎向来都是宁静的，没有一丝其他的情绪。

他勾了勾唇，脸上却没有丝毫笑意，和她打招呼："来了。"

苏花朝的脸色不太好看，别扭地应了声，在他边上坐下。她抬头，正对上亮着的"手术中"这三个字。犹豫了好久，苏花朝问他："怎么就手术了？"

"今晚应酬，我去了趟洗手间，回来的时候就看到爸喝了点酒。"说着，莫绍棠轻嗤了声，"身体不好，还不知道照顾自己。"

苏花朝想起短信里的内容，纠结好久，咬牙问他："胃癌……是早期还是晚期？"

"晚期。"莫绍棠捏了下太阳穴，从胸腔中吐出一口浊气，说，"他一直没说，也怪我，总是忙着工作，没注意到他身体的变化。我也是今年才知道的。"

"哦。"

"他回来就是想看看你，没别的想法。"

"嗯。"

"他也没想过用这个病拖累你。"

"嗯。"苏花朝双眼发酸。

“他在国外常和我说你是个很好的孩子，只是你们没有缘分，父女之间的感情少了些。”见苏花朝微仰着头，不说话，莫绍棠继续道，“他这人好强，好面子，进手术台之前还拉着我的手，说千万别让你知道这件事。”

苏花朝觉得医院的灯光可真刺眼，刺得她双眼都发酸发涩，眼前一片雾蒙蒙的，总是忍不住想落泪。

“他没有结婚，在国外一直是单身。我是他领养的，和他没有血缘关系。”

苏花朝猜到了。

“他的手机桌面是你的照片，他每年都会回国待几天，就是为了看你几眼。但是霍绥不同意，说你现在生活得很好，让他别去打扰你。”

苏花朝睫毛颤动。

“他就真的只是远远地看着你。苏花朝，他或许也有做错过，但他心里始终有你。”

一字一句，莫绍棠都用最平淡的语气说，仿佛在谈论今天天气如何一般，但字字戳心，字字伤情。

苏花朝的脸上，陡然滑下了一滴泪。一定是因为医院的灯光太亮，室外的风雪太大，她今天穿的衣服太少，要不然，她才不会……软弱地流下眼泪。

她说：“何必呢？”

“是啊，早知如此，何必当初。”莫绍棠平静地道，“可是没有当初。”

苏花朝扯了下嘴角，轻声问：“手术要多久？”

“不清楚。”

“嗯。”应完以后，她也没动身子，双手插在兜里，安静地坐在位置上，等着紧闭的门随时打开。

过了很久，手术室的门终于打开。苏花朝坐在一侧，看到苏启正苍白着脸躺在手术推车上，闭着眼，睡颜安详。身边的莫绍棠起身问医生具体的情况，而苏花朝只是安静地看着渐渐远去的苏启正。

等到他消失在自己的视线中之后，莫绍棠走过来说："医生说手术挺成功的，他大概要睡一会儿，你要不先回去吧。"

苏花朝说："他回来，什么都没有带吗？"

莫绍棠被她突如其来的问题给问愣了一下，接着立马回道："带了一箱东西，就在家里的书房，我带你去看看吧。"

她扭过头，轻点了下头："嗯。"

等到了公寓，莫绍棠边开着家门边问她："不先回去吗？他或许在等你回家。"

苏花朝摇了摇头，跟在莫绍棠的身后进了家，接着走进书房。

书房收拾得干净整洁，书柜里摆放着各种商业书籍，中文的、英文的、法文的，苏花朝粗粗扫了一眼，最后目光停留在一处。

在窗台边的角落处有一堆的邦尼兔，灰色的、红色的、粉色的、白色的，大号、中号、小号，各式各样，数十只兔子。

那是贯穿苏花朝童年回忆的唯一一样东西，在锦市那个小小的县城里，苏花朝唯一的玩偶，就是苏启正托大学同学从新加坡带回来的邦尼兔。她每天都带着兔子，连睡觉都和它一起，爱不释手。

苏花朝走近那堆兔子，缓缓地蹲下身。

他还记得她曾经的喜好，时刻都记得，没有忘记……

苏花朝想，够了，真的足够了，至少证明他的心里是真的有她的，够了……

莫绍棠在身后悄悄地关上了门，书房里的啜泣声低而轻，不像上次在走道里见到的那样，哭得撕心裂肺，这次哭得小心翼翼的，像是只猫一样。

是命运悄无声息地将她推到了这一步。苏花朝坐在地毯上，柔软的羊毛地毯垫在屁股下面，让人分外舒服。

窗外太阳升起，日光洒落在她的肩头，室内开着暖气，温暖而又舒服。

昨晚下了一场大雪，今早醒来，却又是阳光充裕的一天。

屋顶上的积雪在熹微晨光中渐渐消融，枝丫上的积雪被呼啸的风带离，水泥地面焕然一新，在雨雪的冲刷后，仿佛能映照出碧蓝天空。

苏花朝扯了扯邦尼兔的耳朵，思路也越发清晰。她推开门，迎面正对上莫绍棠。他穿着灰色的家居服，在料理台前慢条斯理地做着早餐。空气里有着奶油的味道，以及牛奶香、烤面包香，甚至有煎荷包蛋的香味。

和对门那人一样，她想。

但她不喜欢这些，她喜欢吃小馄饨、油条、豆浆、馒头。她喜欢的馒头可不是一般卖的馒头，得是馒头店里的那种锦市特有的馒头。每年过年，馒头上会用红墨印上一个“囍”字，或者是其他有着大吉大利意义的字眼。这种馒头软、松、香，大概是霍绥的手掌那么大。苏花朝一次吃过三个，把霍绥给吓得要死。

她稍稍发愣了一会儿，莫绍棠叫她：“吃早饭吧。”

苏花朝回过神说：“不了，我得回去了。”

莫绍棠挑眉：“连早餐都不吃吗？”

她笑笑，仍旧摇头。莫绍棠无奈，知道自己劝阻不了她，于是关火，转身进了房间，从房间里拿出一大摞文件夹和文件袋，说：“这是爸爸留给你的。”

苏花朝连接都没有接，懒洋洋地问：“什么东西？”声音里带着三分匪气，“该不会是所有的身家吧？”

“猜对了。”莫绍棠说。

她不过是随意猜猜，却没想到正中靶心。苏花朝琢磨了下，更没有伸手去接，她说：“我不要，你拿回去吧。”

“这原本就是属于你的。花朝，听话。”

苏花朝有时候真的觉得莫绍棠很奇怪，其实他们并不熟，而他却总是能用一种与旧识交谈的口吻和自己说话。现在不是旧识了，他像是真正意义上的兄长一般，用着无奈又宠溺的语气劝导自己，真可笑。

她十几岁的时候渴望有人对她三令五申、谆谆教导，却没有实现。等到她二十多岁了，反倒有人以过来人的身份和她说话了。

她扯了下嘴角，露出一抹极淡的笑，说："怎么就是属于我的呢？"

"爸的东西都是你的，这不对吗？"

"是啊，没有错。"苏花朝也很认同，"但他真的是我父亲吗？"

苏花朝记忆里的苏启正已经很模糊了，在她记事的年纪，苏启正陪在她身边的日子并不太多，欢乐有过，开心有过，但最刻骨铭心的，仍旧是那份被抛弃的痛。这样的人是不配称为父亲的，虽然苏启正生病了……

"其实我们都知道，如果他没有生病，是不会回来的。他仍旧在国外当上市公司的老总，潇洒快活地活着，或许还会记得我，或许不会，但一定不会回来看我的。"

昨晚苏花朝确实是动了恻隐之心的，想想苏启正年事已高，诸病缠身，在不久的将来就会撒手人寰，她也会心痛难受。再加上那一房间的兔子，以及莫绍棠的所有话语，她又不是石头做的，当然也会心软。

然而苏花朝这些年活得太清楚明白了。苏启为什么回来？不过就是生病了，快要死了，想在这短暂的时间里享受一下父女亲情，想要自己的病榻旁有个女儿陪着。人之将死，不过就是想要至亲之人陪伴。但如果他没有生病呢？苏花朝太笃定了，他一定不会回来。

莫绍棠却说："你怎么能这样想你父亲呢？"

"那我要怎么想呢？"苏花朝觉得很奇怪，她有眼有心，自己能感受到所有的是非，也能分辨清楚。

"他是你父亲！"

又是这句话，这句话像是一根绳子一样牢牢地勒着她的脖子，令她无法喘息。

苏花朝说："我不管这里有多少钱，几亿也好，几十亿也罢，对我来说都算不了什么。他想用钱来赎罪，那他就这样赎罪吧，但是我不接受。更何况，"她顿了顿说，"莫绍棠，我从来没有为钱而担心过。"

苏花朝跟在霍绥身边，真的从没为钱担忧过，而且她对钱又不是特别着迷，她现在做晚五，其实真不怎么赚钱，全凭她一腔热血才坚持下来，玩票儿似的干而已。

莫绍棠想了想，换种说法："这只是他的心意。"

苏花朝掀了掀眼皮："拿走吧，我不会要的。还有，你也提醒我了，他是我父亲，作为他生我的报答，我会给他找最好的医生，选最好的医院，钱你就不用担心了。不过之后我不会再出现，你也不要再联系我了。"她说完就走，到门口时顿了顿，道，"对了，以后别再提父亲这个词了，我现在生活得很好，没有他，也照样很好。"

她果真已经长大了，不会再犹豫再三，不会再懦弱忍让，直白而又坦荡。

等到房门合上，室内只剩莫绍棠一人，他才终于明白，人的善良是有限的。

霍绥醒来时已是白昼。

室内很安静，霍绥目光沉沉，落在玄关处，没有鞋子，没有大衣，所有的一切都和昨晚无二样。他都不需要往房间里看，就可以确定她昨晚没有回来。

霍绥拿出手机，再次给她打了电话，依旧是无人接听。

他闭了闭眼，起身去卫生间洗漱换衣服，整理好之后，出门去买早餐，在等电梯的时候，意外听到对门有些声响。

电梯到了，电梯门渐渐打开，霍绥却没动，仍旧站在那儿。穿堂风吹起他的裤脚，冷飕飕的，似是灌进他的胸膛处。

站在莫绍棠家门外，他能隐约地听到里面的声音。一夜未归的苏花朝，竟然就在对门。

霍绥挪动脚步，靠在门外听里面的声音。

是很平淡的争执，像是大雪初融时的风声，寂静又带着寒意。苏花朝真的很冷静，一点一点分析，再反驳，跟生意场上的谈判似的。小姑娘学会了他的扮猪吃老虎啊，挺好的。

霍绥轻笑着偏头，恰好对上沿着楼梯上行的傅遇的眼。傅遇满头大汗，在如此严寒的天气里，穿着不算厚实的运动服，浑身冒汗，连头发都是湿漉漉的。

霍绥突然想起来，傅遇每天早上六点起床在楼下健身房锻炼的事。

傅遇看他站在这儿，有些疑惑，皱着眉刚准备问的时候，就听到霍绥轻声说："别说话。"

他立马闭紧嘴，下意识地放轻脚步，缓缓迈上台阶。他经过霍绥的时候，恰好听到从室内传来的声音，是苏花朝。她说："但他真的是我父亲吗？"

傅遇垂下眼眸，鸦羽一般的睫毛投下一大片阴影。他也没再动，只是安静地站在霍绥的身边听着。

苏花朝拉开门，就对上了门外的两个人，一样的面瘫脸，一样的眼角微垂，搞得像她抛家弃子了似的。虽然她现在确实是从别的男人的房子里出来的……

苏花朝的心慌慌的，提心吊胆地看着霍绥，语气里带了点不易察觉的小心翼翼："你们怎么在这儿啊？"

霍绥听出来她的小心翼翼。怕什么呢？他又不是不讲理的人。

他长手一伸，把她揽进自己的怀里，往自己家里带，边开门边说："散步。"

苏花朝和霍绥先进屋，傅遇跟在后面。

大早上的，三个人都没有吃早餐，霍绥到了家之后便去厨房给他们两个煮面条去了，苏花朝见他气定神闲的样子，知道他应该是没有误会什么，也就不再惶恐不安了。

她转身，正对上站在玄关处的傅遇，见他已经换好了鞋，却迟迟未动，只是站在那儿，孤单得如峭壁上的一朵凌霄花。

苏花朝说："怎么了？"

他抬头，眼神里带着浓浓的不解："为什么要收留我？"

一个连自己的亲生父亲都没有办法接受，面对亲生父亲的再回首也能果断拒绝的人，本应该是冷血至极的。那她为什么能接受他这个没有一丝血缘关系的人呢？傅遇真的不明白。

原来是这个问题。苏花朝莞尔："理由很重要吗？"

"嗯。"

"如果我说是可怜你，你会难受吗？"

"会。"

苏花朝被噎了一下，这人还真是直白。她抬起脚步往他那边走了几步，替他整理了下运动服上的帽子，看着他抬头凝视着自己，眼神澄澈。

是个纯粹的少年，她想。

她看着他时眼里有着异样的情绪，像是隔着他看到了别人。

"阿姐和你说个故事吧。"她只这样说。

故事的两个主角是一个少年和一个少女。十四岁少女的母亲曾结过两次婚，第三次婚礼办得声势浩大、全城皆知，众人在明面上纷纷瞩目称颂，在背地里却窃窃私语，满脸妒意。

少女将这一切尽收眼底，等到开学的时候，她被全班人排斥，各类污秽的言语扑面而来，而她竟然全部坦然接受，并且觉得这些都没有错，因为事实上就是这样的。

她后来为什么变了呢？大概是少年拎起那个骂她最大声的人，一拳又一拳，表情狠厉。

那天回家之后，她拉着他，问他到底为什么要那样做，而且……他们两个也没有什么关系。

少女说：“反正你也很讨厌我，不是吗？”

少年明明在她面前总是一副冷漠淡然的表情，甚至偶尔还会露出一个讥诮的笑意，却有着世上最温柔的声音：“看不惯就打了。”

他随口一说，她却失了心，从此莫忘。

“后来呢？”傅遇问。

苏花朝说：“后来呀，后来少年就收留了少女。”

傅遇的脸上并没有太多表情，他眨了眨眼，突然问道：“你们会结婚吗？”

苏花朝猝不及防：“你怎么突然问这个问题？”

“霍大哥收留了你，你不应该以身相许？”

苏花朝咬牙：“傅遇，你每天都在看些什么书？”

“《飞狐外传》。”

苏花朝捏了下眉心，耐着性子道：“以后不许看了。”

“为什么？”

“因为不可以。”苏花朝说，“我的话你不听了？”

傅遇摇摇头：“听。”

他的人生啊，原本只有小镇里的母亲为伴，打小母亲就对他耳提面命，傅遇也认真地听她的话，可后来母亲去世，再也没人管他了。现在，多了一个苏花朝，给他吃的穿的，还教他各种东西，傅遇会听她的话的。他是真的把她当作自己的姐姐。

见他应了，苏花朝安心地拍了拍他的肩，说：“回房洗个澡、换身衣服吧，衣服上都是汗，对身体不好。”

傅遇点点头，转身进了屋子。

看着他离开的背影，苏花朝觉得自己不是多了个弟弟，而是多了个孩子，而且得有一百二十分的耐心哄着他、教导他，挺累的。

不过，她想了想，以后要是和霍绥有了孩子，还是愿意这样教导他们俩的孩子的。

她会教他们的孩子《礼记》和《论语》，给他说《一千零一夜》里的故事，教他要尊重长辈，懂礼貌，要善良，要温柔，要始终对这个世界坦诚。

想着想着，她就忍不住笑了。

霍绥端着两碗面出来的时候，就看到了这样的情景。此时晨光熹微，橙光从落地窗外照射进来，阳光在她身上打下薄薄一层金光，她沐浴在那金色的光景之中，暖得像朵向日葵。而她盈盈一笑间，使人方寸尽失。他的话就这样脱口而出："结婚吧。"

一秒、两秒、三秒后，"呕"一声，清脆而又响亮。苏花朝赶忙捂住嘴跑到洗手间去，对着洗漱盆吐了好几下。霍绥站在客厅里，手里端着两碗面，脸色十分不好看，却还是放下碗，走到洗手间，轻轻地拍打着她的背。

苏花朝干呕了半天，什么也没吐出来，最后漱了下口。她抬头，正对上霍绥的脸。

霍绥的脸色不是很好看："就这么恶心吗？"

苏花朝回想起刚刚发生的一切，自己都忍不住笑了："我不是那个意思。"

"你吐了。"霍绥面无表情地道。

苏花朝笑弯了眉："我的户口本好像就在房间里，要不，吃完饭抽个时间去领证？"

她说完，透过镜子仔细观察着霍绥的反应，只见他的瞳孔漆黑，却隐隐带了笑意。

他勾了下唇，说："好。"

两个人换了身衣服，是G家今年新出的一款黑色的情侣大衣，苏花朝在上市的时候就找人从国外买了回来。两人之前一直没来得及穿，今天正好有机会穿了。

两人兴致高涨地到了民政局门口，结果碰了一鼻子灰……周日不开门啊。

苏花朝眨了眨眼："这回可不是我不答应。"

霍绥掏出手机就准备找人给他开门："难得来一趟，还是办了吧。"但最后还是架不住苏花朝的软磨硬泡，考虑到别人也在休息，于是作罢，打算等到工作日再办。

两人第二次领证的那天，阳光很好，暖暖的，晒得人直犯困，空气里都是尘埃的味道，和着早春不知名的花香。经过一个冬天的严寒，枯朽的枝丫上已经冒出了点点绿意，积雪消融，耳边有着潺潺的流水声。

看着外面的好天气，霍绥拉住了苏花朝。苏花朝扭头，疑惑地看着他："怎么了？"

霍绥解开大衣纽扣，手伸进胸口处的口袋里，从里面缓缓地拿出了一个宝蓝色的丝绒盒子。大街上人来人往，而他向来冷峻的眉眼被春光温暖，带了几分春意。

苏花朝看着他手里的那样东西，问他："是那枚戒指吗？"那枚被你珍藏多年，却一直没有送出手的戒指？用光你当时身上所有的钱所买的戒指吗？

"嗯。"他点头。

他当年购买的时候，是完全没有想到，过了这么多年才把它送出手。但幸好时光辗转，岁月蹉跎，当下他终于可以将它拿出来给她了。

霍绥摸了摸鼻子："要跪下来吗？"

"戴上就好啦。"苏花朝哪里舍得让他跪在这硬邦邦的水泥地上，她伸出手，"戴上啊。"

霍绥打趣她："这么急着嫁给我啊？"

苏花朝"哦"了一声，想要收回手："既然你不愿意，那算了。"

"哎！"他拉起她的手，从盒里取出那枚戒指，干脆利落地戴在她的无名指上。

不大不小，刚刚好。苏花朝勾了下唇，抬起手，逆着阳光，仔仔细细地观察着这枚素戒。

戒指很普通，普通到如果将它放在展柜里，苏花朝都不会去多看它一眼。可它又太特殊，它不仅仅是一枚戒指，更有着霍绥的初心——他从一开始便眼中只有她一人的初心。原来她一直仰望着的星星，并非与她相隔几亿光年，从始至终，他都近在她的身侧。

霍绥伸手把她抱进自己的怀里，贴在她的耳边问："喜欢吗？"

"喜欢。"

"开心吗？"

"开心。"

霍绥的嘴角也不知道在什么时候勾了起来，他单手搂着她，站在阳光照得到的地方，两个人心情颇好，有一搭没一搭地说着话，等着人过来开门办手续。

没想到等到的却是一通电话。苏花朝被他搂在怀里，他手机听筒里传来的声音，句句清晰地落于她耳中。

霍绥一改脸上的愉悦神情，眉头渐渐拧在一起，嘴唇抿着，脸上没有丝毫的笑意，冷峻得像是冰川上的石头。

"好，我过来。"他自始至终只说了这么一句。

苏花朝能明显感觉到霍绥的心情突然低沉，搭在她肩上的手渐渐往下垂，直落在他身侧。她从他怀里出来，退了半步，仰头看他："我们现在去医院吧。"

霍绥摇摇头说："先领证。"

"去医院。"苏花朝表现得格外强势，"证以后有的是机会领。"

苏花朝拉着霍绥，但他仍旧站在原地，她扭头回望，发现他的脸上没有太多的表情，只是十分安静地站着。

"阿绥。"她放轻了声音，闭上眼，一字一句，轻而缓，"人这一生，各自有命。"

霍绥点头，收回视线，伸手搓了搓自己的脸。

苏花朝跟在他身边这么多年，从来没有看到过他脸上有过这般挫败的神情，现在心疼得不得了。

“做错了啊。”他说话的时候，呵出一片雾气，随即消散于空气中。

苏花朝摇了摇头说：“是宣志译自己的选择，”顿了顿，“和你无关。”

他的生与死是他的选择，和你无关。

霍绥半垂着头，倏地轻笑了一声。他看了下腕表，早上十点二十三分。

电话里的那人是怎么说的？

“霍总，宣志译在十点十五的时候，被人发现自杀了，人生终结于二十四岁。”

医院里消毒药水味极浓，整整一层楼都被宣家给包了下来。苏花朝跟在霍绥的身后，看着经过身侧的人，有些熟识多年，有些风尘仆仆地赶来。

匆匆一眼望去，大概有三四十个人，他们大多西装革履，但也有穿着牛仔裤，上身是时髦的棒球外套，头发颜色和往日的宣志译所差无几，奶奶灰加上一撮金色。脸倒是没有宣志译那样精致，没他那么能驾驭这样极为挑剔的发色。

想想也是，像宣志译这样带着少年气的精致男子，已经很难再遇了。

走廊外，穿着夜店风的少年被人拎着耳朵教导：“知不知道这是什么场合，你穿这样来像话吗？”

那人痞痞地说：“又不是我死了！”

“你还说，给我闭嘴！”长辈一巴掌抽上他的头顶，在众人的眼神中扯着他的耳朵退到安全通道处。

即便离得这样远，还能隐约听到责骂声。

苏花朝静悄悄地走过，高跟鞋落在地面上，有着轻微的回音。

她突然想起那天在病房里，宣志译坐在窗台上，双腿悬空，前后一摇一摆的，像是钟表上的指针。可不同的是，指针转过一圈后，会继续转动下去，而他的生命却在那一圈之后停歇。

走近了，霍绥伸手拉过她，两个人并肩而立，面对着宣家父母，满脸凝肃。

他们只有宣志译这么一个孩子，从小就宠着他，有什么好的都给他买，再加上家里向来富裕，宣志译当真是被放在糖罐里宠的。两位长辈年纪也不小了，五十多岁，本该是等着抱孙子颐养天年的，却没想到现如今白发人送黑发人。

霍绥低低地安慰了句："节哀。"

两位老人难掩痛苦神色，掩面痛哭。

苏花朝在一旁不知道该说些什么安慰他们，下意识地扭头看向病房里，入眼的却是一片白。室内的所有一切都是白的，白的墙，白的窗帘，白的床单。她看不到那躺在微微隆起的床单下面的人，以及他的脸。那个年轻而又像个少年一般的人，竟就这样草草死去，在狱中自杀，没有任何的遗言，沉默而又安静，和他还活在这个世界里时的态度截然相反。

苏花朝心里不是不难过的。后来苏花朝被霍绥带出人群，她的胃又不太舒服，在洗手间干呕了好一会儿，出来就看到霍绥若有所思的神情："看看医生吧，我带你去。"

"没多大事，看什么医生。"

霍绥拉着她的手，执拗地道："你的月事是不是还没来？"

苏花朝只觉自己的天灵盖被猛地一击，她之前一直在忙事情，都快忘了自己的月事。今天霍绥这么一提醒，她倒是记得了，再联系今天这几次吐……苏花朝不敢再想了。

"那个，我自己去吧。"

霍绥不容置喙："我陪你去。"

苏花朝摇摇头："我想一个人过去。"

"为什么？"

苏花朝左想右想也找不到好的理由，但态度格外强硬。她说："你别和我一起去，霍绥，就当是我求你。"

耳畔有风声吹过，吹得她后背脊梁骨处冒汗。在怦怦怦的心跳声中，苏花朝听到了霍绥说："随你。"

他不开心了……苏花朝明知道他不开心了，却还是咬牙，送他下楼、上车，等到车子真的离医院远远的之后，她才转身重又进了医院。

不过她没进妇产科，而是去的心外科。

她没有挂号，到了地方直接进了里面，正在问诊的医生满脸困惑，说："你好，还没有轮到你，先别急。"

苏花朝说："我找你们科室的宋医生。"

"宋之漫吗？她在办公室。"

苏花朝说了声谢谢，退出办公室，去护士站那儿问了心外科办公室怎么走，结果得知是在楼上。她又爬了两层楼，恰好在楼梯间遇到了出来打电话的宋之漫。

宋之漫见到她的时候很诧异，伸手指了指手机，示意她自己在打电话，苏花朝便耐心地在边上守着。

等她打完电话，看向苏花朝，疑惑地道："怎么突然到医院来？"

宋之漫的母亲隋欢是隋禹的姑姑，孩童时代，隋欢对隋禹相当不错，所以隋禹对宋之漫比对其余的表兄妹都要热络些。

苏花朝和霍绥在一起的这么多年，但凡她跨出那么一步，接下来的路都会比之前好走得多。但是一直以来令她举棋不定的，是因为一件事。

她大学毕业的那年小产了，当时她真的完全束手无措，也不敢找霍绥，最后左右权衡之下，找了隋禹。大半夜的，隋禹从家里出来，顶着个鸡窝头，浑身都是汗。

苏花朝躺在医院里说："我竟然怀孕了。"

在她得知她有孩子的前一秒，就被告知她的孩子已从身体里除去，这样的滋味……

她有些恍惚，拉着隋禹的手说："我不是故意不要他的啊，隋禹……"

隋禹也手足无措，他是爱玩，但从来没有闹出过人命，当下找了自己学医的表妹，拉着她问到底怎么就小产了呢？

宋之漫当时虽然大一，但打小跟在未来婆婆的身边，在中药房里待了很多年，又是学医的，冷静地分析："从中医上来说就是体虚，气血虚，从西医上来说，要么是胚胎发育异常，要么就是生殖系统病变，"她顿了顿，也没再说其他的，她也不好问苏花朝是否流过产或者是服用药物，毕竟看她这个样子，是想要这个孩子的。

"生殖系统病变是什么意思？"隋禹问。

"子宫发育不好。"宋之漫干脆地道，但她认真看过手里苏花朝的病历和 B 超情况后，发现一切正常，她想了想问，"你之前有生过重病吗？"

苏花朝满脸苍白地说："有过一次，发烧……大概有两天没有醒。"

她的记忆模模糊糊的，只记得那次脑袋很沉，陷入昏迷，再醒来的时候，她已经在输液了。

她嗓音沙哑地问旁边的霍绥她怎么了。

霍绥起身的动作幅度极大，眼里的关切难以掩饰，用失而复得的神情说："没事，没有事，你只是发烧了。"

她模模糊糊地应着，复又沉沉睡去。

宋之漫纠结："不应该啊，发烧也不会有这么大的影响吧。"

隋禹也不太清楚内情，只是说："之漫，你帮哥一个忙，这段时间帮我照顾一下她。"

宋之漫点了点头，后来拉着隋禹出了病房，问他："苏花朝是不是你女朋友啊？你被她绿了，你还对她这么好？”

隋禹直接赏了她一个栗暴，说：“这是我未来嫂子。”

“那直接让她爱人过来就好了。”

隋禹缓缓摇了摇头，说：“不行，之漫，这件事你必须得给我保密，不能让其他任何人知道。”

宋之漫大抵也意识到了事情并不一般，点头说好。

后来的半个月里，她真的勤勤恳恳地照顾着苏花朝。

等到苏花朝出院的那一天，她问苏花朝：“为什么不告诉他呢？毕竟是你们共同的孩子。”

“孩子都没了，他知道也只是伤心罢了。”苏花朝笑着的样子很美，美得令所有的花都黯然失色，“而且……”

而且霍绥要是知道了，第一反应肯定是：苏花朝，你竟然背着我把孩子给打了？

她太清楚霍绥的反应了。毕竟当时，她真的没有说过一句爱他。

这段感情，开始的方式是错的，所以中间的很多东西，都不能说得清清楚楚。

苏花朝看着宋之漫说：“我好像怀孕了。”

宋之漫：“好像……是什么意思？”

“不太确定，不太清楚，持怀疑态度。”

宋之漫挑了下眉说：“我带你去妇产科。”

苏花朝摇头：“不、不能去。”

“为什么？”

今天宣家的人都在这栋楼里，包括其他的几个旁支。苏花朝看到了宋舒怀，同时也看到了隋佳蓉。这也是她不敢大张旗鼓直接去妇产科的原因，而是跑到心外科找宋之漫，求她帮忙。

宋之漫说：“我先去拿验孕棒，先验一下总是好的。”

“嗯。”

结果宋之漫跑回办公室，拿了一堆验孕棒过来，苏花朝有些惊讶地道：“你们办公室……搞批发的吗？”

换来宋之漫一个白眼，她把验孕棒都扔给苏花朝：“每一个都试一下，省得出错。”

苏花朝拎着那一袋东西进了洗手间，半个多小时之后结果出来了，她没有怀孕。她忍不住松了一口气，心里却又有些小小的失落。

宋之漫还有台手术要做，见没多大事，便提早走了。

苏花朝把那一大堆东西都收拾好，扔进了垃圾桶里，又挤了许多洗手液洗了好几遍手，才从洗手间里出来。她没走几步，迎面就撞上了宋舒怀。

宋书怀倒是没有丝毫的惊讶，像是专门在等苏花朝似的，脚下踩着双恨天高，比苏花朝还要高些，居高临下地睨了苏花朝几眼说：“霍绥的母亲找你。”

苏花朝想，终于来了。

其实这样的场合，按理说隋佳蓉可以不出席的，即便两家交情再好，但她双腿残疾，又住在偏僻的北山，她不来也没有人会说些什么。但她来了，还带来了宋舒怀。

早些年的时候，苏花朝就听到过不计其数的传言，其中一句就是隋佳蓉想要宋舒怀当她的儿媳妇。

传言到底是怎么流传出来的倒不重要，重要的是，那个时间，霍绥恰好和宋舒怀在一起了。

之后许多年里，苏花朝也从旁人那里听到一些消息，说隋佳蓉最满意的还是宋舒怀。这使得苏花朝都有些莫名其妙了，这宋舒怀到底好在哪儿，让隋佳蓉这么喜欢？

再后来，苏花朝也想通了。陈清月嫁到了霍家，和隋佳蓉是情敌，哪有人会喜欢情敌的女儿，更何况是隋佳蓉那种锱铢必较的人，她不喜欢自己，再正常不过了。

可这么些年，苏花朝总会抱有那么一丝希望，希望隋佳蓉能够爱屋及乌，对她好一点，毕竟她和霍绥是真的做好了共度余生的打算啊……

想到这里，苏花朝抿了下唇，说：“走吧。”

宋舒怀在前面带路，语气里有几分讥诮：“苏花朝，你真的以为你赢了吗？”

“要不然呢？”

“霍绥再喜欢你有什么用，到头来，他还是会听他妈的。”

苏花朝勾了下嘴角：“这还不算赢吗？”

“到最后，他娶的还是我。”

“你这话说的，像是霍绥凡事都听他母亲的似的。”

“这件事他会听的。”宋舒怀笃定至极。

苏花朝有时候觉得她确实精明过人，有着商人独有的心机与谋划，但有的时候又觉得她真天真，以为凡事都在自己的掌握之中。

宋舒怀说：“你们不就是要去领证了吗？是不是觉得很后悔，今天没领成功？苏花朝，你错了，你们这辈子都不可能领证的，除非他母亲死了。”

“是吗？”

“隋阿姨知道霍绥做的事情，扳倒隋家，又扩张他自己的势力，可那又有什么用，他要真有本事，杀了自己的母亲不就万事大吉了吗？可是你我都知道，他不会，所以你们也没有以后。”

苏花朝的眼神一分分冷了下去，不是因为宋舒怀说她和霍绥不可能在一起，而是因为她说让霍绥杀了他的母亲。

人性本善。她说出这些话，真的不怕有报应吗？

许是她半天没有回应，宋舒怀自言自语了一会儿后，也说不下去了，安静地将她带到病房外，伸手敲了敲门，说：“隋阿姨，我带她过来了。”

里面的人声音优雅：“进来吧。”

宋舒怀打开门，侧身让苏花朝进去，自己却没有进。

苏花朝不疑有他，径直进了屋子里，身后，关门声重重地响起。门外，宋舒怀拿出手机，按照计划给霍绥打电话。而室内，苏花朝满脸的震惊——隋佳蓉从沙发上站了起来！

她的双腿被黑色的裤子包裹住，纤细笔直，没有任何异常，甚至还往苏花朝这边走动了两步。

她没有残废！苏花朝觉得太荒谬了："隋阿姨，你的腿……"她努力压抑住胸腔里的那份惊恐。

"怎么，很惊讶吗？"隋佳蓉笑得温婉动人，但眼里慑人的寒意没有丝毫掩饰，彰显得淋漓尽致。

苏花朝真的觉得有点难以置信，隋佳蓉的腿不是在多年前就已经残疾了吗？那现在是什么情况？竟然好了？和正常人一样能走能动……太荒谬了。

苏花朝："您和阿绥说了吗？"

"他待会儿就知道了。"隋佳蓉说。

现在，苏花朝的背上冷汗涔涔，她都不知道自己为什么这么紧张，但理智告诉她要保持镇定。她捏了捏自己的手心说："阿姨，您找我来有事吗？"

相比她的紧张，隋佳蓉表现得十分气定神闲。她伸手示意苏花朝坐在沙发上，自己坐在她的对面，淡然地拿起杯子喝了口水之后，怡然地道："手上的戒指很好看。"

苏花朝笑："嗯。"

"阿绥给你的吗？"

"嗯。"

"他倒是太小气了点，怎么说，霍家大公子娶妻，这样的戒指，上不了什么大台面。"

苏花朝有点摸不清她的套路，但心里总有种预感，她并非如话里说的那样愿意让霍绥娶她。

苏花朝神情淡淡："隋阿姨，你到底想说些什么呢？"

“当年我嫁给他父亲的时候，也收到过一枚戒指，只可惜后来离婚的时候，我把它摘了，不知道扔哪儿去了。”隋佳蓉的神情有些恍惚，像是陷入回忆之中，语气里有着化不开的情绪，“你知道我为什么摘了吗？因为阿勉从来没有戴过我们的结婚戒指。我那时以为他是因为工作，不方便戴戒指，可后来才知道，原来他只是不愿意和我戴对戒。

“他和你母亲在一起的时候，都三十多岁了还穿情侣装。我有的时候啊，真的很羡慕你母亲，怎么就能让一个男人对她念念不忘到这种程度呢？反观我自己，我讨好他的家人，家里的杂事都做到面面俱到，甚至还给他生了个儿子……可到头来呢，还是比不上陈清月的一个回头。她真的只是回来，什么事也没做，他便发疯了似的要找她，要和她在一起。他从来没有问过我的感受。”

苏花朝向来只听到世人对隋佳蓉的评价，说她是像个男人一样雷厉风行的女人，在商场上手段狠辣，做事果决，而现在……眼里泛着盈盈泪光，说到伤心处时，紧拧着眉头，哽咽难耐。

或许谁都有软肋，也有那千分之一的柔情。

苏花朝想了想，问出自己的疑惑：“我一直都不明白，为什么您就不能接受我呢？”如果隋佳蓉真的有那么爱霍孟勉，应该可以感同身受，想想自己一直以来的处境，更何况她和霍绥的情况比隋佳蓉和霍孟勉要好多了，至少霍绥是爱她的。

隋佳蓉长叹一口气，说：“我现在也想通了，花朝，你们在一起吧。我老了，不想掺和你们的事了，他是我的儿子，我也只想他能过得好一点。”

苏花朝眨了眨眼，到现在她的心里仍然有那么点不真实的感觉，仿佛这个房间都是假的，对面的隋佳蓉也是假的，眼前所有的一切都是不真实的。

隋佳蓉伸手擦了擦泪，拿起茶几上的水果和水果刀，慢条斯理地削着苹果皮。被削下来的苹果皮长而未断，苏花朝直勾勾地盯着那苹果皮看，心里的惶恐突然被放大了几倍。而面前的隋佳蓉已经起身，走到了她的面前，苏花朝也下意识地站了起来。

隋佳蓉说：“阿姨给你削了个苹果，你吃啊。”

苏花朝看着她递来的苹果，以及她另一只手上的水果刀，一时之间不敢伸手去接。

隋佳蓉却强硬地把苹果塞到了她的怀里，将空出来的手放在苏花朝的肩上，怅然地道：“花朝啊，就这样了。”

“什么？”苏花朝觉得手里的苹果像是烙铁一般灼烧着自己的掌心。

此时，门口突然传来一声响动，门被人从外面推开。也就是这个时候，苏花朝用余光看到了那刀片的亮光闪过，电光石火之间，她下意识要躲，拿着苹果的手松开，想要握住向自己刺来的刀，却没想到，隋佳蓉手里的刀是直挺挺地往她自己的小腹处刺去的。

苏花朝的手顿在半空中，身后有人沉声道：“你们在干什么？”

是霍绥。她下意识回望，停留在空中的手却被人抓住，指尖接触到了沁凉的刀柄，她只觉得有什么东西顺着她的手流淌而下，温热，黏稠。

一声尖叫声响起，宋舒怀捂着头道：“隋阿姨！”

苏花朝扭头，看到手里的血越来越多，越来越多，而隋佳蓉突然倒地，鲜血从她的小腹处源源不断地流出来。

她身后有匆忙的脚步声，有人抱住瘫在地上的隋佳蓉，在离开之前，只给了苏花朝一个冷到极致的眼神。惊讶、失望与痛苦，他眼里的情绪在苏花朝的脑海里不停地回放，像是涨潮时段，她一次又一次地被袭来的海浪拍打，最后坠入深海之中，连呼吸都是奢望。

原来是这样……她倒在地上。

她就知道隋佳蓉永远不可能接受她，但又何必以死相逼呢……

她看着手里的血，此时此刻，她像极了一个杀人犯，一个罪无可赦的杀人犯。

那么他呢，他也这么觉得吗？

苏花朝闭上了眼，心里空荡如苍茫草原，那里寸草不生，荒无人烟。就像是苍茫的夜晚，空中一点星光也无，耳边只有呼啸的风声，身旁没有一人经过。

她这一生，虽由他贯穿始终，但也因他横生枝节。

或许就这样了吧，她想。

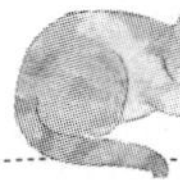

第八章

除了你，不会有别人

手术室外，霍绥平静地坐在外面的椅子上。

苏花朝深吸了口气，缓缓地走了过去，在他身旁坐下：“阿绥。”

“嗯。”霍绥的呼吸声沉重，嗓音沙哑，“别说话，让我安静地待一会儿。”

苏花朝靠在他的肩上，用十分平淡的语气说：“我们先分开一段时间吧。”

鼻中是医院里浓重的消毒药水味儿，还裹挟着血腥味，走廊尽处的窗户并未关严实，因此身上总能感受到阴风阵阵。

苏花朝突然想起很早以前看过的一句话：我见日光之下所做的一切事，都是虚空，都是捕风。爱如捕风，所有的一切皆是虚妄，终成空。

霍绥沉默了一阵子，问她：“为什么？”

“我累了。”她语气沉重，像是带了成年累积的负重感，累到了极致，再无挣扎的力气。

她能明显察觉到他的身体瞬间僵硬得不像话，头顶处传来的呼吸声越发沉重，像是喘不过气来一般。

好久之后，那沉重沙哑的声音缓慢地响起：“好。但是我们只是分开，”他说，“不是分手。苏花朝，我从来没有怀疑过对你的爱。”

苏花朝说：“我也是啊。”

他们两个异常安静地坐在那里，直到得知消息的霍孟勉赶过来，看到他们俩依靠在一起，并没有说什么。

苏花朝偏头，看到他的身后是苏启正。苏启正穿着医院里肥硕宽大的病服，扶着墙，风从他脚下吹过，吹得他裤脚处鼓鼓的。他脸上的皮肤皱皱的，有着很明显的老年斑。

霍孟勉在苏花朝耳边轻声说：“去看看你父亲，花朝，乖啊。”

苏花朝笑了下，叫他：“霍爸，我过阵子得出去一趟，您别想我。”

霍孟勉说：“那还回家吗？”

回家吗？回的。

她说：“您永远是我的家长。”

从你第一次参加我的家长会，以我父亲的身份，而那也是第一次有人参加我的家长会。从那时起，您就永远是我的父亲。

霍孟勉笑笑，说：“回来就行，回家就行。”

苏花朝又走到苏启正对面。苏启正说：“花朝啊。”

“您照顾好自己。”她说。

“哎、哎、哎。”这句关心实在是太难得了，苏启正都有些热泪盈眶了。

苏花朝说：“养好身子，等我……回来。”说完，她转身，看向仍旧以一开始的姿势静坐着的霍绥，说，“阿绥，我没有碰她，从来都没有。”

霍绥仰头靠在墙上，轻声道：“我知道，而且……我信你，我怎么可能不信你呢？”所以花朝，你能不能别走……

霍绥的骄傲使得他无法低头恳求，因此，这句话被他埋葬在腹中。

苏花朝笑着说：“再见啊。”

她离开医院，是带着笑的。而医院里的三个大男人，在商场上皆是叱咤风云的人，眼眶尽湿。

苏花朝走的那天，只有姜锦茜来为她送行。

姜锦茜以为她只是出去旅游，所以笑得一脸温柔："我下个月就要生了，你会回来看我的吧？"

"我尽量。"她说。

"那得带礼物啦，这里可有你的干儿子。"姜锦茜指指自己的肚子。

苏花朝伸手摸着她那跟球似的肚子，说："一定会的呀，我总不可能亏待我的干儿子。"

两个人嬉嬉闹闹一阵子，广播里就开始播放航班消息了。

临走的时候，苏花朝用力地、狠狠地抱住了姜锦茜，说："保重，茜茜。"

姜锦茜拍了拍她的背，说："玩得开心点，花朝。"

苏花朝的泪水在眼眶中打转儿，最后她用手背轻轻拭去，转身，头也不回地往里走了。

姜锦茜笑着目送她离开，心里却总有一种预感——她不开心，她好像永远不会回来了一样。

"花朝。"她大喊，"早点回来，我等你呀。"

苏花朝脚步未停，等到了飞机上坐下，偌大的商务舱里只有少许几人，她捂着脸失声痛哭。

再见了，这座曾带给她无数欢笑与泪水，赋予她勇气与希望的城市。

大年三十，苏花朝坐上飞机，离开这座城。

苏花朝的第一段旅程，是从西藏开始的。

她下了飞机之后高原反应严重，在医院住了几天之后才算是真正开始旅行。但说是旅行，她也没在别的地方有太多的走动，只是望着布达拉宫。

据说西藏的天一直都是水洗过一般的蓝，没有任何的杂质，蓝得彻底，蓝得壮阔。

苏花朝排了很久的队伍，沿着那高高的楼梯向上爬，那楼梯是真的多，像是永远爬不完似的。

后来她又去了大昭寺，跪在蒲团上的时候，身边鲜少有人。也是，那段时间正是春节，大家都在家里悠闲过节，哪有人像她一样跑出来的。

人少，也倒清净。她低头，对着佛祖絮絮叨叨："我有个母亲，她一生都动荡不安，但是一直以来身体都很好。佛祖啊，你就保佑她一辈子身体健康，万事顺意好吗？"

"我的爸爸，啊对，我有四个爸爸，不过我要说的是我的二爸，他呢，是个特别善良的人，我都没怎么见过他发脾气，但是他的身体不太好，这些年都在吃药。佛祖啊，你让他好好的，身体也好好的，等我回家陪他颐养天年。

"我有个好朋友叫隋禹，他一直玩世不恭的，但我知道他是个好人，他现在在周游世界。佛祖啊，你就保佑他永远开心。还有我的茜茜，她就要生宝宝了，我希望她一直幸福，一直快乐。

"我有爱人，他叫霍绥。他这人脾气不好，性格也不太好，我和他在一起的时候也总是吵架，但是他这个人比谁都善良，也比谁都懂得珍惜。他这小半生一直都是孤单一个人。佛祖啊，你保佑他万事得偿所愿吧，让他千万别再孤独无依，愿他一生幸福圆满。佛祖，谢谢你啦。"

苏花朝重重地磕了三个响头。

出来的时候，她依依不舍地望着那金光闪闪的大堂，说道："佛祖，我还有一个愿望。希望宣志译生的时候没有受到过苦楚，死了以后也是一样。"

她说完又觉得自己是不是说得太多了呢，佛祖会不会没听到呢？

不会的，她那么虔诚，佛祖一定都听到了。

后来她在拉萨又待了将近一个月的时间。某天，她住的酒店的大堂里，有个熟悉的身影走了过来。

“花朝，你回来了。”他说。

苏花朝平静地看着莫绍棠：“你怎么过来了？”

“爸不放心你。”

苏花朝扯了扯嘴角，没说什么，带着他回了房间。到了房间之后，莫绍棠递给她一部手机，显示通话中。苏花朝不明所以地接过，“喂”了一声之后，从电话那端传来了哭的声音：“花朝姐，你怎么才接电话呀！”

是小左。苏花朝露出个笑来，走到阳台处，和小左说话。

小左在那头把最近发生的所有事都交代了。她说：“宋舒怀从朝九退出了，继续做怀舒视频了。朝阳把朝九还给我们了，工作室里大家还在做着工作。花朝姐，我和小右把事情都给处理好了呢，你要是想玩，就接着玩，我们等你回来。啊，对，我听我爸说，隋阿姨身体恢复了，回到北山住了，你别担心。”

她还说：“你是不是还有个弟弟叫傅遇？霍大哥找了个学校，就在我家边上，我没什么事都会过去看他的，你别担心。花朝姐，你玩得开心点。”

苏花朝说：“谢谢你哦，小左。”

挂了电话之后，她靠在躺椅上沉默地看着远处天空。好久之后，莫绍棠走了过来，手里拿着一封信：“这是霍绥让我带给你的。”

苏花朝抬头看着牛皮纸信封，眨了眨眼，接过：“什么东西呀？”

“他什么也没说。”莫绍棠在她身边坐下。

苏花朝打开信封，发现那信并不是霍绥写的，是隋佳蓉写的。

花朝：

人只有到死的那一刻才会明白，到底什么才是最重要的。我以前一直以为我的爱才是最重要的。我因为被夺走婚姻和家庭，丈夫和孩子也渐渐远去，因为这些，我对你无法喜欢。可直到那天，我被阿绥抱着，我听到他叫我妈，撕心裂肺的，我才知道，原来我的儿子一直都是我的儿子，他从来没有离开过。

那天我醒来，看到他憔悴地在我身边看文件，一直陪在我身边。

后来有一天，窗外突然有了大太阳，我拉他出去在院子里晒太阳，他整个人昏昏欲睡，半梦半醒的时候，突然说了句："花朝，别走。"

我坐在旁边，看着我向来骄傲的儿子眼里有了眼泪，我才知道原来我一直不了解他。

花朝啊，我这个人愚昧，现在才知道自己做错了，希望你能原谅我这个老太婆。

我们阿绥啊是个好孩子，他一直都爱你。从十八岁到二十八岁，整整十年都没有停止过。

花朝，对不起。

苏花朝抿唇笑着，眼里隐有泪光闪烁，她把信封放在一侧，抬头看着远处的天空，此时阳光正盛，蓝天白云，万物祥和。

莫绍棠陪苏花朝待了一段时间，直到某天，苏花朝不经意间说了句："爸的身体需要人照顾的吧，你不回去吗？"

莫绍棠眼里有一丝惊喜闪过，他说："回去，现在就回去。"

他买了隔天的机票，临走前，给苏花朝塞了一张银行卡，说："这是哥的心意，你出门在外，总得有点东西的，花朝，别拒绝。"

苏花朝现在的心气已经比以往平和多了，收下了卡放在口袋里，笑着和他挥了挥手说："再见啊，莫绍棠。"

送走莫绍棠之后，她又坐飞机去了上海，辗转几番，去了欧洲。

去欧洲也不是一时起意，她看到 Facebook 上隋禹的定位是在欧洲，这几天他发了卢浮宫的照片，苏花朝想，去那边试试，说不准就能遇到隋禹了呢。

她现在的心境和之前真的是截然相反了，与离开南城时的孤寂、落寞、痛不欲生完全不同，现在她就是抱着旅游的心态来的。

可是她在巴黎待了两天，都没有偶遇到隋禹。仔细想想，这座城市这么大，遇到一个人的几率大概只有万分之一，哪有那么容易呢？

后来她走到运河边上，那时正是傍晚，黄昏的余韵仍在，橙色的暖光照在水面上，漾出一层又一层的波光。

苏花朝笑着看运河船上的情侣们暧昧攀谈，笑着看身旁的情侣们相互拥吻，也会情不自禁地想一个人。想他那么冷血的人，也有温情的时刻；想他们也在南城的护城河边深情拥吻；想他也抱着自己，温柔地说：“这辈子，我除了你，不会有别人。”

太多太多了……原来他也有过那么好的时候。

苏花朝趴在护栏上，积压了多日的眼泪，终于开闸一般倾泻而出。平静这一个多月之后，积压在内心深处的情感到底还是喷薄而出。

这条运河这么长，够不够承载我的悲伤？走过了这么多路，见过了那么多人，可到头来，我的眼里只装得下他一个。

苏花朝张大了嘴，无声地哭着，她想着自己现在的形象可真是糟糕透了，但那泪意就是无论如何也无法止住。

她越是悲恸，越是难受，心里面那人的轮廓越是清晰。直到这一刻，她心里的声音越来越响：回去吧，回他的身边去吧，这一生真的只有他，也只能有他。

海上繁花是他，万家灯火是他，春风满面是他，冰雪浮云也是他。这么多年，他是自己千树万树梨花开时的热闹酣畅，也是她大梦初醒时的侥幸余生。

他是自己的终生，亦是长爱。

第九章
欢迎回家，我的爱人

霍绥在确认隋佳蓉的身体没有大碍之后，便收拾了东西准备去找苏花朝。

他知道她在拉萨，上的哪班航班他都记得一清二楚。那天他也在机场，只是隔着监控屏幕看她。边上的小张说：“霍大哥，真不过去吗？”

他沉默地摇摇头。去有什么用呢？他到底没有勇气出现在她的面前，没有勇气果敢地拦住她让她不要走，而且她的心里已经做好了远走他乡的准备，无论怎样都无法改变。

他知道，这些年是自己亏待了她，可是母子亲情，确实是难以割舍的。

多年前他曾被她问过一个问题，特俗。问题是：“如果我和你妈同时掉进水里，你先救谁？”

他的回答是：“救我妈。”苏花朝撇了撇嘴，翻身，离他远远的。但他长手一伸，把她捞进自己的怀里，在她耳边轻语，“然后和你一起死。”

他给她的爱从来不是她想要的，却是他能给的所有，自私又变态。直到现在，他才终于大彻大悟。

他把所有的东西都交代好，又嘱托程叙之帮他好好照看着晚五和朝九视频。是的，他把朝九给拿回来了，从宋舒怀和冯攀的手里。

傅遇并不想回苏园，霍绥原本打算送他去程叙之那儿的，但思来想去，大过年的也不太好，而且傅遇也不想去，于是他把傅遇托付给了莫绍棠。

莫绍棠那天的反应很奇怪，他说："看看咱们，一个是她现在的继兄，一个是她以前的继兄，一个是她现在的继弟。"

霍绥无语，面无表情地把傅遇交给他，一个人拖着个行李箱去了拉萨。

下了飞机之后，他直奔苏花朝住的酒店。

其实找苏花朝的行踪很简单，查银行消费记录就行了，霍绥本身就是在银行工作的，弄到这个真的是再简单不过了。

他在酒店前台 Check in（登记）的时候，就遇到了苏花朝。

那天她裹着披肩，穿着条长裙，如瀑般的长发倾泻满背，美得不可思议。霍绥喉结微动，拿身份证的动作都不利索了，慌忙躲在大堂的柱子后面，用柱子遮挡住她的视线。

他看到她笑得温和，闪身进了电梯。

霍绥一直躲在柱子后面，直到她的身影消失了才出来，心神狼狈。到底要多小心翼翼，才能够控制住自己不去她的面前？

在拉萨的第一天，霍绥想，就在她身后看着她就好。

在拉萨的第二天，霍绥想，她今天吃饭的时候，嘴角沾了东西，想上前帮她擦掉，却不能动弹半分。

在拉萨的第三天，霍绥快要疯了。

她过得很好，没有他也过得很好。

后来她在大昭寺嘟嘟囔囔好久，霍绥躲在大门后面，竖着耳朵听她说着愿望。当她提到自己的时候，他靠在墙上，那冰凉的墙面像是结了冰一般，刺得他头疼欲裂。

等到苏花朝走了，霍绥起身上前，跪在蒲团上。

他向来不信佛，但今天，此时此刻的当下，他是世上最虔诚的佛教徒。

他合着眼说：“佛祖，求您保佑她一生安乐，得偿所愿。”

旁边的住持走过来问他没有别的愿望了吗，刚刚那位小姑娘，可是说了半个小时。

霍绥摇摇头说没有了，他就只有这么一个愿望，希望她能够开心。

那天他就走了，回到南城之后，把傅遇接了回来，每天正常上班、下班，偶尔会去医院照顾隋佳蓉。哦还有，他搬家了。

他不敢继续住在那小小的公寓里了。那里的客厅、卧室、厨房、洗手间，全部都有她的味道。夜晚的时候他躺在床上，枕头上是她的洗发水味；他晒了好几遍的被子，掀开却仍有她身上的味道。霍绥知道，那是属于苏花朝的、独一无二的味道。

公寓里的边边角角，全都是苏花朝生活过的痕迹：她没看完的杂志、她浏览过的网页、用过的茶杯、吃了一半扔回冰箱里的雪糕，还有缠着她头发的梳子……霍绥闭上眼，脑海里便全是她，但一睁开眼，眼前只有漫长的黑夜。

于是他带着傅遇回到了霍宅。霍宅还好，只要不上楼，在楼下客房待着就好。真的，只要不见到她，不提及她，没有任何她生活过的痕迹就好。可每到夜晚，霍绥就跟疯了似的。

他每晚都会梦到她，梦里面她仍旧会对着他笑靥如花，可白天一到，他醒来，枕边空荡荡，大梦一场终成空，每天他都在温习着得到与失去。

活该，霍绥，一切都是你活该！他双眼通红，跑到洗手间，打开水龙头，掬了一捧水就泼到自己的脸上。

再打开房门，他便又是那个光鲜亮丽的霍总。

后来莫绍棠在苏启正的嘱托下去了拉萨，陪在苏花朝的身边，每晚八点，他都会给霍绥发苏花朝的照片。

霍绥点着烟，也不敢抽，只是捏在食指与中指之间，闻着烟味。他看着手机屏幕里的苏花朝，眼眶渐湿。

其实也还好，这样见到她也还好，总好过见不到她，一直生活在臆想中，然后死去。

只是渐渐地，霍绥变得越来越沉默。他原先就是话少之人，但现在，他把自己的行程安排得很满，公司、医院、家，除此之外，霍绥再也没有去过别的地方了。

他在家的时候，也是把自己关在房里。有的时候也会在客厅，阳光普照的日子，他会躺在躺椅上小憩。

傅遇在边上看书，突然听到他的一句："花朝，我在。"

傅遇抬头看去，看到惊醒的霍绥失神落魄地看着自己空荡荡的手心。傅遇抿了抿唇，想要上前安慰几句，却突然看到霍绥掩面痛哭。

傅遇眨了眨眼，拿着书，轻手轻脚地离开了。

他关上大门，坐在门外的台阶上。门里，霍绥的哭声越来越大，难以抑制。傅遇抬起头眯着眼说："阿姐，你到底什么时候回来？姐夫要疯了，我……我也想你。"

他说完，低垂着头，脸上的神情晦涩难辨。

苏花朝回国的机票是隔天就买了，没去南城，她飞的地方是上海。后来辗转几番，她又去了南镇，一个江南小镇。

这个地方是隋禹推荐的，他在电话那端说："我现在在德国，咱们俩没那缘分偶遇。"听说她要回去，他便给她推荐了南镇，"这里还没有被开发，民风淳朴，而且那儿的方言，你应该听得懂。"

南镇和锦市就隔了一个市，苏花朝还真听得懂南镇的方言。

她住的地方是一家客栈，名叫"司绿客栈"，老板是一位小姑娘，刚毕业，也没去别的地方发展，毕业了就回到家乡开了这么家客栈。

苏花朝笑着说："真好啊。"语气里无不羡慕。

小姑娘却说：“你这样才好，想去哪儿玩就去哪儿玩。”

苏花朝笑。小姑娘哪里知道她也想回家，想回到他的身旁。

苏花朝去南镇的消息，霍绥很快就知道了，他把所有的工作都做完，又提前把这个季度的财务整理好，便立马收拾行李去了南镇。

他办理入住的时间是早上七点。这个点，苏花朝还在睡觉。

霍绥轻手轻脚地上了楼。客栈一共就三层，一层是招待用的，二三楼是客房，霍绥订的是三楼，他不敢和苏花朝住一层，怕撞见。

他在这边也没怎么出去，就待在房间里。他有时候会听到从楼下传来的笑声，有人说：“花朝姐，你也说说呀。”

苏花朝温婉动听的声音缓缓响起，霍绥迫不及待地打开门，蹲在楼梯那儿听苏花朝说话。

底下一堆人聊得热热闹闹的，客栈老板突然说：“301 的客人真是奇怪，住进来就没见他怎么出来过，吃饭都是叫外卖。”

301 的客人就是霍绥。

有人说可能这个人性格比较怪吧。有好事者问他长得怎么样，老板说长得很帅，跟个大明星似的。

有人打趣道，说不准就是大明星，到这儿来避灾的。老板说那可真有意思。

唯有苏花朝说，大概是个伤心人吧。总是躲在房里的，大概是个伤心人，到这儿疗伤来了。

气氛一下子变得凝重起来。而霍绥在楼上僵着身子，想着她可真是一语中的。

后来两个人是怎么见面的呢？大概是因为那晚的一场火灾。

客栈是木制的，那场火不知道是怎么烧起来的，等到霍绥反应过来的时候，整个房间里已经全是呛人的浓烟了，他匆忙拿起毛巾，盖住鼻腔和嘴巴，推开房门跑了出去。

外面火光冲天，墙上、屋顶上、栏杆扶手上全是火苗，室内的温度高得令人发指。

霍绥小心翼翼地避开火苗，庆幸楼梯的台阶还没被烧断，从他身边跑过去很多人，撞得他云里雾里。霍绥跑到二楼的时候扭头往苏花朝的房间一看，她的房门依然紧锁着，没有开。他心里陡然涌上惶恐不安，匆忙拨开人群跑向苏花朝的房间。

门框上都是火苗，有人经过，催着霍绥离开，他摇头，异常坚定。

他不敢赌，如果苏花朝没有走，他就真的错过她一生了。他真的不敢赌，所以他必须得确认苏花朝不在这里。

火势太大，门把手都是滚烫灼热的。霍绥往后退了几步，背上有火苗溅到，温度高得慑人，他的额上都是汗。

霍绥抬脚使劲朝门上踹，一下又一下。幸好是木门，使得他没有那么费力就踹开了门。

门一打开，屋内的滚滚浓烟呛得他呼吸艰难。

他捂紧口鼻，四处找着苏花朝，终于在床前找到了她。她似乎还没有醒，拧着眉头。霍绥伸手摸了把她的脸，全是汗，他伸手把她从被窝里捞出来，发现她全身都是湿的。

“花朝！”他大声叫她。

可是她没有什么反应，只是咳着，应该是浓烟进到她的嗓子里去了。

霍绥抱着她，去洗手间里拿了块浴巾，淋上水，然后一把将湿漉漉的毛巾盖在苏花朝的脸上，把她裹住了。他调整了下姿势，把她整个人架在自己的肩上，越过重重的火光，快速地跑了出去。

他出了客栈没一会儿，就听到轰隆一声。

他离得远，远远地就看到房子全然坍塌，那火光使得整座小镇如同身处白昼。

他抱着苏花朝，脸紧贴着她的头发，喊她：“花朝，花朝。”

他的脸上黑乎乎一片，头发焦了，背上的衣服也焦了，架着苏花朝的时候，右手护在她的身上，下楼梯的时候一块木板掉了下来，他下意识地护住她，因此那块灼烧的木板直直地砸在他的手上，他却跟感受不到痛似的，只是叫着怀里的人。

苏花朝模模糊糊中意识到有人叫她，渐渐地睁开了眼，眼神蒙眬中看到了眼前的人。

“阿绥。”她轻声叫道。是梦中人啊。

霍绥突然停住，长啸一声，声音嘶哑，像是用尽了全部力气一般，说：“我在啊，花朝，我在！”

苏花朝弯着嘴角，又沉沉地睡去。真好啊，又梦见你了，阿绥。

霍绥紧搂着她，双眼通红，用着失而复得的语气轻而缓地说：“我在，我一直在。”

苏花朝醒来的时候，鼻尖是一股消毒药水味。她不知身在何地，撑着身子坐起来，脑子还有点蒙。

她拉过一位护士，问自己这是在哪儿。

“在医院啊，脑子该不是被火灾给烧坏了吧？”

“什么火灾？”

“你住的地方发生火灾了，天啊，你该不会不记得吧？”

苏花朝听到护士又嘟囔了几句，说幸好苏花朝被人救了出来，要不然怎么死的都不知道。

她浑身僵住，原来那个梦是真的。

她只记得自己吃了安眠药便沉沉睡去，在似醒非醒的时候闻到一股烟味，感觉到肺腔里都是浓烟，整个人都咳了起来，咳着咳着又睡去，像是要一梦到底。

后来在迷迷糊糊的时候，她感觉到有人抱着自己出来了，撕心裂肺地喊着自己的名字，那个声音像他。大概这是梦。

现在看来，这一切并非是梦，只是救她的人不是他，是她的幻想而已。

苏花朝捏了捏太阳穴，起身看到自己身边站着一个小男孩儿，西瓜头，圆溜溜的眼睛盯着她看。她笑着捏了捏他的脸，说：“你知道是谁送我来医院的吗？”

小男孩奶声奶气地说："是一个哥哥，好高好帅，头发像小狮子的，卷卷的，还有股火药味，超级搞笑的啦。"

苏花朝笑着揉了揉他的头发，说："你真可爱呀。"

"我超级可爱。"

"好，超级可爱。"

苏花朝左右看看，又问他："你知道哥哥去哪儿了吗？"

"去看医生啦，护士姐姐说他的手烧伤了，要去包扎。"小男孩想了想，形容道，"右手脏兮兮的，肉肉都翻了过来，还流血，超级可怕。"

苏花朝有点讶异，想着那人竟然为救自己手都烧伤了，她待会儿一定好好报答他。

她转身出了病房，去护士站问火灾受伤的那些人去哪儿包扎伤口了，护士头也没抬，指了一个地方，说："在那儿，自己找吧。"

苏花朝说了声谢谢，抬腿便往那边走。

护士所指的是一个病房，房门紧闭着，里面的人正在谈话，她不好意思贸然进去打断，于是想着先在外边等一会儿吧，等那位恩人谈完事，她再和他好好道谢。

半夜的医院没有往日的喧嚣，寂静得很。空荡荡的走廊里，苏花朝在一旁的椅子上坐下，骤然发现自己竟能听到里面的对话。

医生谆谆教导："你是救生员吗，这么拼？那火可真不是一般的大。这肉都掀了，得好好清洗一下再包扎。你这手得好好养一阵子，这段时间尽量少用右手，知道吗？"

有镊子和不锈钢盘子清脆的碰撞声。

医生轻笑："年轻人挺能忍的啊，这样都不叫一声。还有哪儿被烧了？哎，那房子里面是什么人啊，让你这样奋不顾身地进去救她？"

那人终于发出声音了，嗓音沙哑，似是长时间没喝水似的："我爱人。"

苏花朝浑然一怔，靠在椅背上的脊背陡然僵直，浑身都在发抖、冒着汗。这个声音她实在是太熟悉了，任何时候她都不可能认错。

是他啊，竟然真的是他。

她咬着下唇，双肩发颤。原来不是梦呀，所有的一切都是真的啊。

医生瞬间了然，轻笑:“原来是你的爱人啊。好了，现在包扎好了，过去看她吧。”

“嗯。”

苏花朝紧咬牙根，艰难地迈开步伐，躲进边上的房间里。

她隔着门，看到霍绥从眼前经过，等到估算着他差不多走远了，她才敢出来。她远远地看他移动的身影，只见他的脚步一瘸一拐的。他的右手被绑带吊在脖子上，头发少了一些，离得远，她不清楚到底是烧的，还是这些天剃的。

看到他转身进了电梯，苏花朝迟疑了半秒，还是跟了上去，看到电梯在一楼停下。她垂眸，按下了下行键。

霍绥并没有按照医生说的那样去看苏花朝。在苏花朝回来找他之前，他不敢贸然去见她。他希望她能回来，而不是他去她面前，强制要求她回来。

他出了医院，左右看看，竟不知道该去哪里。医院外有个报刊亭，他过去买了包烟。买完之后他蹲在医院停自行车的地方，这块儿没什么人，就是风有点大，还好有个板凳能凑合坐一下。

霍绥往下坐，发现自己坐这么矮的板凳竟有些吃力。

等坐下之后，他拿出烟和打火机，右手拿烟，左手拿着打火机点烟，有些费力，哆哆嗦嗦地把烟给点了。

他没抽，只夹在指尖，就闻闻。

即便苏花朝不在他的面前，他也不敢抽。他答应过她，就是一辈子，时时刻刻都不会忘记允诺过她的每一句话。

霍绥仰着头看天。时下已经是春末了，天空里也有那么几颗星，住院部楼层很高，但大多都已经熄灯了。他的身后是条大马路，这个点少有汽车路过，只偶有风吹动枝丫的声音，以及树叶在风中颤动，发出的沙沙声。

他想，她大概已经睡了，但她到底是什么时候养成吃安眠药的习惯呢？

霍绥有点难受，两个人才分开两个月，他竟然已经不了解她了。如果她真的离开很久，或者永远不会回来……霍绥不敢想了。

这件事，他就连想想都要疯。真的，连想象都是一件奢侈的事了。

一根烟灭，他哆嗦着再点燃。

正好有风吹过，打火机的火光亮了又灭，他哆嗦着手按着打火机的按钮，一个不稳，打火机从手心里掉落，在地上滚了几圈。

霍绥蹲着，伸长了手想要去抓，突然有只手出现，把地上的打火机捡了起来。

他抹了把脸，抬头说："谢谢。"话音却在看到那人的脸的时候戛然而止。

来人是苏花朝。她在不远处观察了他好久，看到他脸上露出的难受、悲伤、痛苦等神情，心里苦涩万千。

很久以前，她的愿望是希望霍绥不要总是板着个脸。现在她的愿望实现了，可她却揪心地疼。

苏花朝一手挡住打火机，另一只手按下打火机按钮，给他点燃了烟。霍绥却呆愣在原地，说不出一句话来。

苏花朝笑笑，伸手摸了摸他的头发，说："烧焦了。"她的手不经意间接触到他的脸颊，那温热的触感使得他如梦初醒。

霍绥说："没注意。"

"手怎么样了？"

"没什么大事。"他刻意把手往身后藏，那烟落在地上，火光猛地一亮。

苏花朝没再追问，沉默了一会儿，说："什么时候来的？"

"有几天了。"

“哦。”她歪了下头，“那怎么不找我呢？”

霍绥发现她是真的变了，变成熟了，温和地笑着，眼里尽是一片温柔秋色。他说：“不想让你有负担。”

苏花朝笑笑，又问：“什么时候走？”

“明天走。”

“原本是打算什么时候走的？”

霍绥动了动喉结，最后还是说了实话：“看你。”

他来这里就是做好了和她待在一起的打算，她去哪儿，他就跟她去哪儿。上半辈子他被一堆世俗琐事束缚，下半辈子，他只想被她束缚。

苏花朝说：“回去吧。”

“回去之后，我要怎么办？”霍绥此刻的语气，迷茫得像个找不到回家的路的孩子。

苏花朝眼眶湿湿的，伸手摸了摸霍绥的脸，轻声说：“等我回来呀，笨蛋。”

“你会回来吗？”还会回我身边来吗？

苏花朝说：“会的。”她语气坚定。

而且，你都来找我了，我怎么可能不回去找你呢。前尘往事都已经处理好了，我哪里还有理由放弃你？

最痛苦最艰难的时候我都没有选择过放弃，如今又怎么会怯懦与退缩？

霍绥，这些年，我真的从没有想过放弃你。如今看来，你也是。

霍绥笑，闭上眼说好。他眼角有滴泪，顺着苏花朝的指尖滑过。

就像是命运携带的星辰，明明已经布满星空，可是命运的凉意已然经过，现下只剩漫天星空，和你我。

苏花朝回到南城的时候，已经是秋天了，南城满是桂花香。

苏花朝打车到了霍宅，门卫见是她来了，眼里有着泪意，说道：

“大小姐，你可终于回来了，老爷和少爷都在家等着你呢。”

苏花朝笑着说：“嗯，回来了。”

她拒绝了吴伯的帮助，自己拖着箱子，踩着青石板往里走。

前院到大厅的距离并不短，她低着头，听到远处潺潺的流水声，间或夹杂着蝉鸣声和风声，空气中满是桂花香。

走到一半的时候，她突然停下。那时候也是在这里，她第一次见到了霍绥，那个桀骜不驯的翩翩公子哥啊。

她抬头，突然撞进了一双漆黑深邃的眼里。那双眼睛多年如一日的深邃，漆黑的瞳仁有股慑人的气势，但苏花朝又觉得那眼里有着化不开的深情。

苏花朝陡然一笑，二楼房间里的人见她笑了，也舒展了眉目。

她笑：“霍绥，我回来了啊。”

霍绥眼里满是宠溺与无奈，说：“花朝，欢迎回家。”

欢迎回家，我的爱人。

番外一

伟大的爱情到头来也只是爱

苏花朝刚进南城大学的时候，就已经听到有关于霍绥的传说。

彼时他是风头正盛的学生会主席，拿奖无数，冷着张脸在学生会面试的时候出现，吸引了无数新老学生的眼球。

苏花朝是和他擦肩而过却不为所动的那一个。霍绥的眼神冷冷的，面上没有任何情绪，也没有对她流露过半分留恋。

苏花朝并不是来面试的，她没有兴趣加入学生会，不过是陪着刚认识的室友过来的。室友柳柳初入大学，对大学生活充满无限向往，寝室第一天夜谈的时候就表明了要加入学生会。

她的原因是：学生会主席好帅啊。

苏花朝面对着墙壁，没有什么情绪地笑了一下。

帅吗？霍绥自然是帅的。这些年，苏花朝也不是没有遇到过优秀的男生，也有过天之骄子追求过自己，霍孟勉的合作伙伴逢年过节都会来家里做客，带着自家的儿子。豪门出身的少爷，身上都带着矜贵气质。

苏花朝站在二楼走廊边，遥遥望去，却觉得不过如此。比起霍绥而言，也不过如此。

年少时不能遇见太惊艳的人，否则日后，眼里再也看不进任何的风景。

她原本并不想来迎新会，但无奈柳柳磨了她一天。柳柳是江南人，说话的时候声音带了几分嗲，撒娇的时候语气词一个接一个，听得苏花朝心里发酥发麻。

苏花朝掐着柳柳的脸颊，说起话来像个二世祖："你们南方人说话都这样嗲的哦？"

"咦，花朝，你不也是南方人吗？"柳柳不答反问。

苏花朝松开捏着她脸颊的手，嗤笑一声："半个南方人罢了。"根在南方，但生活在北方。然后苏花朝拍了拍手，像提东西一样把柳柳提了起来，说，"走吧，陪你去学生会面试。"

柳柳开心地搂着苏花朝，像只小白兔似的一蹦一跳的。

霍绥来的时候，面试已经进入尾声了。

柳柳花痴地看着这位气场十足的学生会主席，双眼呈星星状，她问面试的学姐："主席是什么专业的啊？"

"商学院的。"

"哇，亲师兄！"柳柳又问，"那他有没有女朋友啊？"

"这个就不清楚了。"

没想到得到的是这个答案，柳柳失望地叹了口气。

苏花朝在一旁默不作声地站着，嘴角微往上翘。没有女朋友啊，因为她在啊。

突然，嘈杂的环境安静了下来，苏花朝的耳边只有窗外传来的风吹树叶的沙沙声响。眼角余光里多了一个身影，白衣黑裤，再往上看，她便对上了熟悉的眉眼。

霍绥站在她身边，眼里没有什么情绪。他拿着桌子上的表格，声音低低的："柳柳？"

柳柳："哎，主席好。"

坐在座位上的部长连忙站了起来，让出一个位置给霍绥。霍绥坐了下来，不咸不淡地问了几句之后便说："等通知。"

柳柳脆生生地应了，脸上的肌肉因为激动而有些许的抽搐，但眼里的欢喜是黑夜都无法掩饰的。

苏花朝垂下头，转身就要和她一起离开。身侧的人却叫住了她："你的表呢？"

柳柳眨了眨眼，解释道："花朝不是来面试的，是陪我过来的。"

霍绥的视线停留在苏花朝的身上，他伸手，言简意赅："表。"

苏花朝看着他停留在半空中的手，只见他手上青筋暴起，虎口处有个牙印。

前几天他们吵架，苏花朝气得不行，半夜到他房间，抓着他的手便狠狠咬了一口。霍绥半夜惊醒，下意识地抬手要打她，借着窗外清冷的月色看到了是她，又放下了手。

等她气发完，他面无表情地看着她："气出完了？"

"出完了。"

"那就滚回去睡觉。"

苏花朝转身就走，关门的声音很响。

隔天吃早餐的时候，霍孟勉问昨晚是不是地震了。

她看着他的手，扯了下嘴角："没有。"

意识回笼，霍绥道："现在写。"

苏花朝站着，他坐着，她居高临下地看着他，问道："我要是不写呢？"

霍绥抿了下唇，收回手，拿过一张空表和笔，声音里仍旧没有什么情绪："姓名。"见苏花朝蹙了下眉，他这次加大了声音，"姓名。"

"苏花朝。"

"意愿部门。"苏花朝不语，霍绥重复道，"意愿部门。"

霍绥写完了她的名字，仍等不到她的回复，于是自作主张地在意愿部门一栏写下"办公室"三个字。

“联系电话。”

“……”苏花朝满是不解地看向他，猜不透他到底想要干什么。

霍绥见得不到她的回答，扭头问一旁的柳柳：“她的电话号码。”

柳柳后知后觉地拿出手机，磕磕巴巴地报了苏花朝的电话号码。

填完这几样之后，霍绥说：“等通知。”

苏花朝看着他，突然冷笑了一下：“好。”

回去的路上，柳柳看着苏花朝欲言又止。苏花朝落落大方地迎着她审视的眼神，说：“怎么了？”

“主席和你，你们……”柳柳脑洞大开，“难道是传说中的一见钟情？哇哦，商院报到的第一天就被选为院花的人和商院长久以来唯一的禁欲系男神，想想就好刺激哦！”

苏花朝对脑洞大开的她感到无奈，扯了个笑，冷冷清清的，像是初春时的风，明明是春天，却无端让人心生寒意。柳柳见状，立马岔开了话题。

晚上临睡前，苏花朝接到霍绥的电话。她披了件外套站在寝室阳台上，带着质问的语气问霍绥：“霍绥，你是不是太闲了？”

苏花朝对霍绥的态度要么是很冷淡的，要么是讨好迎合的，像今天这样咄咄逼人，其实不常见。或许是因为晚上宿舍里的人聊天，谈及霍绥的时候，舍友说学生会主席是有女朋友的，不过是在国外念书。

“长得好漂亮的，穿着条白色连衣裙，美得不要不要的。”

“我一个学姐和他女朋友是好朋友，她把照片发给我了哦。”

大家都围了上去，苏花朝透过缝隙中看到了那张照片，是宋舒怀。穿着礼服的宋舒怀，在灯光下笑靥如花。

柳柳赞叹道：“真漂亮啊。”

“是啊，真的很漂亮啊。”苏花朝附和道。

再漂亮又有什么用呢？前女友罢了。可为什么前女友在众人的眼里依然是现女友呢？苏花朝不敢深想下去了。

原本今晚是能平平静静过去的，可他打电话给她，苏花朝心里的火气就这样冒了上来，在将近四小时之后，在听到他的声音之后。

到底是女孩子，不讲理的时候是真的不讲理。

霍绥在手机那端沉默了许久，继而说："我待会儿来接你。"

"不需要。"苏花朝现在烦透他了。

霍绥的语气很强势："半小时后到。"

苏花朝："我睡了。"

"等着。"他说完便挂了电话，苏花朝仰头看着远处繁星闪烁的天空，烦躁得不行。

秋色如水，夜色凝重。霍绥不到半小时就到宿舍楼下了，苏花朝到底还是心软，在睡衣外套了件外套便下楼了。

两个人坐在他的车里静默许久，还是苏花朝先开口："还有十分钟就到门禁时间了。"

霍绥扭头看向她："为什么生气？"

"没有。"她平视前方，大学宿舍下从来不缺缠在一起的情侣，在晦暗的环境中，小情侣搂搂抱抱，暧昧地说着话，好似周围无人在场。

霍绥和她认识这么多年，怎么能不知道她现在的情绪？但他不清楚她为什么生气。

霍绥缓缓地降下车窗，车厢内涌入了很浓的桂花香。

他的语气似是被花香给氤氲了几分，带了抹不易察觉的温柔："和我说说到底为什么。"

苏花朝盯着车外的那对小情侣，双眼渐渐湿润了起来。她轻声说："霍绥。"

"嗯。"

"你当初为什么和宋舒怀在一起？"

这句话问出口，换来的是一片沉默。

等不到了，苏花朝想。大概也是时候放弃了吧，她也要过自己的生活，不被他束缚，不会一想起他就心跳加速，也不会一提到他就缄默不语。喜欢这种东西，在人的生命中会出现无数次的。

“你不开心。”他的语气很坚定。

苏花朝没有否认：“对，我不开心。”

许久之后，他认命一般叹了口气，说：“她喜欢宋舒怀。”

霍绥的话像是带了命运的凉薄一般，苏花朝听出了无可奈何。

苏花朝知道霍绥嘴里的“她”是隋佳蓉，他的生母。

苏花朝又问：“你对她……”

“没有。”霍绥否认得很快，自始至终他对宋舒怀都没有过任何情动，这世上最让他悸动的不过是眼前人的春风一笑。

苏花朝：“为什么在一起这么久呢？”她问完，死死地盯着他。

灯光打在他的脸上平添几分阴郁之感。霍绥没有说话，嘴角慢慢扯起，勾起一个极其轻蔑的笑。他的语气很凉：“你说呢？”

苏花朝心里“咯噔”一声，有个答案呼之欲出，但她又不敢问出口。

如果那个时候她问出口就好了，她想，那么是不是以后所有的一切都不会发生了？他们能够提早过上幸福、美满的生活。

但是命运的神奇之处就在于让你后悔，又让你防备。

苏花朝艰难地问他：“为什么……三年呢？”

他双目灼灼，像是要把她烫熟似的：“你是真不懂，还是装不懂呢？”

苏花朝之前是真的不明白，但现在她似乎又明白了。霍绥和宋舒怀分手，是因为苏花朝不喜欢，而苏花朝是在他们在一起三年的时候才说不喜欢的。

其实从始至终，一直都是她拿着红线的线头，只是她不动，他便不动。

过了许久，霍绥说：“以后不开心就告诉我，但凡我能做到的，都会实现。”

“为什么？”见他没有立刻回答，苏花朝又问，“为什么呢，霍绥？”她再三追问的样子格外认真，双眸澄澈，在幽暗的环境中分外明亮。

霍绥一声嗤笑，在阒寂的夜晚格外清晰：“鬼知道为什么，大概是鬼迷心窍了吧。”大概是被你迷得失了心窍，所有的理智都荡然无存。

苏花朝听了他的话之后愣了几秒，然后稍稍有点不自然地侧过脸看向窗外。

到底还是年轻稚嫩，情话没听过几句，就这么一句连情话都算不上的话，都能让她的心尖微微地颤了下。

车厢内没人说话，只二人的呼吸声分外明显。

苏花朝想，如果当时他能够不那么认真就好了。如果当时他看自己的眼神没有那么真，说的情话没有那样动人，三分的喜欢夸张到了七分，而入了她的耳之后成了十分，那她或许可以在适当的时候果断抽身离开。

可他竟然那样认真，让她对他的心动又多了几分。爱情是三分的日久生情，加七分的怦然心动。

她抿了抿唇，打开车门想要离开。霍绥叫住她：“来学生会。”

“我不想去。”苏花朝说。她并不想去那样的地方，她向来不擅长人际交往，也不喜欢聚在人群之中。

霍绥说：“就当是为了我，花朝。”

就当作是为了我。苏花朝听出了那么一丝渴求的意味。

正好秋风拂过，吹得樟树叶子沙沙作响，天边挂着一弯弦月，繁星闪烁的夜晚，晚风带来的桂花香氤氲了她一脸。

大概是秋色正浓，桂花香浓，苏花朝鬼使神差般地点了头，说：“好。”

学生会的人都发现，那个高冷寡淡的学生会主席，似乎对新来的委员很感兴趣。

比如说学生会开会的时候，霍绥随手一指，声音冷冷清清的："苏花朝，做记录。"隔了大半个会议室，苏花朝几不可察地蹙了一下眉，继而拿出本子做记录。

比如说运动会的时候，霍绥带着学生会的一大批骨干在台下巡视，身后却跟着苏花朝。

再比如说，有人看到晚上的操场上，苏花朝和霍绥并肩坐着，两个人的脸上都带着粲然的笑意。据说场景十分暧昧，又十分赏心悦目。毕竟俊男美女，两个人站在一起的时候，格外般配。

不过传闻始终是传闻，在没有得到二人点头承认之前，这些都不作数。

柳柳私下也问过苏花朝，问她是不是和霍绥在一起了。当时苏花朝笑笑，说："什么叫作在一起？"

"就……谈恋爱啊。"

"你去问他吧。"她说完，朝柳柳暧昧一笑。

柳柳想了想那位高高在上、俊俏万分的主席，想起他看人时的眼神，眼尾一扫，冷得像是寒风过境一般，她顿时失去了所有的求知欲。这个话题也就这样结束了。

但是那天晚上是一个怎样的夜晚呢？礼堂里歌声嘹亮，七彩灯光乱花迷眼般地闪烁，人群喧嚣热闹，舞台上舞者的舞姿妖娆曼妙。

负责灯光的人不知出了什么状况，聚光灯失去控制地往观众席照去，最后落在一对年轻男女身上。

模样俊逸的男子穿着白衬衣，他的身边坐着位妩媚妖娆的女子，女子的身上披着件黑色外套。

在众人的凝视下，该男子嘴角扬起一抹淡淡的笑意。下一秒，众人就看到他捏着身旁美人的下巴，吻了上去。

风从侧门吹了进来，苏花朝披散在肩头的头发随风飞舞。

霍绥压在她的身前，脸颊上贴着她柔软的头发，像是爱人温柔的叹息。两人双唇相贴，他吮吸啃咬着她的薄唇，口腔里满是甜味。画面一时之间美好得不像话。

校园爱情的美好之处在于，时时刻刻，甚至是处处，都让人想到“美好”这个词。

从此，苏花朝和霍绥在学校一吻成名。

番外二
手心的玫瑰

下雪的初春，街头的枝丫被积雪堆得弯下腰，阳光洒满地面，料峭寒风吹过，裸露在外的肌肤被刺得生疼。

今年的情人节是在周六。单身的成年男女行色匆忙，不曾为娇艳的玫瑰停留一步。情侣们脸上满是笑意，眼中带了无边春色。玫瑰花上还有水珠，像是刚刚采撷的一般。

苏花朝醒来的时候都快傍晚了。她在床上躺了许久，刚醒来时，窗外投射进来的微薄橙光斑斑驳驳的，渐渐地，室内越发昏暗。

有敲门声响起，只三声，声音很轻，怕打扰了里屋的人休息。

苏花朝抬眸看了眼时间，说："起了。"

门口传来响动，阿姨缓缓地走到她的床边，问道："饿了吧？我熬了碗粥，你要不要喝一点？"顿了顿，补充说，"加了点苏总拿来的红糖，很香。"

苏花朝慢吞吞地起身，一只手扶着肚子，一只手撑在床上。她的动作很慢，仿佛每挪一步都用了大半的力气似的。

离预产期越来越近，家里的人也多了起来。

素来凉薄的陈清月也常跑到霍宅，大病初愈的苏启正也常常过来。年轻时爱得轰轰烈烈、非对方不可的恋人，再度见面也没有一丝尴尬，气氛平和得仿佛故交。大概是到了这个年纪，过去的情仇爱恨也不那么重要了吧。

难得的是霍孟勉和苏启正两个人关系也很好，两个人可以下一下午的棋。昔日情敌，如今好友。

命运的齿轮转了几圈，最后卡在一个十分奇怪的位置上。

换成以前的苏花朝，大概会冷嘲热讽几句，但现在不会了。走过那么多地方，看过那么多情爱，在西藏的时候，她跟着众人在外游玩了一圈，穹顶之下，星空璀璨，风过耳际，在那一刻，很多东西都没有那么重要了。

人总是在离开之后才会释怀。苏花朝真的释怀很多，尤其是在怀孕之后。

她点头说：“我去洗脸，待会儿就下楼。”

“好的。”

等她下楼喝完一碗粥以后，已经是六点多了。

霍绥下班的时间是五点，在她怀孕之后，他都会提早半小时把工作做完，然后回家陪她。但他今天晚了。

苏花朝拿了本书在卧榻上躺着看，却也不专注，哪怕手里的书是她最感兴趣的内容，笔者阅历丰富，笔力也是难得的不浮躁、不浮夸，但她也没有看进去。

大概过了半个小时，家里的大门开了。她遥遥望去，霍绥身披晚霞，拾级而来。

苏花朝眯了眯眼，看到霍绥的手里拿着束花。

红色的玫瑰在廊灯的照耀下披了层暖光，无端多了份温柔缱绻之意。霍绥缓缓地向她走来，等到了她面前之后，伸手献花给她。

苏花朝坐直身子，接过那捧玫瑰。玫瑰未开，单是一捧花苞，也是美的。

她问他：“怎么想起买花了？”

“喜欢吗？”他在她身边坐下，伸手，动作温柔地理了理她脸侧的碎发。

苏花朝把花放到离他远一点的地方，说：“不是花粉过敏吗？”

“嗯。”

“以后别买了。”

也不知道是不是真的不再年轻，她对于这种形式化的东西已然缺少热情。年少的时候，一捧花能让她高兴好几天，一对碎钻耳钉也能让她对他多几分喜欢。

霍绥又问：“喜欢吗？”

苏花朝扭头看他，对视的瞬间，她说：“喜欢啊。”声音轻飘飘的，散在空中，格外好听。

她的声音是真的好听，像是江南三月的蒙蒙烟雨，初时不觉惊艳，但细细品味，着实难得。

霍绥定定地看着她，这么多年了，他喜欢的人依然是这世上最美的人。

苏花朝没有化妆，唇色很淡，但她眉目如画，一双桃花眼，眼尾微往上挑，这是无论何种化妆技术都做不到的。上天是真的青睐她，给了她这般容貌。

霍绥其实很喜欢她不化妆的样子，眼尾微往上挑，看人的时候有那么几分娇媚意味，也有那么几分寡淡，不会太吸引人注意，但只消一眼便让人铭记。

每个男人的内心深处都有大男子主义的，他期望她美，但又自私地期望她的美是独他一份的。

霍绥用指腹摩挲了下苏花朝的脸：“喜欢就行。”

苏花朝仔细地看着他的脸：“过敏了吗？”

“没，吃了药。”

苏花朝看到他的脖子上有了小小的红点，一时之间心里又气：“以后别买花了，真的。”她伸手摸了摸他的脖子，心疼得不行，“要不要叫医生过来啊？疼吗？痒不痒？阿绥，你说话啊！”

霍绥笑了一下：“没事。”

苏花朝瞪了他一眼：“都这样了还没事？”

霍绥无所谓地把她的手拿下，站起身来，把她扶了起来。

苏花朝疑惑地望向他：“怎么了？”

“披肩呢？”霍绥问。

“卧榻上。”

霍绥左右看看，拿了起来，把披肩给她披上。

苏花朝被他拉去大门边，她扭头看他，只见霍绥下颌紧绷，侧脸轮廓清晰，他感受到她的眼神之后朝她笑了笑。

推开大门，苏花朝往外看去。

夜色融融的初春，天边挂着一弯弦月。原本是昏暗的环境，却因为远处的蜡烛而多了几分温暖气氛。

鹅卵石铺成的路此刻已被玫瑰花瓣铺满，道路两旁是被点燃的白色蜡烛。

怪不得他脖颈下都是红点，这样的花海，哪怕吃了过敏药都不行。

苏花朝穿着棉拖鞋踩在玫瑰花瓣上。也不知道是不是上天在帮他，今夜无风，蜡烛闪着微弱的火光，像是夏日夜晚的萤火虫一般熠熠发光，空气中有着好闻的花香。

苏花朝的心里一个想法呼之欲出，但又下意识去反驳。

霍绥不是那样温情的人。

爱情是场博弈，苏花朝在这场博弈里，赢多输少。她曾渴望过他的温情关怀与细心呵护，也曾渴望过被他温柔相待。在无数个缠绵悱恻的夜晚，他也不是没有给过她最深的吻与最暖的拥抱，他也曾为她眼神迷离，失去理智。

但大多时候，他理智、清醒、寡淡。

这段感情苏花朝用了十倍的精力去经营，虽然结局是好的，但大多数时候，她都遍体鳞伤。

在很早之前她就想过，或许每个人的性格、秉性都已固定。像霍绥，他不可能如姜锦茜的丈夫一般温柔体贴，情人之间的甜言蜜语也不一定是每个人都能拥有的。这样想想，她也就释怀很多。

但即便早已经觉得可能这辈子只有婚礼时他会说一句“我爱你”，觉得他们俩可能就这样糊里糊涂地依靠似情话又不似情话的话活下去，苏花朝的内心深处依然是希望他能够在生活的各个方面，甚至是在言语上对她倾诉爱意的。

我也在脑海里想过和你从现在到以后老去的所有事情，预料到我可能终其一生都等不到情话，但仍旧对你暗含期待，毕竟你是我用了所有力气爱的人。

玫瑰花铺成的路的尽头是霍宅的大门，春寒料峭的夜晚，苏花朝往前走去，最后停在大门口。

大门处有辆车停着，后备厢随着她的到来而缓缓打开，随着后盖的打开，里面的东西清晰可见。

满满摆放的红玫瑰娇艳欲滴，玫瑰上摆放了一个宝蓝色的丝绒盒子。

霍绥缓缓上前，从玫瑰花海里拿出盒子，走到苏花朝的面前。向来没有为任何人、任何事低过头的霍绥，第一次跪在苏花朝的面前。

他深情地看着她，脸上挂着浓浓笑意，在这料峭春色中格外突出。

霍绥打开盒子，其中碎钻耀眼，闪着晶莹光芒。六芒星钻戒在路灯的照耀下闪闪发光，像是天上的星辰一般光彩夺目。

苏花朝眼眶微湿，捂着嘴说：“你站起来，阿绥。”

霍绥牵过她的手，声音温柔似春风过境：“花朝，你听我说。我这个人脾气不好，性格孤傲，原本以为这一生就这样潦草过去，或许会结婚、生子，但一定不会遇到爱情。因为世上本来就有很多人不需要爱情的，我觉得我也是。在遇到你之前，我并没有过特别辉煌的时刻，也没有在某一瞬间感到特别失意。”他顿了顿，接着道，“在此之后，怀里抱着你的时候，低头吻着你的时候，我觉得无比的与有荣焉。你那么好，好到让我自惭形秽。其实我一直都很糟糕，但每每想起你的时候，我都会觉得无比开心。”

你是玻璃球里的那束光源，你把我容纳进来，别人看到的是一整个发光的玻璃球，以为我们一起闪耀，殊不知，一直以来耀眼的都只是你。

我的温柔、我的体贴、我的万般柔情与情根深种，不过都是与有荣焉。

“在你离开的时候，我甚至想过就这样死去好了。可你还在，一想到这个糟糕到不行、让我没有一丝留恋与喜爱的世界还有一个你，我就没办法面对死亡。”他自嘲般地笑了一声，“花朝啊，我以为我不会说这句话的，可是在面对你的时候，我的脑海里满满当当的都是这句话。”

苏花朝哭得不能自已。霍绥把戒指取出来，缓缓给她戴上。冰凉的戒指戴在她的手上，格外耀眼夺目。

霍绥说：“苏花朝，我爱你，请你嫁给我好吗？”

好吗？我都已经戴上了你的戒指，你说到底好不好呢？

苏花朝哭得说不出一句话来，她终于等到了这一天、这一刻、这一瞬，霍绥给她的爱并不温柔并不体贴，但于她而言，是世上最好、绝无仅有的爱。

“好。”她点头说。

我愿意成为你的妻子，与你相伴终生，与你白头偕老。

这一生原本漂泊无依，而我愿登上你的船，随你泊岸。

番外三

春风十里不如你

霍朝颜早在很久之前就知道，自己在爸爸心中的地位比不上她妈。但那又怎样，反正还有一个破烂弟弟垫底。

她弟弟叫霍叶，霍是霍朝颜的霍，叶是霍朝颜随便想出来的叶。

而霍朝颜这个名字可是苏花朝精心想出来的，由此可见，霍叶就是个便宜弟弟，而她是霍家的掌上明珠。

霍朝颜和霍叶两个人是完全不同的。

两个人都遗传了父母的相貌，霍叶更是活脱脱的霍绥二号，清冷、沉默、寡淡，永远一副生人勿近的模样。

但霍朝颜就完全不同了，她的性格实在是一言难尽。苏花朝对此下定义："当初生你的姿势不对，夹坏了脑袋，生歪了。"

听到这个结论的霍朝颜哭得上气不接下气，头上扎的麻花辫都散开来，像个爹毛怪似的，边哭边磕磕巴巴地说："妈妈……你、你……不爱、爱我……"

苏花朝站在一旁冷冷地看着她。霍朝颜见苏花朝不理她，于是哭得更加惨烈："妈——妈——你——不——爱——我——"

刚下班回家的霍绥，听到自家女儿的哭声，忍不住想笑。

苏花朝也是好气又好笑，到底是哪里出了错，女儿的性格竟然这样的一言难尽。

霍绥倒是好脾气地弯下腰，抱起霍朝颜轻声安慰。他本不是个好脾气的人，但是在有了孩子以后，有耐心多了。他边柔声安慰，边和苏花朝说："女孩子没必要有太好的性格的。"

霍朝颜嗷嗷大哭着，还有空点头。

苏花朝好笑地拨了拨她的头发："你点什么头？"

霍绥无奈地笑："好了，我来带她，你去厨房看看晚饭怎么样了。"

苏花朝带了一天的孩子，也累了，摆了摆手，往厨房走去。

"好了，你妈走了，别哭了。"霍绥抱着小姑娘出门。

小姑娘的眼泪来得快也去得快，这会儿擦了眼泪，睁着一双湿漉漉的眼睛看着霍绥。

彼时正是秋天，半山腰别墅区栽种了许多枫树，枫叶红似火，在夕阳的映照下美不胜收。黄昏时的日光照在人的身上格外舒服，微风中裹挟着花香。

霍朝颜趴在霍绥的肩上，撇撇嘴说："爸爸，我真的一点都不像你和妈妈吗？我是不是你们捡来的呢？"打小周围的人就说她一点都不像苏花朝和霍绥，倒像极了隋禹，不着调、没个谱。

这么一想，她是真的想哭了，鼻头一酸，边哭边打嗝。她真哭起来就是这样的，连哭都和别人不一样，自带笑点。

霍朝颜："可是颜颜最喜欢爸爸了，其他人都不喜欢。爸爸，我是你的孩子，是不是？"

"当然了。"霍绥伸手轻轻地拍着她的背，说话不急不缓的，"你哪里和我们不像呢？你的眼睛和妈妈一样，鼻子和爸爸一样，嘴唇像姥姥，这么美的小姑娘，当然是我们家的了。"

"可是我的性格真的好糟糕啊！"

霍绥笑了笑，将近不惑之年的他笑起来脸上多了成熟男人的气质，岁月在他的脸上并未留下太多的痕迹，他依然英俊逼人，穿着高档定制的西装，举止之间透露着成熟稳重的味道。

霍绥说："你的性格哪里糟糕呢？你性格开朗，乐观活泼，走到哪里小伙伴都很喜欢你。你只是喜欢在家里耍小脾气而已，这样很正常啊，因为你永远是爸爸妈妈的小宝贝，爸爸妈妈永远都会宠着你、包容你。"他的眼神温柔，接着说，"而且女孩子性格糟糕一点怎么了？我的女儿，我宠着。"

霍朝颜感动地看着霍绥。霍绥替她擦了擦脸，说："爸爸希望你永远都开心，不要去在乎别人的看法，你是为自己活的，不是为别人活的，对不对？"

"对的，颜颜是为自己活的。"

"是啊。而且你天性不坏，这就够了。"

霍朝颜没一会儿就笑弯了眼，抱着爸爸一口一个"爸爸"、"daddy"，小姑娘上的是国际学校，一口流利的英语，说起来格外好听。

霍绥笑着说："但是以后不要惹妈妈生气了，妈妈生你的时候吃了很多的苦。"

霍朝颜说："可是妈妈总是说我！"

"她也是希望你好。"霍绥勾了勾她的鼻子，说，"以后妈妈说你，你就来说爸爸，好不好？"

"为什么啊？"小姑娘鼻子皱起，满脸疑惑。

霍绥看向远方，眉眼温柔："因为爸爸舍不得你说妈妈。"

舍不得任何一个人说她，哪怕是自己的女儿也不行。他过尽千帆才遇到的人，好不容易和她厮守至今，他希望她余生幸福美满，被他宠爱。

霍朝颜沉默了许久，最后也说："我也不是真的和妈妈吵架的，我就是哭着玩玩的，我也很爱妈妈啊。"

霍绥赞赏地看着她，说：“嗯，我也很爱她。”

我也很爱你的母亲，甚至比你对她的爱还要多许多。这世上，我所有的爱都给了她。

因为你是她的孩子，所以我爱屋及乌地爱着你。